文春文庫

魂がふるえるとき

心に残る物語——日本文学秀作選

宮本 輝編

文藝春秋

昭和四十九年六月に創刊された文春文庫は、このほど三十周年を迎え、刊行総点数も五千点を越えるまでになりました。

これを記念し、宮本輝、浅田次郎、山田詠美、沢木耕太郎の各氏に、ご自身が愛読し、ぜひ多くの人にも読んでほしいと思う作品を選んでいただき、「心に残る物語——日本文学秀作選」シリーズとして刊行することにいたしました。

多くの読者の方々に、読書の喜びと感動をお伝えすることができればと願っております。今後とも文春文庫をご愛読ください。

文春文庫編集部

目次

魂がふるえるとき

心に残る物語——日本文学秀作選

この本に収録された作品の中には、今日からすると差別的ととられかねない表現を含むものもあります。しかしそれは作品に描かれた時代が抱えた社会的・文化的慣習の差別性によるものであり、時代を描く表現としてある程度許容されるべきものと考えます。また、各篇はすでに文学作品として古典的な価値を持つものでもあり、表現は底本のままといたしました。読者の皆さまが、注意深くお読み下さるよう、お願いする次第です。

文春文庫編集部

玉、砕ける

開高 健

■開高健　かいこうたけし　昭和五年（一九三〇）〜平成元年（一九八九）

大阪生れ。大阪市立大学卒業後、サントリーに入り「洋酒天国」を編集しながら小説を書く。昭和三二年「裸の王様」で芥川賞。特派員としてベトナム戦争の最前線を体験したり、アマゾンを踏破したりと飽くことない好奇心と行動力が多彩な作品を生んだ。「輝ける闇」（昭四三）、「耳の物語」（昭六一）、「珠玉」（平元）、「オーパ！」（昭五三）、「最後の晩餐」（昭五九）など。

「玉、砕ける」は昭和五三年「文藝春秋」に発表された。

ある朝遅く、どこかの首都で眼がさめると、栄光の頂上にもいず、大きな褐色のカブト虫にもなっていないけれど、帰国の決心がついているのを発見する。一時間ほどシーツのなかでもぞもぞしながら物思いにふけり、あちらこちらから眺めてみるけれどその決心は変らないとわかり、ベッドからぬけだす。焼きたてのパンの香りが漂い、飾窓の燦《きらめ》きにみたされた大通りへでかけ、いきあたりばったりの航空会社の支店へ入っていき、東京行きの南回りの便をさがして予約する。香港で一日か二日すごしたいからどうしても南回りの便でないといけないのである。予約をすませてガラス扉をおして歩道へでようとするとき、改行なしにつづいてきた長い文章にピリオッドがうたれたように感ずる。つぎに改行になって文章はつづいていくはずだけれど何が書かれるのかまったくわからないとも感ずる。しかし、その未知には昂揚が感じられない。出国のときには純白の原稿用紙をまえにしたような不安の新鮮な輝きがあり、朦朧がいきいきと閃きつつ漂っているのだが、帰国となると、点を一つうって、行を一つ改めるだけのことで、そのさきにあるのはやはり朦朧だけれど、不安も閃きもない。ちょっと以前までは、そんな、ただ行を一つあらためるだけのことにも、褪せやすいけれどそこはかとない昂揚をおぼえたものだが、年をとるにつれて何も感じなくなってしまった。行と行のあいだに何か謎のような涼しい淵があったのに、いまは水枯れした、しらちゃけた河原を感ずるだけである。ホテルにもどってスーツケースの荷作りをはじめると、確実に体の背後か左右のどこかに黴《かび》が芽をだすのをおぼえる。エレベーターで上ったり下ったりし、フロントへいって勘定をすませ、スーツケースをはこびだし、スーツケースと体を空港行きのバスにつみこみ、せいぜいてきぱきと身ぶりにふけってみても、黴はたちまちはびこって体を蔽いはじめる。肩、胸、腹、足のいたるところにそれはみっしりと繁殖し、私の外形を完全に保ったままでじわじわと蚕食にかかる。東京に近づけば近づくだけ黴はいよいよくまなく繁殖して、私は憂鬱に犯されるままになり、無気力になっていく。長大なジュラルミンの円筒に入れられて綿雲の海を疾過しつつ、数カ月の浮遊をふりかえって、昨日か一昨日かに終ったばかりのことなのに、まるで十年以前のことだったような郷愁をさそわれる。知りすぎて嫌悪しぬいたあげくとびだしたはずのところへふたたびおめおめと帰っていかなければならない。戦争をしないうちに敗れてしまった軍の敗残兵のようにうなだれてもどっていかなければならない。毎度毎度性こりもなく繰りかえす愚行の輪、その一つをふやしただけにすぎないのか。いまさらのようにその思いに圧倒されて、腕も足も狭いシートに束縛されたままになる。羽田につけば税関のどさくさにまぎれてちょっと忘れるだろうが、一枚のガラス扉をおしてそこをでてしまえば、ふたたび黴の大群が、どうしようもなく、もどってくるのだ。一カ月か二カ月すれば私は青や灰のもわもわとした黴に蔽われて雪だるまのようになってしまう。わかりきっているのだけれど、そこへもどっていくしかない。適した場所が見つからなかったばかりにいやいやもどっていくしかない。消えられなかったばかりにはじきかえされる。

九竜半島の小さなホテルに入ると、よれよれの古い手帖を繰って張立人の電話番号をさがして、電話をかける。張が留守のときには、私は菜館のメニュを読むぐらいの中国語しか喋れないから、私の名前とホテルの名前だけをいって切る。翌朝、九時か十時頃にあらためて電話をすると、きっと張の、初老だけれど迫力のある、炸《はじ》けたような、流暢な日本語の挨拶が耳にとびこんでくる。そこでネイザン・ロードの角とか、スター・フェリーの埠頭とか、ときには奇怪なタイガー・バーム公園の入口とかをうちあわせて、数時間後に会うことになる。張はやせこけてしなびかかった初老の男だが、いつも、うなだれ気味に歩いてきて、突然顔をあげ、眼と歯を一度に剝《む》いて破顔する癖がある。笑うと口が耳まで裂けるのではあるまいかと思うことが、ときにはあるけれど、タバコで色づいた、そのニュッとした歯を見ると、私はほのぼのとなる。ニコチン染めのそのきたならしい歯を見たとたんに歳月が消える。顔を崩して彼がいちどきに日本語で何やかや喋りはじめると、私は黴の大群がちょっとしりぞくのを感ずる。それはけっして消えることがなく、いつでもすきがあればもたれかかり、蔽いかかり、食いこみにかかろうとするが、張と会ってるあいだは犬のようにじっとしている。私は張と肩を並べて道を歩き、目撃してきたばかりのアフリカや中近東や東南アジアの戦争の話をする。張ははずむような足どりで歩き、私の話をじっと聞いてから、舌うちしたり、呻いたりする。そして私の話がすむと、最近の大陸の情勢や、左右の新聞の論説や、しばしば魯迅の言説を引用したりする。数年前にある日本人の記者に紹介されていっしょに食事したのがきっかけになり、その記者はとっくに東京へ帰ってしまったけれど、私は香港へくるたびに張と会って、散歩をしたり、食事をしたりする習慣になっている。しかし、彼の家の電話番号は知っているけれど、招かれたことはなく、前歴や職業のこともほとんど私は知らないのである。日本の大学を卒業しているので日本語は流暢そのもので、日本文学についてはなみなみならぬ素養の持主だとはわかっているけれど、小さな貿易商店で働きつつ、ときどきあちらこちらの新聞に随筆を書いてポケット・マネーを得ているらしいとしかわからない。彼は私をつれて繁華なネイザン・ロードを歩き、スイスの時計の看板があって『海王牌』と書いてあれば、それはオメガ・シー・マスターのことだと教えてくれる。小さな本屋の店さきでよたよたの挿絵入りのパンフレットをとりあげ、人形がからみあっている画のよこに『直行挺身』という字があるのを見せ、正常位のことだと教えてくれたりする。また、中国語ではホテルのことは××酒店、レストランのことは△△酒家という習慣であるけれど、なぜそうなのかは誰にもわからないと教えてくれたりするのである。

最近数年間、会えばきっと話になるけれどけっして解決を見ない話題がある。それは東京では冗談か世迷事と聞かれそうだが、ここでは痛切な主題である。白か、黒か。右か左か。有か無か。あれかこれか。どちらか一つを選べ。選ばなければ殺す。しかも沈黙していることはならぬといわれて、どちらも選びたくなかった場合、どういって切りぬけたらよいかという問題である。二つの椅子があってどちらかにすわるがいい。どちらにすわってもいいが、二つの椅子のあいだにたつことはならぬというわけである。しかも相手は二つの椅子があるとほのめかしてはいるけれど、はじめから一つの椅子にすわることしか期待していない気配であって、もう一つの椅子を選んだらとたんに『シャアパ（殺せ）！』、『ターパ（打て）！』、『タータオ（打倒）！』と叫びだすとわかっている。こんな場合にどちらの椅子にもすわらずに、しかも少くともその場だけは相手を満足させる返答をしてまぬがれるとしたら、どんな返答をしたらいいのだろうか。史上にそういう例があるのではないだろうか。数千年間の治乱興亡にみちみちた中国史には、きっと何か、もだえぬいたあげく英知を発揮したものがいるのではないか。何かそんな例はないものか。名句はないものか。

はじめてそう切りだしたのは私のほうからで、どこか裏町の小さな飲茶屋でシューマイを食べているときだった。いささか軽い口調で謎々のようないいかたをしたのだったが、張はぴくりと肩をふるわせ、たちまち苦渋のいろを眼に浮べた。彼はシューマイを食べかけたまま皿をよこによせ、タバコを一本ぬきだすと、鶏の骨のようにやせこけた指で大事そうに二度、三度撫でた。それからていねいに火をつけると深く吸いこみ、ゆるゆると煙を吐きながら、呟いた。

「馬でもないが虎でもないというやつですな。昔の中国人の挨拶にはマーマーフーフーというのがあった。字で書くと馬馬虎虎です。なかなかうまい表現で、馬虎主義と呼ばれたりしたもんですが、どうもそう答えたんではやられてしまいそうですね。あいまいなことをいってるようだけれど、あいまいであることをハッキリ宣言してるんですからね、これは。これじゃ、やられるな。まっさきにやられそうだ。どう答えたらいいのかな。厄介なことをいいだしましたな」

つぎに会うときまでによく考えておいてほしいといってその場は別れたのだったが、張はつよい打撲をうけたような顔で考えこみ、動作がのろのろしていた。シューマイを食べかけたままほうってあるのでそのことをいうと、彼は苦笑して紙きれに何か書きつけ、食事のときにはこれが必要なんですといった。紙きれには『莫談国事』とあった。

政治の議論をするなということであろう。私は何度も不注意を謝った。

その後、一年おいて、二年おいて、ときには三年おいて、香港に立寄るたびに張と会い、散歩したり食事したりしながら——すっかり食事が終ってからときめたが——この命題をだしてみるのだが、いつも彼は頭をひねって考えこむか、苦笑するか、もうちょっと待ってくれというばかりだった。私は私で彼にたずねるだけで何の知恵も浮ばなかったから、謎は何年たっても謎のまま苛酷の顔つきの朦朧として漂っている。もしそんな妙手があるものとすればみんながみんな使いたがるだろうし、そういう状況は続発しつづけるばかりなのだから、そうなれば妙手はたちまち妙手でなくなる。だから、やっぱり謎のままでこれはのこるしかないのかもしれなかった。しかし、ときには、たとえば張があるとき老舎の話をしてくれたとき、何か強烈な暗示をうけたような気がした。

ずっと以前のことになるが文学代表団の団長として老舎は日本を訪れたが、その帰途に香港に立寄ったことがある。張はある新聞にインタヴュー記事を書くようたのまれてホテルへでかけた。老舎は張に会うことは会ってくれたが、何も記事になるようなことは語ってくれなかった。革命後の知識人の生活はどうですかと、しつこくたずねたのだけれど、そのたびにはぐらかされた。あまりそれが度重なるので、張は、老舎はもう作家として衰退してしまったのではないかとさえ考えはじめた。ところがそのうちに老舎は田舎料理の話をはじめ、三時間にわたって滔々とよどみなく描写しつづけた。重慶か、成都か。どこかそのあたりの古い町には何百年と火を絶やしたことのない巨大な鉄釜があり、ネギ、白菜、芋、牛の頭、豚の足、何でもかでもかたっぱしからほうりこんでぐらぐらと煮たてる。客はそのまわりに群がって柄杓で汲みだし、椀に盛って食べ、料金は椀の数できめることになっている。ただそれだけのことを、老舎は、何を煮るか、どんな泡がたつか、汁はどんな味がするか、一人あたり何杯ぐらい食べられるものか、徹底的に、三時間にわたって、微細、生彩をきわめて語り、語り終ると部屋に消えた。

「……何しろ突然のことでね。あれよあれよというすきもない。それはもうみごとなものでしたね。私は老舎の作品では『四世同堂』よりも『駱駝祥子』のほうを買ってるんですが、久しぶりに読みかえしたような気持になりました。あの『駱駝祥子』のヒリヒリするような辛辣と観察眼とユーモアですよ。すっかり堪能して感動してホテルを出ましたね。家へ帰っても寝て忘れてしまうのが惜しくて、酒を飲みましたな。焼酎のきついやつをね」

「記事にはしなかったの？」

「書くことは書きましたけれど、おざなりのおいしい言葉を並べただけです。よくわかりませんが老舎は私を信頼してあんな話をしてくれたように思ったもんですからね。それにこの話は新聞にのせるにはおいしすぎるということもあって」

張はやせこけた顔を皺だらけにして微笑した。私は剣の一閃を見るような思いにうたれたが、その鮮烈には哀切ともつかず痛憤ともつかぬ何事かのほとばしりがあった。うなだれさせられるようなものがあった。二つの椅子のあいだには抜道がないわけではないが、そのけわしさには息を呑まされるものがあるらしかった。イギリス人はこのことを“Between devils and deep blue sea”（悪魔と青い深海のあいだ）と呼んでいるのではなかったか？……

「これは風呂屋ですよ。澡堂というのは銭湯のことです。ただ湯につかるだけではなくて垢も落してくれるし、按摩もしてくれるし、足の皮も削ってくれるし、爪も切ってくれます。あなたは裸になって寝ころんでるだけでいいんです。眠くなれば好きなだけ眠ればいいんです。澡堂もいろいろですけれど、ここは仕事がていねいなので有名です。帰りには垢の玉をくれます。いい記念ですよ。一つどうです。布を三種類、硬いのやら柔らかいのやらとりかえて、手に巻いて、ゴシゴシやる。びっくりするほどの垢がでる。それをみんな集めて玉にしてくれる。面白いですよ」

明日は東京へ発《た》つという日の午後遅く、張と二人でぶらぶら散歩するうち、『天上澡堂』と看板をかけた家のまえを通りかかったとき、張がそういって足をとめた。私がうなずくと彼はガラス扉をおして入っていき、帳場にいた男にかけあってくれた。男は新聞をおいて張の話を聞き、私を見て微笑し、手招きした。張は用事があるのでこのまま失礼するが明日は空港まで見送りにいくといって、帰っていった。

　帳場の男は椅子からたちあがると、肩も腰もたくましい大男であった。手招きされるままについていくと、壁の荒れた、ほの暗い廊下を通って小さな個室につれこまれた。個室には簡素なシングル・ベッドが二つあり、一つのベッドに白いバス・タオルを巻きつけた客が俯伏せになって寝ていて、爪切屋らしい男が一本の足をかかえこんで、まるで馬の蹄を削るようにして踵の厚皮を削っていた。帳場の男が身ぶり手真似で教えるので私はポケットの財布、パスポート、時計などをつぎつぎと渡す。男はそれをうけとると、サイド・テーブルのひきだしにみんな入れ、古風で頑強な南京錠をかけた。その鍵は手ずれした組紐で男の腰のベルトにつながれている。安心しろという顔つきで男は微笑し、腰を二、三度かるくたたいてみせて出ていった。服やズボンをぬいで全裸になると、白衣を着た、慈姑《くわい》のような、かわいい少年が入ってきて、バス・タオルを手早く背後から一枚、腰に巻きつけてくれ、もう一枚、肩にかけてくれる。手真似で誘われるままに個室を出ると、草履をつっかけてほの暗い廊下をいく。そこが浴室らしいが、べつの少年が待っていて、手早く私の体からバス・タオルを剝ぎとった。ガラス扉をおすと、ざらざらのコンクリートのたたきがあり、錆びた、大きなシャワーのノズルが壁からつきでていて、湯をほとばしらせている。それで体を洗う。

浴槽は大きな長方形だが、ふちが幅一メートルはあろうかと思えるほど広くて、大きくて、どっしりとした大理石である。湯からあがった先客がそこにタオルを敷いてもらってオットセイのようにどたりとよこたわっている。全裸の三助が手に繃帯を巻きつけてその団々たる肉塊をゴシゴシこすっている。おずおずと湯につかると、それは熱くもなく、冷たくもなく、何人もの男たちの体で練りあげられたらしくどろんとして柔らかい。日本の銭湯のようにキリキリと刺しこんでくる鋭い熱さがない。ねっとり、とろりとした熱さと重さでたゆたっている。壁ぎわにたくましいのと、細いのと、二人の三助が手に繃帯を巻いて全裸でたち、私があがるのを待っている。たくましい男のそれがちんちくりんのカタツムリのように見え、やせた男のが長大で図太くて罪深い紫いろにふすぼけて見える。それは何百回、何千回の琢磨でこうなるのだろうかと思いたいような、実力ある人のものうさといった顔つきでどっしりと垂れている。嫉妬でいらいらするよりさきに思わず見とれてしまうような逸品であった。それを餓鬼のようにやせこけた、貧相な小男がぶらさげていて、男の顔には誇りも傲《おご》りもなく、ただ私が湯から這いあがってくるのをぼんやりと待っている。私が両手でかくしながら湯からあがると、男はさっとバス・タオルをひろげ、私に寝るように合図する。

張がいったように垢すりの布は三種ある。一つは麻布のように硬くてゴワゴワし、これは腕や尻や背や足などをこする。ちょっと綿布のように柔らかいのは脇腹とか、腋とかをこするためである。もっとも柔らかいのはガーゼに似ているが、これは足のうらとか、股とか、そういった、敏感で柔らかいところをこするためである。要所要所によってその三種の布をいちいち巻きかえとりかえ、そのたびにまるで繃帯のようにしっかりと手に巻きつけてこするのである。手をとり、足をとり、ひっくりかえし、裏返し、表返し、おとこは熟練の技で、いささか手荒く、けれど芯はあくまでも柔らかくつつましやかにといったタッチでくまなくこする。しばらくすると、ホ、ホウと息をつく気配があり、口のなかでアイヤーと呟くのが聞えたので、薄く眼をあけてみると、私の全身は、腕といわず腹といわず、まるで小学生の消しゴムの屑みたいな、灰いろのもろもろで蔽われているのだった。男は熱意をおぼえたらしく、いよいよ力をこめてこすりはじめる。それはこするというよりは、むしろ、皮膚を一枚、手術としてでなく剝ぎとるような仕事であった。全身に密着した垢という皮膚をじわじわメリメリと剝ぎとるような仕事であった。男は面白がって、ひとりでホ、ホウ、アイヤーと呟きつつ、頭のほうへまわったり足のほうへまわったりして丹念そのものの仕事にはげんでくれた。そのころにはもう私は羞恥をすべて失ってしまい、両手をまえからはなし、男が右手をこすれば右手を、左手をこすれば左手を、なすがままにまかせた。一度そうやってゆだねてしまうと、あとは泥に全身をまかせるようにのびのびしてくる。石鹼をまぶして洗い、それを湯で流し、もう一度浴槽に全身を浸し、あがってきたところで二杯、三杯、頭から湯を浴びせられ、火のかたまりのようなお絞りで全身をくまなく拭ってくれる。

「ハイ、これ」

そんな口調でニコニコ笑いながら手に垢の玉をのせてくれた。灰いろのオカラの玉である。じっとり湿っているが固く固く固めてあって、ちょうど小さめのウズラの卵ぐらいあった。それだけ剝ぎとられてみると、全身の皮膚が赤ん坊のように柔らかく澄明で新鮮になり、細胞がことごとく新しい漿液をみたされて歓声あげて雀躍りしているようであった。

個室にもどってベッドにころがりこむと、かわいい少年が熱いジャスミン茶を持って入ってくる。寝ころんだままでそれをすると一口ごとに全身から汗が吹きだしてくる。少年が新しいタオルを持ってきて優しく拭いてくれる。爪切屋が入ってきて足の爪、手の爪、踵の厚皮、魚の目などを道具をつぎつぎとりかえて削りとり、仕事が終ると黙って出ていく。入れかわりに按摩が入ってきて黙って仕事にかかる。強力で敏感な指と掌が全身をくまなく這いまわって、しこりの根や巣をさがしあて、圧したり、撫でたり、つねったり、叩いたりして散らしてしまう。どの男も丹念でしぶとく、精緻で徹底的な仕事をする。精力と時間を惜しむことなく傾注し、その重厚な纖細は無類であった。彼らの技にはどことなく重量級の選手が羽根のように軽く縄跳びをするようなところがある。涼しい靄が男の強靭な指から体内に注入され、私は重力を失って、とろとろと甘睡にとけこんでいく。

「私のシャツ」

「…………？」

「昨日まで着てたシャツですよ」

「…………」

翌日、ホテルの部屋へやってきた張に、テーブルにのせた垢の玉をさしてそういったが張はひきつれたように微笑するだけだった。彼はポケットから一服分の茶の包みをとりだし、全香港で最高の茶をさがしてきました、東京で飲んで下さいといったが、そのあと黙りこんで、ぼんやりしていた。三助、爪切屋、按摩、少年、お茶、睡眠、一つ一つをかぞえて私はこまかく説明して絶讃し、あれほどまでに人と体を知りぬいて徹底的に没頭できるのは手に爆弾を持たないアナキストとでもいうしかないという意見を述べたが、張は何をいっても発作のようにうなずいたり、微笑するだけで、あとは暗澹とした眼になって壁を眺めて茫然としていた。あまりそれがひどいので、私は話すのをやめ、スーツケースの荷作りにとりかかった。澡堂の個室で私は完全に気化してしまい、形をとりもどして服を着て戸外にでたときは、服、シャツ、パンツ、靴、ことごとく肉とのあいだにすきまができて薄寒いほどで、街の音や匂いや風のたびによろめくかと感ずるほどだった。しかし、一晩眠ったら、骨も筋肉ももとの位置にもどり、皮膚には薄いけれど濁った皮膜ができて赤裸の不安を消している。垢の玉はすっかり乾燥して縮んでしまい、ちょっと指がふれただけでも砕けてしまいそうなので、注意に注意して何重にもティッシュ・ペーパーでくるんでポケットに入れた。

空港へいって何もかも手続を終り、あとは別れの握手をするばかりというときになって、突然、張がそれまでの沈黙をやぶって喋りはじめた。昨夜、新聞社の友人に知らされた。北京で老舎が死んだという。紅衛兵の子供たちによってたかって殴り殺されたのだという説がある。いや、それを嫌って自宅の二階の窓からとびおりたのだという説もある。もう一つの説では川に投身自殺したのだともいう。情況はまったくわからないが、少くとも老舎は不自然死を遂げたということだけは事実らしい。それだけは事実らしい。

「なぜです?」

「わからない」

「なぜ批判されたんです?」

「わからない」

「最近どんなものを書いてたんです?」

「読んでない。わからない」

「…………」

ふるえそうになって張を見ると、いまにも落涙しそうになって、やせこけた肩をつっぱっている。日頃の沈着、快活、ユーモア、すべてが消えてしまい、怒りも呪いもなく、ただ不安と絶望で子供のようにすくんでいる。辛酸を耐えぬいてきたはずの初老の男が、空港の人ごみのなかで、眼を赤くして、迷い子のようにたちすくんでうなだれている。

「時間です」

「…………」

「また来て下さい」

「…………」

「元気でネ」

張はおずおず手をあげると、軽く私の手をつまんで体をひるがえし、うなだれたまま、のろのろと人ごみのなかに消えていった。

機内に入って座席をさがしあて、シート・ベルトを腰に締めつけたとき、突然、昔、北京の自宅に彼を訪問したときの記憶がよみがえった。やせこけてはいるが頑強な体軀の老作家が、突然、たくさんの菊の鉢から体を起し、寡黙で炯々《けいけい》とした眼でこちらをふりかえるのが見えた。その眼と、たくさんの菊の花だけが鮮やかな遠くに見えた。なにげなくポケットから紙包みをとりだしてひらいてみると、灰いろの玉はすっかり乾いて粉々に砕けてしまっていた。

太市

水上 勉

■**水上勉**　みずかみつとむ　大正八年（一九一九）～平成一六年（二〇〇四）福井生れ。九歳で京都の寺へやられるが十七歳で脱走。様々な職業につきながら、同人誌に参加し小説を書く。戦後、宇野浩二に師事。昭和二三年「フライパンの歌」を発表し注目されるが、その後沈黙。三四年「霧と影」で再登場。三六年「雁の寺」で直木賞受賞。「飢餓海峡」、「五番町夕霧楼」（昭三七）「金閣炎上」（昭五四）など。「太一」は昭和五一年「別冊文藝春秋」に発表された。

ぼくは子供のころ女郎蜘蛛《じょろうぐも》を飼った。山裾の樹や電柱の高いところで巣を張っていたのを竹の先に叉木《またぎ》をつけてすくいとって、家の軒下や庭のひくい木に巣を張らせ、蝶やトンボをあたえて飼育した。目的はもちろん愛玩《あいがん》にあると同時に、仲間の飼っているのと闘争させることにあった。蜘蛛のことだがら、負ければしまいで、勝った方にぐるぐる巻きにされて餌食《えじき》になった。丹精《たんせい》して育てたのが敵に喰われてしまうのを見るのは情なくて、かなしかったが、子供のことだから、口惜《くや》しければ、また山や野をかけ廻って強そうなのを見つけて飼育し、敵に挑戦するのだった。そういうこともまた楽しみだった。

女郎蜘蛛は、五月すぎ頃から、茶畑の隅や小舎の軒に、小さな巣を張っていた。ぼくらが飼うのは、そんな度胸《どきょう》のないヤツではなく、雨の日でも、風の日でも、高いところで大きく巣を張って、巣のまん中に足をひろげて威嚇《いかく》しているヤツだった。ぼくらは登下校の途次でもそれを見つけると、必ず「見たッ」と大声をあげた。先にあげた者の所有になる約束だった。声をあげておいて、あとで竿《さお》をもって取りにいったのだ。だいたい、ぼくらがこれは強いぞと思うのは、胴体はそう大きくなくて、足の長いのだった。胴体の背には、金色の筋が三つ縞《しま》になっていた。腹にやはり金色の斑点《はんてん》があった。足は八本あるが、二本ずつ四方にくっつけて威を張っているその先に、さらに糸のギザギザをつけて長足にみせようと誇っているのなどを見つけると嬉しかった。

竿で獲《と》って帰ると、ぼくらは家の柱と壁のスキマに叉木をぬいてつきさしておいた。蜘蛛は夕方になると新しい巣をはりはじめた。この巣づくりをみるのもまた楽しみであった。

ぼくらは、たいがい、獲りたての蜘蛛が巣をつくりはじめるころに、寺の鐘をきいた。野良から帰ってきた父母が夕食の用意をすませて呼ぶまで、つまり夜のとばりの落ちる頃までしか、巣づくりをじっくり見るわけにゆかない。それで、家へ入って、食事をすませて寝につくが、翌朝、蜘蛛が、ぼくらの望んだ地点に、丸い大きな巣をつくっていてくれることを夢みながらまどろむのであった。

翌朝、顔を洗う前に外へ出て、新しい蜘蛛の新しい巣をさがした。意に反して、高い柿の木のてっぺんへいざっていたり、家の切妻《きりづま》屋根の煙ぬきまで移っているのを見るとかなしかった。そこまでのぼって、餌をやることが出来ないからだった。それで、そんな時は、また、竿の先に叉木をつけて獲りなおし、翌朝の巣替えを待った。

ようやく、ぼくらの背丈にとどく地点に巣を張らせることに成功すると、ぼくらは、餌をとっては巣に投げた。はじめは、蟬《せみ》やトンボの大きなのをひっかけると、蜘蛛の方が逃げることがあった。羽を千切って与えても、蟬やトンボはよく胴ぶるいして巣をゆさぶるからだった。しかし、勇敢な蜘蛛は、獲物に襲いかかって格闘し、尻から糸を出してぐるぐるまきに団子《だんご》にして、隅へ帰り、そこに足を張って四方を威嚇しながら、ゆっくり喰った。大蟬はだいたい三日、小蟬は一日で身を喰われて、空《から》になり、残骸になって地面に落ちたが、蟻《あり》がたかるのはそれからである。

六月から八月まで、ぼくらはよく訓練しながら飼育して、ようやく、それが、十円硬貨ぐらいの胴体に成長して、背なかの金筋も鮮やかに輝き、腹の縞なども、いかにも強そうにみえるようになると、仲間のところへ行って、そっちで手ぐすねひいているのへ挑戦した。

闘争させる場合は、上級生または仲間の兄や姉が審判官になった。やはり叉木に這わせて、両方の蜘蛛を同じような条件のもとに歩みよらせるのであった。蜘蛛は、敵をみつけると、足を高くあげて、探りあい、相手のスキを見るとかぶりついた。かぶりつかれた方も、うまくかわして、また挑んでくる。この闘争は、足と口との巧妙なわたりあいだった。口のさきに女郎蜘蛛は、先のとがった鉤針《かぎばり》状の妙なものをもっていた。これは髭《ひげ》でもなく、くちびるでもなかった。するどい刃物を連想させる代物で、よくこれに透明な液をしたたらせているのを見たこともあるが、この口もとにかぶりつかれると、蜱でもトンボでも、すぐにまいってしまった。あるいは毒物でも注射する針の役目をしたものか。ぼくは子供だったから、くわしくは知らない。

足で交互にひっかきあい、口で噛《か》みあいするものの、負けたヤツは、尻から糸をたらして、叉木から地めんに向って降りようとする。これを、勝った方が、その糸を口で巧妙にたぐりよせる。下の方のが逃げるに逃げられず、たぐりよせられると、上からつよく足で威嚇しながらかぶりつく。負けた方はやがておとなしくなって、かまれたところからこれも透明な液をだして死んでしまった。勝った方が、糸でぐるぐるまきにして巣へもち帰る。争闘しているあいだ、お互いに、尻をむけ合って糸を放射するけしきも眺めていておもしろかった。

勝負がつくと、審判官は帰ってゆくが、負けた方は、勝った方のが去ってゆくのを見送って、歯ぎしりしつつ、ふたたび、山や野をかけ廻って、強そうなのを探すのである。

九月に入ると、若狭ははや秋風がふいた。その頃に女郎蜘蛛は黄色い卵をうんだ。卵といっても繭《まゆ》のようなもので、これがある朝、巣の上部の隅にかかっていて、蜘蛛自身は、しごく面やつれして、痩《や》せていた。この繭は、秋末になって割れて、数千とも数知れぬ子が風に飛んだ。ぼくらは、これらの子が、翌年の五月の茶畑や、ひくい軒に巣を張って生きる蜘蛛になるのだと想像していたが、しかし、冬の雪のさなかをどこでくらすのか、誰からも教えられなかった。不分明なことはもう一つあって、この繭が割れるか割れないかの、つまり、冷たい風のふく頃に、親蜘蛛がある日、忽然《こつぜん》と姿を消すことだった。ぼくらは、誰もいなくなった巣が、破れたままになって、そこに黄色くかわいた繭がひっかかっているのを淋しく見つめたものだ。

〈女郎蜘蛛はどこへ行ったのか〉

もちろん、地めんもみた。附近の木も、家のうらも見た。どこにもいなかった。地めんは、ひと夏じゅうぼくらが巣にかけてやった獲物の残骸《ざんがい》に蟻がたかっているだけだった。

そうしているうちに冬がきた。繭もいつのまにか巣からこぼれて、破れた巣だけが、冬じゅう風にふかれていた。

太郎沼の太市が蚊帳《かや》の中で女郎蜘蛛を飼いだしたときいて、太郎沼へ出かけていった。あれは、まだ、七月に入ってまもない暑い日だった。太市は背中に大きなコブが出来て、歩くことも大小便することも出来なかった。六つの時に、道から川へ落ちて、背中をつよく打ってから、そんな傴僂《せむし》になった。六歳まで、ぼくらと同じように歩いてあそんでいたのだが、とんだ奇禍から、不自由な身を家の納戸《なんど》によこたえるようになった。ぼくらは学校へ上ったが、太市は、役場へ願い出た母親の才覚で学校へゆかなくてもよくなった。それでいつも納戸に寝ていた。ぼくらは、もう幼年期のようにめったに太市の家の太郎沼へはあそびにゆかなくなっていた。太市が殆ど白子のような肌をして、ふとんにくるまり、小便くさい納戸を這っているときいて、ぼくらは、かわいそうな気がした。太郎沼には、太市の母親だけしかいなかった。どこの家にも祖父母のどっちかがいるのに、太市は母親と二人きりだった。父は戦争に行って死んでいた。シベリヤ出兵の時だったときいた。

ぼくらは、太市が、母親の野良へ出た留守をひとりで寝ているのに、しかも小便も大便も自分で始末できないような不便な軀で、どうして女郎蜘蛛が飼えるのだろうと不思議に思った。その話をきいたのはぼくらの健康な仲間で、母親がその子にいったそうだ。

「うちの太市は蚊帳の中で飼うとるで、いっぺん戦争にきてくれんかのう」

つまり母親は、軀の不自由な太市が、学校へゆけなくなって、友だちとあそべなくなっても、蜘蛛だけは、獲ってきてやっているらしかった。ぼくらだって時には、母や父に、高い電柱の上だとか、家の切妻にいるのを獲ってもらうことがあった。また、蚊帳の中で飼うのもめずらしいことではなかった。それは、山か畑ですでに大きくなったのが収穫できた場合、翌朝の巣づくりを待たずに、もう挑戦しにゆきたい時に、一夜だけ蚊帳に入れて、ぼくらは寝ずに、蚊帳を這う蜘蛛をみて、じっと、あすの勝利を祈ったものだった。蜘蛛は蚊帳の中では、そう大きくないが、三、四本の線をひいたぐらいのかんたんな巣を張って眠った。太市は自分が歩けないので、そんなふうに飼っているのだろう。ぼくらはそう想像しあい、また、そんなことを話しあって出かけていった。もちろん母親は野良へ出て留守だった。太市の家は、村の東すみの沼の岸で藪のかげにあった。かやぶきだが、ふるぼけていて、しめってもいたので、屋根にぺんぺん草が生えていた。その納戸は、裏へまわると、外から戸があくようになっていた。戸口には、太市のものだろう、肥桶《こえおけ》が一つ裸でおいてあった。太市は神経の死んだ脊椎のために大小便が出ても気づかない。つまりたれ流しなので、ふとんに油紙を敷いていた。その油紙に大小便がたまると、自分で包んで、戸口まで這ってきて外の桶に入れるということだった。ぼくらは、その時、三人いた。一しょに、桶のわきから戸のスキマにむかって、

「太市、太市、われの蜘蛛を見せい」

といった。はじめ、声がなかった。

「太市、太市、あそびにきたぞ。われの女郎蜘蛛はどんな大きさか」

すると、この時、奥から、ひくい声で、

「みんなきてくれたか。戸をあけいや」

と太市の大人っぽい声がした。仲間の一人がスキマへ手を入れて戸を力づよくあけた。きしみ音をたてて戸があくと、暗い納戸がみえた。ぼくらは外があまり明るすぎるので、眼がくらみでもしたか、出てこない太市のけはいに、息をとめていた。と、やがて、納

戸の中がうっすらとみえた。

　蚊帳が吊ってあった。ひどく古い蚊帳で、赤い三角の布が天井にいくつもあり、そこにつり手があった。ぼくらは、蚊帳の中をすかしてみた。と、床にはたしかに太市が寝ていた。いや、寝ているのではなく、太市はよこ向きにこっちへ顔をむけていて、背なかの大きなコブをかくしているのだった。

「太市よ。来たぞ」

と三人は、それぞれの名前を名のった。太市は、しわがれた声でまた、

「ようきたな。わいの蜘蛛を見いや」

といった。しかし、みよといわれてもなかなか見えなかった。ぼくらは、小便桶のわきから、敷居にへばりついて、じっと眼をすえて、家の中をみた。いや蚊帳の中を見た。と、ぼくは背すじがひえるような衝撃をうけた。

　蚊帳の中に、何匹の女郎蜘蛛がいたろう。ぼくは、息づまりそうな、一種の怖しさをおぼえながら見たのだ。蚊帳の四方の隅には、大きな巣を張った立派な女郎蜘蛛がいた。それらは、外でみるのと遜色《そんしょく》のない大きなヤツで、いや、家の暗い蚊帳でみるせいか、いっそう居丈高《いたけだか》にみえるのだった。四方の隅だけではなかった。よこのつり手の布に糸をひっかけて、とまっているのもいた。そうだ。十二、三匹はいたろう。仲間たちも、声を呑んでいた。と、その一人がいった。

「太市、餌はどうしよるぞ」

太市はおもむろにこたえた。

「おっ母がとってきてくれるんや。蝉もトンボも仰山《ぎようさん》やっとるで、みんな大きいぞ。この秋には卵もうんでくれるやろ」

ぼくらは、太市の寝ているわきの筵《むしろ》の上に、蝉の殻《から》やトンボの殻が落ちて、黒くかわいているのもみた。ぼくは太市の白い顔を見守るばかりだった。太市は半紙のような白い顔に、黒い太い眉の下で、ギラギラした眼を輝かせていた。それは六つの時のある夏から、姿を消したきりみなかった人間の、変りはてたというよりは、異様に成長した顔だった。大人のような、しっかりとひきしまった口もとには、ひげが生えているのか、灰色のうすい線がみえた。光る眼は、女郎蜘蛛の背なかの金すじのような気もした。太市がながい夏を、蜘蛛とすごす日常が思われて、ぼくらは、そこにいつまでも、そうして立っていることに耐えられなかった。

ぼくは、何分間かしてから、太郎沼の家から走って帰った。

太市が死んだのはそれから三年目のことだった。ぼくは、十歳で村を出て、京の禅寺へいって小僧をしていたので、母のハガキで、太郎沼の太市の死をしらされたが、遠い京の町に住んで、寺院での、ふつうとちがう修行生活にあっても、母のそのハガキをよんだ時は、蚊帳の中で、いっぱい蜘蛛を飼っていた太市が、外のぼくらをみていた顔を思いだした。太市の母親は、太市が死んでからは、もう村のどこで出会っても、女郎蜘蛛も、蟬もトンボも、子供たちにくれといわなくなったそうだ。死んでしまったのだからもう、用はなくなって当然だったろう。

ぼくは、女郎蜘蛛の親が冬がきてどこへ去るのか解らぬと書いた。ひょっとしたら、蜘蛛の側にいわせれば、人間が生きていて、とつぜんこの世から消えることに、不思議をおぼえているかもしれないのだった。太市の死は、蜘蛛たちにどうみえたろう。あつい八月の二十日の死だったと母のハガキにあった。八月の二十日は地蔵盆がくる少し前だ。若狭はまだ夏で、やがて蚊帳の中では蜘蛛たちが卵をうむ季節である。

不意の出来事

吉行淳之介

■吉行淳之介　よしゆきじゅんのすけ

大正一三年（一九二四）～平成六年（一九九四）

岡山生れ。父親は新興芸術派の作家・吉行エイスケ。東大英文科在学中に終戦。後、大学を中退し学校講師、雑誌編集者などをしながら小説を書く。「驟雨」（昭二九）で芥川賞を受賞。「闇のなかの祝祭」（昭三六）、「暗室」（昭四四、谷崎賞受賞）、「鞄の中身」（昭四九、読売文学賞）、「夕暮まで」（昭五三、野間文芸賞）など。

「不意の出来事」は、昭和四〇年「文學界」に発表された。

いつもの匂いが、雪子の軀から立上ってこない。裸になったばかりの雪子の軀は、無臭である。しかし、私の軀に密着している雪子の軀ぜんたいが僅かに湿りを帯びてくると、その匂いが漂いはじめる。平素はにおいの無い軀が、興奮し汗ばむと、かすかににおいを放ちはじめるのだ、と私は考えていた。

しかし、あるとき私はその匂いに疑問を持った。その甘酸っぱいにおいには、奇妙な粉っぽさが混っている。粉っぽいにおい、と言っても理解され難いだろうが、たとえば橙色《だいだいいろ》の大きな蛾の鱗粉《りんぷん》にまみれた指先をもてあつかいかねているような感じが、そのにおいを嗅ぐと起ってくる。冷静なときならば、悪臭にちかくおもえるものに違いないが、その臭いは私の官能を歪んだ形で引搔くようにそそり立てる。結局、私はそのにおいに奇妙な魅力を覚えるのだが、しかし、人間の軀から立上ってくるにおいとは異質なものが、感じられる。

その匂いを、私は体臭と化粧品との混り合ったものと考えていた。しかし、雪子の腕からも二つの乳房の間の窪みからも脇腹からもまったく同じ匂いを嗅ぎ取った私は、雪子に訊ねてみた。

「からだ中に、オーデコロンを塗りつけている、なんてことがあるかね」

「まさか、映画に出てくるお金持の娘じゃあるまいし」

私はおもわず、部屋を見まわした。そこは私の住居で、木造アパートの四畳半一間の部屋である。西陽が当るので畳が黄色く焼けている。

「でも、どうして」

「きみの軀のにおい、何だろうとおもってさ」

「あら、あたしの軀、におうかしら」

雪子は、シーツの上の頭を横に向けて、自分のまるい肩に鼻をつけた。鼻翼《びよく》の動きで、息を大きく吸い込んだのが分る。

「本当だわ。どうしたんでしょう、厭《いや》なにおいね」

「厭な、というものでもないが。きみの腹の中が甘く腐っているような……」

剝き出しの雪子の腹に、私の視線が行った。そこには、二十一歳の女の張りつめた皮膚のひろがりがある。

「変なこと言わないで」

雪子の二つの掌が臍《へそ》の両側に当てがわれた。

「しかし、大丈夫なんだろうな」

念を押す口調になった。

「大丈夫よ」

そのとき、雪子も私も、同じ顔を思い浮べていた筈だ。雪子の情夫である三十歳のヤクザの顔である。もっとも、私はその男と会ったことがないし、また一生会わないで済せたいと思っているので、頭の中に浮んだ男の顔は曖昧《あいまい》である。ただ、雪子から聞いたその男の左頬の傷痕だけが、鮮明に浮んでいた。

「でも、何のにおいかしら」

と、雪子は考える眼になった。暗い眼が内側に向いて、一層暗くなる。その眼は、私を惹きつけるものの一つである。

「きみのにおいじゃないんだね」

「あたしの軀には、においは無い筈だわ」

「それでは……」

「ちょっと待って。覚えのあるにおいなの」

思い出しかかっては逸《そ》れてゆくらしく、雪子は苛立《いらだ》たしそうに自分の肩の肉に前歯を喰い込ませた。

不意に、雪子の眼の奥が開き、光が覗いた。

「分ったわ。あたしのアパートの中に、ときどき這入ってくるにおいだわ。近くに大学の研究室があるの。あたしの窓から、白い上っ張りを着た学生が、試験管を持って何かしている様子が見えるわ。においはそこから出てくるらしいのよ」

「何の研究をしているのだろう」

「そんなこと、分らないわ」

そして雪子は、確信をもった口調で言う。

「においって、小さな粒なのね。その粒が、あたしのからだの中の毛穴の中にもぐり込んでいるのだわ」

雪子のことが、ひどく身近く感じられるある午後、私は雪子のアパートの傍まで行ってみた。雪子に情夫がいることを知らなかった頃、一度、雪子を送ってその建物の前まで行ったことがある。アパートは崖の上に建っていて、大学の鉄筋コンクリートの建物は、崖の下の地面からはるか崖の上まで聳《そび》えている。私は雪子に声をかけることはせず、建物の周囲をまわり、ときには指先でその壁板を撫でてみた。私の住んでいるのに似通った粗末な木造のアパートである。男と同棲はしていない、と雪子は言っているが、いま雪子の部屋に、頬に傷痕のあるその男がいるかもしれぬ。

危険な緊張と、懐しさで、私の心は震えた。

崖の端に立って、風景に眼を放とうとした。そのときには、大学研究室のことは私の頭から消えていたのだが、意外に近く、すぐ眼の前に、たくさんの試験管やフラスコの並んだ机が、ガラス越しに見えた。白衣を着た若い男たちが数人、部屋の中に見えた。

強いにおいではない。しかし、雪子が言ったように、においの小さな粒がすこしずつ私の鼻粘膜に粘りついてゆき、それがかなりの量に達したとき、雪子の軀から立上ったあのにおいを、私は瞭《あきら》かに嗅ぎ取った。

雪子の軀にそのにおいを嗅いだときには、人間のにおいとは異質な点が気に懸った。しかし、コンクリートの白い壁と向い合ってそのにおいを嗅ぐと、それが妙に人間くさく、なまなましく感じられる。若い男の指先にはさまれて振動かされている試験管のガラスの無機質な光を眺めながら、

「いったい、何を研究しているのか」

と、私は呟《つぶや》いた。

その匂いが、雪子の軀から立上ってこない。雪子の軀が汗ばんでこない。

「どうかしたのか」

まるでキッカケを待っていたように、雪子は直ぐに答えた。

「分ってしまったの」

「なにが」

「彼にバレちゃったの」

私は、雪子の軀から離れた。

「なんだって。尾行でもされたのか」

「違うの。この前のとき、あなたと別れてアパートに帰ると、彼が来ていたの」

「来ていたって、分りはしないだろう。証拠が残るものじゃないし」

「それが、証拠が残るの。あたしも気が付かなかったけれど」


雪子の軀に私の軀が密着したとき、雪子の顔はかぎりなくやさしく、頬笑みを浮べた表情になる。しかし、やがて快感が昂まってくると、堅く眼をつむり雪子は眉《まゆ》をひそめる。苦痛に耐えている表情に似通い、眉と眉との中央に一本の縦皺が深く刻み込まれる。雪子の表情が元に戻っても、その縦皺の痕は数時間のあいだ消えない。それが証拠となって残るものだ、と説明するのだが、その雪子の眉間には縦皺は無い。この日の雪子は、汗ばむこともなかったし、苦痛に似た表情を浮べることもなかったのだ。

「いまのきみの顔には、証拠は残っていないよ」

と、私は言ってみた。

「そのことが気に懸って、駄目なの。あなたに会いに、彼が行くわ」

「おれのことを、喋《しゃべ》ったのか」

「仕方がなかったの」

雪子は、足の裏を私に示した。小指の爪ほどの大きさのまるい傷痕が、いくつも散らばっていた。紫色に変色した古い痕もあり、赤く腫れ上って漿液《しょうえき》を滲ませているなまなましい痕もある。煙草の火を押付けて、皮膚の上で躙《にじ》った傷だと分った。

雪子は、場末のキャバレーで働いている。その場所で、私は雪子と知り合った。店の中では、雪子は肩や背中を広く剝《む》き出しにした衣裳を着ている。雪子の商売に差しつかえる部分には傷をつけないという、男の拷問《ごうもん》の仕方が、私を怯えさせた。小心な打算ではなくて、冷たいふてぶてしさを、私は感じ取った。

「いま、ここに来るかもしれないな」

入口の扉を見て、私は言った。布団の上の雪子は裸で、動きのとれぬ状況である。たくらんだのか、と一瞬私は疑いの眼で雪子を見た。しかし、脅迫されても、私から取るものは何もない筈だ……。

「ここには来ないわ。あなたの家は、あたし知らないことになっている。会社の方を教えたわ」

「それで、おれを殴るのか」

「殴りはしないわ。腕力を使うような男じゃないの」

「では、何のために会いにくるのだろう」

「お金よ、それ以外にないわ」

「しかし、おれは金は持っていないよ」

「だから、平気よ、無いところからは取れないもの」

私を力づけている口調にも聞え、投げやりな口調にも聞える。また、雪子の眼は、私の動揺を調べているようにも見える。雪子の足の裏にある、紫色に変色した火傷の痕を指先で撫でながら、私は言ってみた。

「おれのために、こんな目に遭って、気の毒だったな」

錘《おもり》を吊した糸を水の中に沈めてゆき、水深を計る心持である。

「いいのよ、あなたのために苦しむのは、嬉しかったわ。その間じゅう、あなたに頭の中に来てもらったわ」

という返事が戻ってきたが、そういう言葉はかえって私を疑い深くさせる。

確実なのは、雪子の男が私に会いにくるということだ。私はなるべく会社にいるようにして、彼を待った。翌日もその翌日も、彼は姿をあらわさない。

待つ間に、私の空想はさまざまな形で膨《ふく》らみ、まだ会ったことのない雪子の男の影像が頭の中につくり上げられてしまった。

「腕力を使うような男じゃないの」

という雪子の言葉が、私に大きく作用した。腕力を矢鱈《やたら》に使うのは、若いチンピラである。雪子の男は落着きはらった身のこなしと、冷たい眼を持った三十歳の男である。黒い背広につつまれた軀は痩身《そうしん》だが、鋼のように頑丈でよく撓《しな》う。その軀は、雪子との抱擁で、いつも確実に雪子の眉間に深い縦皺を刻みつけることができる。

雪子はその男から脱れることができない。脱れたいような素振りをしているが、じつは雪子は堅くその男と結び付き、むしろ積極的にその男と二人だけの環をつくっているのではないか。その環には、誰も這入りこむことはできず、その環を一層強固にするために、雪子とその男との人間関係の香辛料として、私は使われているのではないか。

待つことの不安が、私を苦しめた。自分の部屋に戻ると、気を紛らすために、押入れの中に積み重ねてある書物の中から、童謡を集めた本を抜き出して、出鱈目《でたらめ》に頁を開いてはそこに並んでいる活字に眼を当てた。古本屋で偶然見付けたその書物の中に、私はしばしば荒《すさ》んだ日常から脱れて、逃げこんでいた。

荒んだ日常というのは、三流週刊誌の記者という仕事の性格を指している。最初からその職業を選んだわけではない。私が入社したときには、会社は良心的な書物を出版していた。しかし、それらの書物を買う人の数はきわめて少なく、ほとんど大部分が戻ってきた。会社は、方針を変えた。

煽情《せんじょう》記事や暴露記事を載せた雑誌をつくることで、辛うじて社員の生活が維持できることになった。

その仕事を拒否することは、餓えることである。その考えが、私を強迫した。拒否して、新しい生活に飛び込んでみるだけの強さを、私は持っていなかった。その仕事を受入れ、夜の時間は女の軀に逃げこみ、あるいは童謡の本の頁の上に逃げてゆく。
私の眼は、童謡の本の上を動いてゆく。
『お笑いお笑いお笑いよ、
あなたが笑っていられるうちは』
とか、
『空はまっ青、
空気はやさしい、
野にゃ日があたる、
小道にゃうす影』
とか、
『熱い豌豆《えんどう》まんじゅう、
冷めた豌豆まんじゅう、
九日《ここのか》いれてある、
壺の豌豆まんじゅう』
など、断片を拾い集めながら、頁の上を動いてゆく。
やがて、私の眼は、「ふいのできごと」という題名の文字の上で停った。その題名につづく歌は、次のようなものである。

『すっきりとした
女のような
鶴がフォークと
ナイフでいつも
ご飯を食べた。
そのまあ容子《ようす》の
すばらしいこと
ある日キルクを
飲みこむまでは。

帽子のなかで
べっこういろの
小猫はねむった
とてもすてきな
寝床と思った。
だが困ったよ。
近眼《ちかめ》の男が

知らずに帽子を
　ひょいとかぶった』

その道化《おどけ》た調子に、私の心は和みかかった。

しかし、道化た調子は、すぐに嘲弄する調子に変った。雪子の男の私に向けられた冷たい狙う眼に、小馬鹿にする光が浮ぶ。彼は、人差指の腹でちょっと自分の鼻の先を擦《こす》ってから、大股で私の方へ歩み寄ってくる……。

今度のことは、私にとって不意に襲ってきた出来事だったろうか、と私はあらためて考えてみた。雪子にヤクザの男がついていると知ってからは、心の隅にいつも不安があった。私にとって「不意の出来事」ではなかったといえる。すくなくとも、キルクを嚥《の》みこんだ「鶴」ではなかった。

しかし、鼈甲色《べっこういろ》の小猫ではない、と言えるだろうか。

雪子の肌は、その名に似合わず浅黒い。隆《たか》く盛り上った二つの乳房の下に、腹部のひろがりがあり、その中央に形よく窪んだ小さい臍がある。とても素敵な寝床とおもって、私はその上に載っていたのだが、ふと気付くと、その寝床は黒いソフトに変っている。黒い背広の男の逞しい手がその黒い帽子を摑み、ひょいと頭に載せてしまう。

さまざまな空想が私を苛立たせ、怯えさせる。会社の机の前に坐り、私は男を待った。

猫背の小さい男が、私の机の傍に立った。派手なチェックの上衣が、借着としか思えないくらい、その男に不似合だった。気臆《きおく》れのした態度をしている。かけ出しの画家か漫画家の売込みだろう、と私は思った。

「雪子が……」

という言葉がその男の口から出たとき、私は吃驚《びっくり》した。不意打であり、不意の出来事であった。

「ちょっと待ってください」

私が制すと、男は部屋の中を見まわして、

「応接室かどこかで話しますか」

と、躊躇《ためら》いがちに言う。しかし私の勤めている会社は、木造の小さい二階建の家を借りており、階下は営業部で、二階が編集部である。応接室をつくる余地はなかった。

私は男を誘って、近くの喫茶店へ行った。

「驚いたね、応接室のない会社ですか」

と男は言うが、私の驚きも続いていた。三十歳のその男の頭髪はかなり薄くなって、頭蓋のかたちが露わなのだが、その形がいかにも貧弱に見えた。

「雑誌社というのは、鉄筋のビルの全部を持っているのじゃないですか」

男は言葉をつづける。いかにも未練あり気に見えた。

「そういう会社もあるが」

「これじゃ、金にならないな」

落胆したように、男が言う。その男の姿をあらわすまでの私の長い間の緊張を、肩透しされた気持になった。また、その貧弱な男にさえ、貧弱な評価しか受けないことに腹立ちを覚え、

「しかし君、そんなにあっさり諦めなくてもいいじゃないか」

そう言って直ぐに、私は自分の言葉の滑稽さに気付いたのであるが。

「あっしは増田と言いますがね」

はじめて男は名乗り、チェックの上衣の内ポケットから二つ折りにした週刊誌を抜き出して、テーブルの上に置いた。それは、私の会社で発行している週刊誌である。

「途中で買ってみたんだが、ひどい中身だね。これじゃ、あまり期待はできないとおもったが、金まわりだけは良いのかとおもってみたんだ。それにしても、雪子もひどい屑《くず》を摑んだもんだ」

「君はいったいどうだというんだ」

「あっしも屑さ。だが、雪子とおれとは、切っても切れない縁で結ばれているんでね……。ま、ともかく、こうやって屑同士向い合っていても仕方がない」

増田が立上りかけるので、私はいそいで声をかけた。

「まあ待てよ。君は強請《ゆすり》にきたのだろう。ぼくに金が無いとおもったら、無理矢理つくらせるのが強請というものだろう」

緊張して待った相手が、威勢の悪い弱そうなヤクザだったことの安堵感と、そういう男にさえ軽く評価されたことの腹立たしさが、私を雄弁にした。

「いいかい君、屑なら屑に徹することだ。コンクリート地面に叩き付けられた背中の青い魚の腹が破れてだな、臓物がはみ出している。その上に夏の太陽が赫《か》っと照りつけている。はらわたの薄い膜が脂でぬるぬるして、水たまりに浮いた機械油が虹の色に光るように、太陽の光をはね返している。そういう強請をしてもらいたいな」

私は自分の言葉に酔った。兇暴な気持が、衝き上げてきた。

「よし、おれが強請って金をつくってきてやる。その金を君に渡すことにしよう。金額はいくらだ、二十万か三十万か」

興味がなさそうだった増田の顔にはじめて表情が動いた。眼が狡猾に光った。

「それは多いほど結構だがね」

「よろしい、一週間経ったら、訪ねてきてくれ」

強請の材料を、私は握っていた。ずいぶん以前から持っていたのだが、それを使おうとおもったことはない。映画女優星川星子の過去に関しての秘密である。

その秘密が公表されれば、星川星子の人気にとって大きな障害になることが瞭かであった。

公衆電話ボックスで、私は星川星子に電話をかけた。興奮していたし、強請の金が私を通過して増田の手に渡るという考えが、私を踏み切らせた。躊躇《ためら》わずに、私の指はダイヤルをまわした。

重大なことだから、という言葉を繰返して、ようやく私は彼女を電話口に呼び出すことができた。

「どんなご用件ですの」

映画やテレビで聞き覚えのある星川星子の声が、受話器から私の耳に入ってきた。

「……のことで」

秘密の鍵になる言葉を、私は言った。しばらく沈黙があった。ようやく、彼女の声が聞えてきた。

「それで、どうしようとおっしゃるの」

平静を装った声だが、裏側の動揺が透けて見えた。

「直接お目にかかってお話したいとおもうわけです」

「それならば、今夜Tホテルのロビイで……」

以前に一度、私は星川星子にインタヴューをしたことがある。そのときもTホテルのロビイを指定した。いつも彼女はそこを指定するのだろうか。雑誌記者のインタヴューを受けている姿を見せることは、宣伝になる。彼女はいま、新進からスタアへの道を歩いているところだ。しかし、今の場合、それは彼女にとっては不適当な場所である。慌てているな、と私がおもったとき、いそいで訂正する声が聞えてきた。

「いえ、あたしの家へおいでください……」

指定されたのは、午後七時という時刻である。教えられた郊外電車の駅のプラットフォームに降り立ったとき、私は自分がひどく緊張しているのに気付いた。これではいけない、と私は自分に言い聞かせた。大物の泥棒は目的の家に忍び入る前に、門の傍に大量に脱糞する、という話だぞ。その話を思い出したことで、ふっと緊張が弛《ゆる》んだ。その瞬間、私ははげしい空腹を覚えた。

駅の前に、中華蕎麦の屋台が出ていた。ラーメンを注文する。屋台の親爺《おやじ》は、湯気の立つ丼の中に、生葱を刻みこんだ。

「葱をたくさん入れてくれ」

「へい、大サービスですよ」

丼の中身の上に、葱がうずたかく積み上った。丼の上に顔を伏せる。湯気が鼻の孔に入ってきて、鼻水が垂れそうになる。横を向いて洟《はな》をかむ。そういう自分を、みすぼらしく感じ、

「星川星子だって、昔は似たようなものだったんだ。いや、もっとひどい生活をしてきたんだ」

と、心の中で呟く。

以前、Tホテルで星川星子と会ったときのことを思い出した。ホテルのロビイというのは、しばしばそこにいる人間を喰う。その人間から場違いの感じを鋭く浮び上らせる。しかし、そのときの彼女は身のこなしに余裕を漂わせ、その軀を支えている大きな椅子は彼女にかしずいているように見えた。私は気臆《きおく》れを覚え、会見の場所にTホテルのロビイを指定した彼女をひそかに憎んだ。

私にとっては、悪いことを思い出してしまったことになる。このときから、私の意気込みは少しずつ挫《くじ》けはじめた。

屋台を出た私は気持を立て直し、「すっきりとした鶴のような女に、キルクを嚥み込ませてやるんだ」と呟きながら、歩き出した。しかし、童謡の文句に気持の支えを見出すようでは、勝負の先は見えていることに、そのときの私は気付いていない。

星川星子は、その豪奢な応接間に似合っていた。部厚い肘かけのある大きな椅子に、私は坐った。腰を深く落し、脚を組み合せてみたが、その姿勢は虚勢をつくっているようにおもえて交叉した脚をほどいた。

「お話をうかがいますわ」

冷静な口調で、彼女は言う。私は自分の握っている情報が正確なものであることを示すために、話しはじめた。襲いかかる気持、傷つける気持で、部分によっては必要以上に詳しく話した。しかし、彼女は顔色を動かさない。平素から、こういう日のあるのを覚悟して、心の準備をしていたようにもみえる。動かないその顔は、私を苛立たせた。

私は椅子の上の尻を浅く擦《ず》らし、私の椅子と直角に置かれた椅子に坐っている星川星子の方に軀を傾けて、一層彼女を傷つけるように微細な描写を試みた。

一瞬、彼女の顔が歪み、すぐに元に戻った。顔全体が歪んだわけではない。眉根《まゆね》が寄せられ、鼻翼がかすかに動いた。その動きを見た瞬間、私は自分の口の中に、葱のにおいを強く感じた。自分の食べたもののにおいは感じないのが普通であるから、鼻翼と眉間の動きに触発された幻覚だったかもしれない。いずれにせよ、私の話が彼女の顔を動かしたのではないことはたしかだった。反射的に、私は椅子に深く軀を引きながら、

「ラーメンを食べて、何が悪い。おまえだって、ラーメンさえ食べられない過去の日があったじゃないか」

と、心の中で呟き、星川星子の鼻翼にするどく視線を当てた。しかし、彼女の小鼻は、肉が薄く、きっかりと美しい形の線を示している。それは上品で、精緻な細工物のようにみえ、葱のにおいを放っている生温い呼気が流れ込んでゆくには、ふさわしくない姿をみせてそこに在った。

「それで、どうなさろうとおっしゃるの」

私の話が終ると、彼女はそう訊ねた。

「うちの雑誌に発表させていただくつもりです」

「それは困りますわ」

「困ると言われても……」

「弱い女をいじめたって仕方がないじゃありませんか」

しかし、その言葉には、哀願の調子はなかった。

「あなたは、強い女ですよ」

調べるように、私を見た。

「そんなことをして、恥ずかしいとおもいませんの」

「恥ずかしいとおもっていては、この商売はできません」

一廉《ひとかど》の悪党めいた科白《せりふ》を言ってみたが、迫力のないことが瞭《あきら》かに分った。烈しい汚辱にまみれてやろう、という突きつめた気持も失われていた。生ぬるい、衰弱した気持になっていた。あとの会話は、惰性によるものだった。

「どうしても発表するつもりなの」

「そうですよ」

「発表しないでもらう方法はありませんの」

「それは、無いわけでもないが」

「お金ね」

「そうですよ」

「あなたの持っている材料を、わたしが買い取ればいいわけね。でも、いくら買い取るといっても、あなたの頭の中にある材料なのだから、あとからいくらでも出てくるわね」

「……………」

「約束してくださる。買い取ったあとは、その問題では絶対にわたしには迷惑をかけないことを」

「約束しましょう」

「本当ね」

「本当です」

不意に、彼女は上半身を椅子から乗り出して、深く背を跼《かが》めた。そして、テーブルの下から小型のテープレコーダーを摑み出した。細いきれいな指が巻き戻しのスイッチにかかった。二つのリールが勢よく回転して停り、今度は逆方向にゆっくり回りはじめた。

機械から、私の声がひびいてきた。

その声は、卑しげに私の耳に聞えた。一つ一つの言葉に、葱の強いにおいが絡み付いているようにおもえる。

「約束しましょう」

「本当ね」

「本当です」

機械はその言葉を繰返して、スイッチが切られた。

「よくって。もしも約束を破ることがあったら、恐喝として訴えますよ。証拠の品はこのテープというわけよ」

そう言うと、不意に彼女の顔に、嘲弄する表情が浮び上った。

「そうそう、まだお金の額をきめていなかったじゃないの」

主導権を握った落着きがある。十分警戒しながら、彼女は私の様子を窺っている。彼女の頭の中が素早く動いて、私の口から出る筈の金額に狙いをつけている。したたかな感じが、星川星子の顔の裏ににじみはじめている。

「二万円」

と、私は言った。彼女が予想しているよりはるかに安い金額を言うことが、この場の私にできる唯一のことだった。彼女の顔ににじみ出したしたたかさを見て、私は計算し、試したのである。私の計算は当った。

「二万円ですって。あんた、それでいいのね」

彼女の声が弾んだ。野卑な翳《かげ》が、声ににじみ、顔を隈取った。星川星子の秘密の過去が、あぶり出しのようにそこに浮んでいた。

「いいのです」

コンクリート地面の上に叩きつけられた魚の臓物に、赫っと陽の照りつける図は、そこにはなかった。灰色の平面の上で、私は陰気に蠢《うごめ》いていた。同じ平面の上で、星川星子も、雪子も、そして増田という貧弱な男も、同じように蠢いている。

雪子が、私の部屋に訪れてきた。

「この前、増田という人がきたよ」

「そうですってね」

「知っていたんだね」

「ええ」

「案外だった。こわい人ではなかったよ」

私はそういう言い方をしてみた。しかし、雪子は私の顔をじっと見て、

「そうかしら」

と、言う。

「金は渡さなかったぞ」

「そうですってね。あれじゃ、取るわけにもいかない、と言っていたわ」

落し穴に、脚を突込んだ気持が起った。理由は瞭かには分らない。私は考える眼になり、しばらく黙った。帽子の中で昼寝している小猫なのか、と自分のことを考えてみた。

「こわい人なのか」

「さあ」

曖昧に答え、

「そんなこと、どうでもいいじゃないの」

と、雪子はゆっくりと衣服を脱ぎはじめた。靴下を足の先から取去るとき、足の裏がすこし見えた。そこに、赤く脹《は》れた新しい傷を見た、とおもった。私のことを聞き出す必要はもう無い筈なのに。しかし、私は口を噤《つぐ》んでいた。その傷は、増田と雪子と、二人にとって必要なものかもしれぬ、と思い当ったからである。

「増田が行って来い、と言ったのか」

「さあ」

依然として、雪子は曖昧に答える。

不意に、雪子が訊ねた。

「お金、取れたの」

私が強請に出かけたことを知っていて、その金についての質問だと分った。

「そのために、増田がきみを寄越したのか」

「違うわ。そのお金、取れなかったでしょう」

「取れなかった」

嘘を言った。しかし、まったくの嘘というわけではない。取れなかったに等しい、ともいえる状況だった。

「取れる筈がない、と増田が言っていたわ」

増田の眼に浮んだ光を、狡猾《こうかつ》なものと思ったが、あれは私を値踏みする光だったのか、とおもった。

「何のために、ここに来ているのだ」

「そんなこと、どうでもいいじゃないの」

雪子は、裸の両腕を伸ばしてきた。雪子の眉と眉の間に、深く皺が刻まれたが、その軀から匂いは立昇ってこない。しかし、軀はあきらかに汗ばんでいる。

「研究室の実験は終ったのか」

「どうして」

「匂いが無くなった」

かすかな笑いが雪子の顔をよぎったのを見て、不意に私は悟った。

「引越したのだな」

「そうよ。増田の部屋に移ったの。一緒に暮すことにしたのよ」

雪子の眉間に、縦皺の痕が残っている。その痕を、これから雪子は増田のいる部屋に持って帰ることになる。他の男によって付けられたその痕が、増田にとって、そして雪子にとっても必要なのかもしれない。くわしいことは分らぬが、おそらくそうに違いない。

「また、来るわね」

衣服を着けた雪子は、そう言って帰って行った。

二万円の金は、私自身のために使った。長い間食べなかった旨いものを食べるために使い、安淫売を買うためにも使った。惜しみ惜しみ、私はその金を使った。

片腕

川端康成

■川端康成　かわばたやすなり　明治三二年（一八九九）～昭和四七年（一九七二）

大阪生れ。幼くして両親を亡くし孤児となる。東大在学中、「新思潮」に参加。菊池寛に認められ、横光利一らと共に新感覚派の作家として注目を浴びる。「伊豆の踊子」（大一五）、「雪国」（昭一二）などは広く知られている。また、「みづうみ」（昭二九）、「眠れる美女」（昭三六）など独特のエロチシズムにあふれる作品がある。昭和四三年、ノーベル文学賞を受賞。

「片腕」は昭和三八～九年「新潮」に発表された。

「片腕を一晩お貸ししてもいいわ。」と娘は言つた。そして右腕を肩からはづすと、それを左手に持つて私の膝においた。

「ありがたう。」と私は膝を見た。娘の右腕のあたたかさが膝に伝はつた。

「あ、指輪をはめておきますわ。あたしの腕ですといふしるしにね。」と娘は笑顔で左手を私の胸の前にあげた。「おねがひ……。」

左片腕になつた娘は指輪を抜き取ることがむづかしい。

「婚約指輪ぢやないの？」と私は言つた。

「さうぢやないの。母の形見なの。」

小粒のダイヤをいくつかならべた白金の指輪であつた。

「あたしの婚約指輪と見られるでせうけれど、それでもいいと思つて、はめてゐるんです。」と娘は言つた。「いつたんかうして指につけると、はづすのは、母と離れてしまふやうでさびしいんです。」

私は娘の指から指輪を抜き取つた。そして私の膝の上にある娘の腕を立てると、紅差し指にその指輪をはめながら、「この指でいいね？」

「ええ。」と娘はうなづいた。「さうだわ。肘や指の関節がまがらないと、突つ張つたままでは、せつかくお持ちいただいても、義手みたいで味気ないでせう。動くやうにしておきますわ。」さう言ふと、私の手から自分の右腕を取つて、肘《ひじ》に軽く脣《くちびる》をつけた。指のふしぶしにも軽く脣をあてた。

「これで動きますわ。」

「ありがたう。」私は娘の片腕を受け取つた。「この腕、ものも言ふかしら？　話をしてくれるかしら？」

「腕は腕だけのことしか出来ないでせう。もし腕がものを言ふやうになつたら、返していただいた後で、あたしがこはいぢやありませんの。でも、おためしになつてみて……。やさしくしてやつていただけば、お話を聞くぐらゐのことはできるかもしれませんわ。」

「やさしくするよ。」

「行つておいで。」と娘は心を移すやうに、私が持つた娘の右腕に左手の指を触れた。「一晩だけれど、このお方のものになるのよ。」

そして私を見る娘の目は涙が浮ぶのをこらへてゐるやうであつた。

「お持ち帰りになつたら、あたしの右腕を、あなたの右腕と、つけ替へてごらんになるやうなことを……。」と娘は言つた。「なさつてみてもいいわ。」

「ああ、ありがたう。」

私は娘の右腕を雨外套のなかにかくして、もやの垂れこめた夜の町を歩いた。電車やタクシイに乗れば、あやしまれさうに思へた。娘のからだを離された腕がもし泣いたり、声を出したりしたら、騒ぎである。

私は娘の腕のつけ根の円《まる》みを、右手で握つて、左の胸にあてがつてゐた。その上を雨外套でかくしてゐるわけだが、ときどき、左手で雨外套をさはつて娘の腕をたしかめてみないではゐられなかつた。それは娘の腕をたしかめるのではなくて、私のよろこびをたしかめるしぐさであつただらう。

娘は私の好きなところから自分の腕をはづしてくれてゐた。腕のつけ根であるか、肩のはしであるか、そこにぷつくりと円みがある。西洋の美しい細身の娘にある円みで、日本の娘には稀れである。それがこの娘にはあつた。ほのぼのとうひうひしい光りの球形のやうに、清純で優雅な円みである。娘が純潔を失ふと間もなくその円みの愛らしさも鈍つてしまふ。たるんでしまふ。美しい娘の人生にとつても、短いあひだの美しい円みである。それがこの娘にはあつた。肩のこの可憐な円みから娘のからだの可憐なすべてが感じられる。胸の円みもさう大きくなく、手のひらにはいつて、はにかみながら吸ひつくやうな固さ、やはらかさだらう。娘の肩の円みを見てゐると、私には娘の歩く脚も見えた。細身の小鳥の軽やかな足のやうに、蝶が花から花へ移るやうに、娘は足を運ぶだらう。そのやうにこまかな旋律は接吻する舌のさきにもあるだらう。

袖なしの女服になる季節で、娘の肩は出たばかりであつた。あらはに空気と触れることにまだなれてゐない肌の色であつた。春のあひだにかくれながらうるほつて、夏に荒れる前のつぼみのつやであつた。私はその日の朝、花屋で泰山木《たいさんぼく》のつぼみを買つてガラスびんに入れておいたが、娘の肩の円みはその泰山木の白く大きいつぼみのやうであつた。娘の服は袖がないといふよりなほ首の方にくり取つてあつた。腕のつけ根の肩はほどよく出てゐた。服は黒つぽいほど濃い青の絹で、やはらかい照りがあつた。このやうな円みの肩にある娘は背にふくらみがある。撫《な》で肩《がた》のその円みが背のふくらみとゆるやかな波を描いてゐる。やや斜めのうしろから見ると、肩の円みから細く長めな首をたどる肌が掻きあげた襟髪でくつきり切れて、黒い髪が肩の円みに光る影を映してゐるやうであつた。

こんな風に私がきれいと思ふのを娘は感じてゐたらしく、肩の円みをつけたところから右腕をはづして、私に貸してくれたのだつた。

雨外套のなかでだいじに握つてゐる娘の腕は、私の手よりも冷たかつた。心をどりに上気してゐる私は手も熱いのだらうが、その火照りが娘の腕に移らぬことを私はねがつた。娘の腕は娘の静かな体温のままであつてほしかつた。また手のなかのものの少しの冷たさは、そのもののいとしさを私に伝へた。人にさはられたことのない娘の乳房のやうであつた。

雨もよひの夜のもやは濃くなつて、帽子のない私の頭の髪がしめつて来た。表戸をとざした薬屋の奥からラジオが聞えて、ただ今、旅客機が三機もやのために着陸出来なくて、飛行場の上を三十分も旋回してゐるとの放送だつた。かういふ夜は湿気で時計が狂ふからと、ラジオはつづいて各家庭の注意をうながしてゐた。またこんな夜に時計のぜんまいをぎりぎりいつぱいに巻くと湿気で切れやすいと、ラジオは言つてゐた。私は旋回してゐる飛行機の灯が見えるかと空を見あげたが見えなかつた。空はありはしない。たれこめた湿気が耳にまではいつて、たくさんのみみずが遠くに這ふやうなしめつた音がしさうだ。ラジオはなほなにかの警告を聴取者に与へるかしらと、私は薬屋の前に立つてゐると、動物園のライオンや虎や豹などの猛獣が湿気を憤《いきどお》つて吠える、それを聞かせるとのことで、動物のうなり声が地鳴りのやうにひびいて来た。ラジオはそのあとで、かういふ夜は、妊婦や厭世家などは、早く寝床へはいつて静かに休んでゐて下さいと言つた。またかういふ夜は、婦人は香水をぢかに肌につけると匂ひがしみこんで取れなくなりますと言つた。

猛獣のうなり声が聞えた時に、私は薬屋の前から歩き出してゐたが、香水についての注意まで、ラジオは私を追つて来た。猛獣たちが憤るうなりは私をおびやかしたので、娘の腕にもおそれが伝はりはしないかと、私は薬屋のラジオの声を離れたのであつた。

娘は妊婦でも厭世家でもないけれども、私に片腕を貸してくれて片腕になつた今夜は、やはりラジオの注意のやうに、寝床で静かに横たはつてゐるのがいいだらうと、私には思はれた。片腕の母体である娘が安らかに眠つてゐてくれることをのぞんだ。

通りを横切るのに、私は左手で雨外套の上から娘の腕をおさへた。車の警笛が鳴つた。脇腹に動くものがあつて私は身をよぢつた。娘の腕が警笛におびえてか指を握りしめたのだつた。

「心配ないよ。」と私は言つた。「車は遠いよ。見通しがきかないので鳴らしてゐるだけだよ。」

私はだいじなものをかかへてゐるので、道のあとさきをよく見渡してから横切つてゐたのである。その警笛も私のために鳴らされたとは思はなかつたほどだが、車の来る方をながめると人影はなかつた。その車は見えなくて、ヘッド・ライトだけが見えた。その光りはぼやけてひろがつて薄むらさきであつた。めづらしいヘッド・ライトの色だから、私は道を渡つたところに立つて、車の通るのをながめた。朱色の服の若い女が運転してゐた。女は私の方を向いて頭をさげたやうである。とつさに私は娘が右腕を取り返しに来たのかと、背を向けて逃げ出しさうになつたが、左の片腕だけで運転出来るはずはない。しかし車の女は私が娘の片腕をかかへてゐると見やぶつたのではなからうか。娘の腕と同性の女の勘である。私の部屋へ帰るまで女には出会はぬやうに気をつけなければなるまい。女の車はうしろのライトも薄むらさきであつた。やはり車体は見えなくて、灰色のもやのなかを、薄むらさきの光りがぼうつと浮いて遠ざかつた。

「あの女はなんのあてもなく車を走らせて、ただ車を走らせるために走らせずにはゐられなくて、走らせてゐるうちに、姿が消えてなくなつてしまふのぢやないかしら……。」と私はつぶやいた。「あの車、女のうしろの席にはなにが坐つてゐたのだらう。」

なにも坐つてゐなかつたやうだ。なにも坐つてゐないのを不気味に感じるのは、私が娘の片腕をかかへてゐたりするからだらうか。あの女の車にもしめつぽい夜のもやは乗せてゐた。そして女のなにかが車の光りのさすもやを薄むらさきにしてゐた。女のからだが紫色の光りを放つことなどあるまいとすると、なにだつたのだらうか。かういふ夜にひとりで車を走らせてゐる若い女が虚《むな》しいものに思へたりするのも、私のかくし持つた娘の腕のせゐだらうか。女は車のなかから娘の片腕に会釈《えしやく》したのだつたらうか。かういふ夜には、女性の安全を見まはつて歩く天使か妖精があるのかもしれない。あの若い女は車に乗つてゐたのではなくて、紫の光りに乗つてゐたのかもしれない。虚しいどころではない。私の秘密を見すかして行つた。

しかしそれからは一人の人間にも行き会はないで、私はアパアトメントの入口に帰りついた。扉のなかのけはひをうかがつて立ちどまつた。頭の上に蛍火が飛んで消えた。蛍の火にしては大き過ぎ強過ぎると気がつくと、私はとつさに四五歩後ずさりしてゐた。

また蛍のやうな火が二つ三つ飛び流れた。その火は濃いもやに吸ひこまれるよりも早く消えてしまふ。人魂《ひとだま》か鬼火のやうになにものかが私の先きまはりをして、帰りを待ちかまへてゐるのか。しかしそれが小さい蛾《が》の群れであるとすぐにわかつた。蛾のつばさが入口の電灯の光りを受けて蛍火のやうに光るのだつた。蛍火よりは大きいけれども、蛍火と見まがふほどに蛾としては小さかつた。

私は自動のエレベエタアも避けて、狭い階段をひつそり三階へあがつた。左利きでない私は、右手を雨外套のなかに入れたまま左手で扉の鍵をあけるのは慣れてゐない。気がせくとなほ手先きがふるへて、それが犯罪のをののきに似て来ないか。部屋のなかになにかがゐさうに思へる。私のいつも孤独の部屋であるが、孤独といふことは、なにかがゐることではないのか。娘の片腕と帰つた今夜は、つひぞなく私は孤独ではないが、さうすると、部屋にこもつてゐる私の孤独が私をおびやかすのだつた。

「先きにはいつておくれよ。」私はやつと扉が開くと言つて、娘の片腕を雨外套のなかから出した。「よく来てくれたね。これが僕の部屋だ。明りをつける。」

「なにかこはがつていらつしやるの？」と娘の腕は言つたやうだつた。「だれかゐるの？」

「ええつ？　なにかゐさうに思へるの？」

「匂ひがするわ。」

「匂ひね？　僕の匂ひだらう。暗がりに僕の大きい影が薄ぼんやり立つてゐやしないか。よく見てくれよ。僕の影が僕の帰りを待つてゐたのかもしれない。」

「あまい匂ひですのよ。」

「ああ、泰山木《たいさんぼく》の花の匂ひだよ。」と私は明るく言つた。私の不潔で陰湿な孤独の匂ひでなくてよかつた。泰山木のつぼみを生けておいたのは、可憐な客を迎へるのに幸ひだつた。私は闇に少し目がなれた。真暗だつたところで、どこになにがあるかは、毎晩のなじみでわかつてゐる。

「あたしに明りをつけさせて下さい。」娘の腕が思ひがけないことを言つた。「はじめてうかがつたお部屋ですもの。」

「どうぞ。それはありがたい。僕以外のものがこの部屋の明りをつけてくれるのは、まつたくはじめてだ。」

私は娘の片腕を持つて、手先きが扉の横のスヰッチにとどくやうにした。天井の下と、テエブルの上と、ベッドの枕もとと、台所と、洗面所のなかと、五つの電灯がいち時についた。私の部屋の電灯はこれほど明るかつたのかと、私の目は新しく感じた。

ガラスびんの泰山木が大きい花をいつぱいに開いてゐた。今朝はつぼみであつた。開いて間もないはずなのに、テエブルの上にしべを落ち散らばせてゐた。それが私はふしぎで、白い花よりもこぼれたしべをながめた。しべを一つ二つつまんでながめてゐると、テエブルの上においた娘の腕が指を尺取虫《しやくとりむし》のやうに伸び縮みさせて動いて来て、しべを拾ひ集めた。私は娘の手のなかのしべを受け取ると、屑籠《くずかご》へ捨てに立つて行つた。

「きついお花の匂ひが肌にしみるわ。助けて……。」と娘の腕が私を呼んだ。

「ああ。ここへ来る道で窮屈《きゆうくつ》な目にあはせて、くたびれただらう。しばらく静かにやすみなさい。」とベッドの上に娘の腕を横たへて、私もそばに腰をかけた。そして娘の腕をやはらかくなでた。

「きれいで、うれしいわ。」娘の腕がきれいと言つたのは、ベッド・カバアのことだらう。水色の地に三色の花模様があつた。孤独の男には派手過ぎるだらう。「このなかで今晩おとまりするのね。おとなしくしてゐますわ。」

「さう?」

「おそばに寄りそつて、おそばになんにもゐないやうにしてますわ。」

そして娘の手がそつと私の手を握つた。娘の指の爪はきれいにみがいて薄い石竹色《せきちくいろ》に染めてあるのを私は見た。指さきより長く爪はのばしてあつた。

私の短くて幅広くて、そして厚ごはい爪に寄り添ふと、娘の爪は人間の爪でないかのやうに、ふしぎな形の美しさである。女はこんな指の先きでも、人間であることを超克しようとしてゐるのか。あるひは、女であることを追究しようとしてゐるのか。うち側のあやに光る貝殻、つやのただよふ花びらなどと、月並みな形容が浮んだものの、たしかに娘の爪に色と形の似た貝殻や花びらは、今私には浮んで来なくて、娘の手の指の爪は娘の手の指の爪でしかなかつた。脆《もろ》く小さい貝殻や薄く小さい花びらよりも、この爪の方が透き通るやうに見える。そしてなによりも、悲劇の露と思へる。娘は日ごと夜ごと、女の悲劇の美をみがくことに丹精《たんせい》をこめて来た。それが私の孤独にしみる。私の孤独が娘の爪にしたたつて、悲劇の露とするのかもしれない。

私は娘の手に握られてゐない方の手の、人差し指に娘の小指をのせて、その細長い爪を親指の腹でさすりながら見入つてゐた。いつとなく私の人差し指は娘の爪の庇《ひさし》にかくれた、小指のさきにふれた。ぴくつと娘の指が縮まつた。肘もまがつた。

「あつ、くすぐつたいの？」と私は娘の片腕に言つた。「くすぐつたいんだね。」

うくわつなことをつい口に出したものである。爪を長くのばした女の指さきはくすぐつたいものと、私は知つてゐる。つまり私はこの娘のほかの女をかなりよく知つてゐると、娘の片腕に知らせてしまつたわけである。

私にこの片腕を一晩貸してくれた娘にくらべて、ただ年上と言ふより、もはや男に慣れたと言ふ方がよささうな女から、このやうな爪にかくれた指さきはくすぐつたいのを、私は前に聞かされたことがあつたのだ。長い爪のさきでものにさはるのが習はしになつてゐて、指さきではさはらないので、なにかが触れるとくすぐつたいと、その女は言つた。

「ふうん。」私は思はぬ発見におどろくと、女はつづけて、

「食べものごしらへでも、食べるものでも、なにかちよつと指さきにさはると、あつ、不潔つと、肩までふるへが来ちやふの。さうなのよ、ほんたうに……。」

不潔とは、食べものが不潔になるといふのか、爪さきが不潔になるといふのか。おそらく、指さきになにがさはつても、女は不潔感にわななくのであらう。女の純潔の悲劇の露が、長い爪の陰にまもられて、指さきにひとしづく残つてゐる。

女の手の指さきをさはりたくなつた、誘惑は自然であつたけれども、私はそれだけはしなかつた。私自身の孤独がそれを拒んだ。からだのどこかにさはられてもくすぐつたいところは、もうほとんどなくなつてゐるやうな女であつた。

片腕を貸してくれた娘には、さはられてくすぐつたいところが、からだぢゆうにあまたあるだらう。さういふ娘の手の指さきをくすぐつても、私は罪悪とは思はなくて、愛《あい》玩《がん》と思へるかもしれない。しかし娘は私にいたづらをさせるために、片腕を貸してくれたのではあるまい。私が喜劇にしてはいけない。

「窓があいてゐる。」と私は気がついた。ガラス戸はしまつてゐるが、カアテンがあいてゐる。

「なにかがのぞくの？」と娘の片腕が言つた。

「のぞくとしたら、人間だね。」

「人間がのぞいても、あたしのことは見えないわ。のぞき見するものがあるとしたら、あなたの御自分でせう。」

「自分……？　自分てなんだ。自分はどこにあるの？」

「自分は遠くにあるの。」と娘の片腕はなぐさめの歌のやうに、「遠くの自分をもとめて、人間は歩いてゆくのよ。」

「行き着けるの？」

「自分は遠くにあるのよ。」娘の腕はくりかへした。

ふと私には、この片腕とその母体の娘とは無限の遠さにあるかのやうに感じられた。この片腕は遠い母体のところまで、はたして帰り着けるのだらうか。私はこの片腕を遠い娘のところまで、はたして返しに行き着けるのだらうか。娘の片腕が私を信じて安らかなやうに、母体の娘も私を信じてもう安らかに眠つてゐるだらうか。右腕のなくなつたための違和、また凶夢はないか。娘は右腕に別れる時、目に涙が浮ぶのをこらへてゐたやうではなかつたか。片腕は今私の部屋に来てゐるが、娘はまだ来たことがない。

窓ガラスは湿気に濡れ曇つてゐて、蟾蜍《ひきがえる》の腹皮を張つたやうだ。霧雨を空中に静止させたやうなもやで、窓のそとの夜は距離を失ひ、無限の距離につつまれてゐた。家の屋根も見えないし、車の警笛も聞えない。

「窓をしめる。」と私はカアテンを引かうとすると、カアテンもしめつてゐた。窓ガラスに私の顔がうつつてゐた。私のいつもの顔より若いかに見えた。しかし私はカアテンを引く手をとどめなかつた。私の顔は消えた。

ある時、あるホテルで見た、九階の客室の窓がふと私の心に浮んだ。裾《すそ》のひらいた赤い服の幼い女の子が二人、窓にあがつて遊んでゐた。同じ服の同じやうな子だから、ふた子かもしれなかつた。西洋人の子どもだつた。二人の幼い子は窓ガラスを握りこぶしでたたいたり、窓ガラスに肩を打ちつけたり、相手を押し合つたりしてゐた。母親は窓に背を向けて、編みものをしてゐた。窓の大きい一枚ガラスがもしわれるかはづれかしたら、幼い子は九階から落ちて死ぬ。あぶないと見たのは私で、二人の子もその母親もまつたく無心であつた。しつかりした窓ガラスに危険はないのだつた。

カアテンを引き終つて振り向くと、ベッドの上から娘の片腕が、

「きれいなの。」と言つた。カアテンがベッド・カバアと同じ花模様の布だからだらう。

「さう？ 日にあたつて色がさめた。もうくたびれてゐるんだよ。」私はベッドに腰かけて、娘の片腕を膝にのせた。「きれいなのは、これだな。こんなきれいなものはないね。」

そして、私は右手で娘のたなごころと握り合はせ、左手で娘の腕のつけ根を持つて、ゆつくりとその腕の肘をまげてみたり、のばしてみたりした。くりかへした。

「いたづらつ子ねえ。」と娘の片腕はやさしくほほゑむやうに言つた。「こんなことなさ

つて、おもしろいの？」

「いたづらなもんか。おもしろいどころぢやない。」ほんたうに娘の腕には、ほほゑみが浮んで、そのほほゑみは光りのやうに腕の肌をゆらめき流れた。娘の頰のみづみづしいほほゑみとそつくりであつた。

私は見て知つてゐる。娘はテエブルに両肘を突いて、両手の指を浅く重ねた上に、あごをのせ、また片頰をおいたことがあつた。若い娘としては品のよくない姿のはずだが、突くとか重ねるとか置くとかいふ言葉はふさはしくない、軽やかな愛らしさである。腕のつけ根の円みから、手の指、あご、頰、耳、細長い首、そして髪までが一つになつて、楽曲のきれいなハアモニイである。娘はナイフやフオウクを上手に使ひながら、それを握つた指のうちの人差し指と小指とを、折り曲げたまま、ときどき無心にほんの少し上にあげる。食べものを小さい脣《くちびる》に入れ、嚙んで、呑みこむ、この動きも人間がものを食つてゐる感じではなくて、手と顔と咽《のど》とが愛らしい音楽をかなでてゐた。娘のほほゑみは腕の肌にも照り流れるのだつた。

娘の片腕がほほゑむと見えたのは、その肘を私がまげたりのばしたりするにつれて、娘の細く張りしまつた腕の筋肉が微妙な波に息づくので、微妙な光りとかげとが腕の白くなめらかな肌を移り流れるからだ。さつき、私の指が娘の長い爪のかげの指さきにふれて、ぴくつと娘の腕が肘を折り縮めた時、その腕に光りがきらめき走つて、私の目を射たものだつた。それで私は娘の肘をまげてみてゐるので、決していたづらではなかつた。肘をまげ動かすのを、私はやめて、のばしたままじつと膝においてながめても、娘の腕にはうひうひしい光りとかげとがあつた。

「おもしろいいたづらと言ふなら、僕の右腕とつけかへてみてもいいつて、ゆるしを受けて来たの、知つてる？」と私は言つた。

「知つてますわ。」と娘の右腕は答へた。

「それだつていたづらぢやないんだ。僕は、なんかこはいね。」

「さう？」

「そんなことしてもいいの？」

「いいわ。」

「…………。」私は娘の腕の声を、はてなと耳に入れて、「いいわ、つて、もう一度……。」

「いいわ。いいわ。」

私は思ひ出した。私に身をまかせようと覚悟をきめた、ある娘の声に似てゐるのだ。片腕を貸してくれた娘ほどには、その娘は美しくなかつた。そして異常であつたかもしれない。

「いいわ。」とその娘は目をあけたまま私を見つめた。私は娘の上目《ま》ぶたをさすつて、閉ぢさせようとした。娘はふるへ声で言つた。

「(イエスは涙をお流しになりました。《ああ、なんと、彼女を愛しておいでになつたことか。》とユダヤ人たちは言ひました。)」

「…………。」

「彼女」は「彼」の誤りである。死んだラザロのことである。女である娘は「彼」を「彼女」とまちがへておぼえてゐたのか、あるひは知つてゐて、わざと「彼女」と言ひ変へたのか。

私は娘のこの場にあるまじい、唐突《とうとつ》で奇怪な言葉に、あつけにとられた。娘のつぶつた目ぶたから涙が流れ出るかと、私は息をつめて見た。

娘は目をあいて胸を起こした。その胸を私の腕が突き落した。

「いたいつ。」と娘は頭のうしろに手をやつた。「いたいわ。」

白いまくらに血が小さくついてゐた。私は娘の髪をかきわけてさぐつた。血のしづくがふくらみ出てゐるのに、私は口をつけた。

「いいのよ。血はすぐ出るのよ、ちよつとしたことで。」娘は毛ピンをみな抜いた。毛ピンが頭に刺さつたのであつた。

娘は肩が痙攣《けいれん》しさうにしてこらへた。

私は女の身をまかせる気もちがわかつてゐるやうながら、納得しかねるものがある。

身をまかせるのをどんなことと、女は思つてゐるのだらうか。自分からそれを望み、あるひは自分から進んで身をまかせるのは、なぜなのだらうか。女のからだはすべてさういふ風にできてゐると、私は知つてからも信じかねた。この年になつても、私はふしぎでならない。そしてまた、女のからだと身をまかせやうとは、ひとりひとりちがふと思へばちがふし、似てゐると思へば似てゐるし、みなおなじと思へばおなじである。これも大きいふしぎではないか。私のこんなふしぎがりやうは、年よりもよほど幼い憧憬《しようけい》かもしれないし、年よりも老けた失望かもしれない。心のびつこではないだらうか。

その娘のやうな苦痛が、身をまかせるすべての女にいつもあるものではなかつた。その娘にしてもあの時きりであつた。銀のひもは切れ、金の皿はくだけた。

「いいわ。」と娘の片腕の言つたのが、私にその娘を思ひ出させたのだけれども、片腕のその声とその娘の声とは、はたして似てゐるのだらうか。おなじ言葉を言つたので、似てゐるやうに聞えたのではなかつたか。おなじ言葉を言つたにしても、それだけが母体を離れて来た片腕は、その娘とちがつて自由なのではないか。またこれこそ身をまかせたといふもので、片腕は自制も責任も悔恨《かいこん》もなくて、なんでも出来るのではないか。しかし、「いいわ。」と言ふ通りに、娘の右腕を私の右腕とつけかへたりしたら、母体の娘は異様な苦痛におそはれさうにも、私には思へた。

私は膝においた娘の片腕をながめつづけてゐた。肘の内側にほのかな光りのかげがあつた。それは吸へさうであつた。私は娘の腕をほんの少しまげて、その光りのかげをためると、それを持ちあげて、脣《くちびる》をあてて吸つた。

「くすぐつたいわ。いたづらねえ。」と娘の腕は言つて、脣をのがれるやうに、私の首に抱きついた。

「いいものを飲んでゐたのに……。」と私は言つた。

「なにをお飲みになつたの？」

「………。」

「なにをお飲みになつたの？」

「光りの匂ひかな、肌の。」

そとのもやはなほ濃くなつてゐるらしく、花びんの泰山木の葉までしめらせて来るやうであつた。ラジオはどんな警告を出してゐるだらう。私はベッドから立つて、テエブルの上の小型ラジオの方に歩きかけたがやめた。娘の片腕に首を抱かれてラジオを聞くのはよけいだ。しかし、ラジオはこんなことを言つてゐるやうに思はれた。たちの悪い湿気で木の枝が濡れ、小鳥のつばさや足も濡れ、小鳥たちはすべり落ちてゐて飛べないから、公園などを通る車は小鳥をひかぬやうに気をつけてほしい。もしなまあたたかい風が出ると、もやの色が変るかもしれない。色の変つたもやは有害で、それが桃色になつたり紫色になつたりすれば、外出はひかへて、戸じまりをしつかりしなければならない。

「もやの色が変る？　桃色か紫色に？」と私はつぶやいて、窓のカアテンをつまむと、そとをのぞいた。もやがむなしい重みで押しかかつて来るやうであつた。夜の暗さとはちがふ薄暗さが動いてゐるやうなのは、風が出たのであらうか。もやの厚みは無限の距離がありさうだが、その向うにはなにかすさまじいものが渦巻いてゐさうだつた。さつき、娘の右腕を借りて帰る道で、朱色の服の女の車が、前にもうしろにも、薄むらさきの光りをもやのなかに浮べて通つたのを、私は思ひ出した。紫色であつた。もやのなかからぼうつと大きく薄むらさきの目玉が迫つて来さうで、私はあわててカアテンをはなした。

「寝ようか。僕らも寝ようか。」

この世に起きてゐる人はひとりもないやうなけはひだつた。こんな夜に起きてゐるのはおそろしいことのやうだ。

私は首から娘の腕をはづしてテエブルにおくと、新しい寝間着《ねまき》に着かへた。寝間着はゆかたであつた。娘の片腕は私が着かへるのを見てゐた。私は見られてゐるはにかみを感じた。この自分の部屋で寝間着に着かへるところを女に見られたことはなかつた。

娘の片腕をかかへて、私はベッドにはいつた。娘の腕の方を向いて、胸寄りにその指を軽く握つた。娘の腕はじつとしてゐた。

小雨のやうな音がまばらに聞えた。もやが雨に変つたのではなく、もやがしづくになつて落ちるのか、かすかな音であつた。

娘の片腕は毛布のなかで、また指が私の手のひらのなかで、あたたまつて来るのが私にわかつたが、私の体温にはまだとどかなくて、それが私にはいかにも静かな感じであつた。

「眠つたの？」

「いいえ。」と娘の腕は答へた。

「動かないから、眠つてゐるのかと思つた。」

私はゆかたをひらいて、娘の腕を胸につけた。あたたかさのちがひが胸にしみた。むし暑いやうで底冷たいやうな夜に、娘の腕の肌ざはりはこころよかつた。

部屋の電灯はみなついたままだつた。ベッドにはいる時消すのを忘れた。

「さうだ。明りが……。」と起きあがると、私の胸から娘の片腕が落ちた。

「あ。」私は腕を拾ひ持つて、「明りを消してくれる？」

そして扉へ歩きながら、「暗くして眠るの？　明りをつけたまま眠るの？」

「…………。」

娘の片腕は答へなかつた。腕は知らぬはずはないのに、なぜ答へないのか。私は娘の夜の癖を知らない。明りをつけたままで眠つてゐるその娘、また暗がりのなかで眠つてゐるその娘を、私は思ひ浮べた。右腕のなくなつた今夜は、明るいままにして眠つてゐさうである。私も明りをなくするのがふと惜しまれた。もつと娘の片腕をながめてゐたい。先きに眠つた娘の腕を、私が起きてゐてみたい。しかし娘の腕は扉の横のスヰッチを切る形に指をのばしてゐた。

闇のなかを私はベッドにもどつて横たはつた。娘の片腕を胸の横に添ひ寝させた。腕の眠るのを待つやうに、じつとだまつてゐた。娘の腕はそれがもの足りないのか、闇がこはいのか、手のひらを私の胸の脇にあててゐたが、やがて五本の指を歩かせて私の胸の上にのぼつて来た。おのづと肘がまがつて私の胸に抱きすがる恰好になつた。

娘のその片腕は可愛い脈を打つてゐた。娘の手首は私の心臓の上にあつて、脈は私の鼓動とひびき合つた。娘の腕の脈の方が少しゆつくりだつたが、やがて私の鼓動とまつたく一致して来た。私は自分の鼓動しか感じなくなつた。どちらが早くなつたのか、どちらがおそくなつたのかわからない。

手首の脈搏と心臓の鼓動とのこの一致は、今が娘の右腕と私の右腕とをつけかへてみる、そのために与へられた短い時なのかもしれぬ。いや、ただ娘の腕が寝入つたといふしるしであらうか。失心する狂喜に酔はされるよりも、そのひとのそばで安心して眠れるのが女はしあはせだと、女が言ふのを私は聞いたことがあるけれども、この娘の片腕のやうに安らかに私に添ひ寝した女はなかつた。

娘の脈打つ手首がのつてゐるので、私は自分の心臓の鼓動を意識する。それが一つ打つて次ぎのを打つ、そのあひだに、なにかが遠い距離を素早く行つてはもどつて来るかと私には感じられた。そんな風に鼓動を聞きつづけるにつれて、その距離はいよいよ遠くなりまさるやうだ。そしてどこまで遠く行つても、無限の遠くに行つても、その行くさきにはなんにもなかつた。なにかにとどいてもどつて来るのではない。次ぎに打つ鼓動がはつと呼びかへすのだ。こはいはずだがこはさはなかつた。しかし私は枕もとのスヰツチをさぐつた。

けれども、明りをつける前に、毛布をそつとまくつてみた。娘の片腕は知らないで眠つてゐた。はだけた私の胸をほの白くやさしい微光が巻いてゐた。私の胸からぽうつと浮び出た光りのやうであつた。私の胸からそれは小さい日があたたかくのぼる前の光りのやうであつた。

私は明りをつけた。娘の腕を胸からはなすと、私は両方の手をその腕のつけ根と指にかけて、真直ぐにのばした。五燭《しよく》の弱い光りが、娘の片腕のその円みと光りのかげとの波をやはらかくした。つけ根の円み、そこから細まつて二の腕のふくらみ、また細まつて肘のきれいな円み、肘の内がはのほのかなくぼみ、そして手首へ細まつてゆく円いふくらみ、手の裏と表から指、私は娘の片腕を静かに廻しながら、それらにゆらめく光りとかげの移りをながめつづけてゐた。

「これはもらつておかう。」とつぶやいたのも気がつかなかつた。そして、うつとりとしてゐるあひだのことで、自分の右腕を肩からはづして娘の右腕を肩につけかへたのも、私はわからなかつた。

「ああつ。」といふ小さい叫びは、娘の腕の声だつたか私の声だつたか、とつぜん私の肩に痙攣が伝はつて、私は右腕のつけかはつてゐるのを知つた。

娘の片腕は——今は私の腕なのだが、ふるへて空をつかんだ。私はその腕を曲げて口に近づけながら、

「痛いの？　苦しいの？」

「いいえ。さうぢやない。さうぢやないの。」とその腕が切れ切れに早く言つたとたんに、戦慄の稲妻《いなづま》が私をつらぬいた。私はその腕の指を口にくはへてゐた。

「………。」よろこびを私はなんと言つたか、娘の指が舌にさはるだけで、言葉にはならなかつた。

「いいわ。」と娘の腕は答へた。ふるへは勿論とまつてゐた。

「さう言はれて来たんですもの。でも……。」

私は不意に気がついた。私の口は娘の指を感じられるが、娘の右腕の指、つまり私の右腕の指は私の脣《くちびる》や歯を感じられない。私はあわてて右腕を振つてみたが、腕を振つた感じはない。肩のはし、腕のつけ根に、遮断《しやだん》があり、拒絶がある。

「血が通はない。」と私は口走つた。「血が通ふのか、通はないのか。」

恐怖が私をおそつた。私はベッドに坐つてゐた。かたはらに私の片腕が落ちてゐる。それが目にはいつた。自分をはなれた自分の腕はみにくい腕だ。それよりもその腕の脈はとまつてゐないか。娘の片腕はあたたかく脈を打つてゐたが、私の右腕は冷えこはばつてゆきさうに見えた。私は肩についた娘の右腕で自分の右腕を握つた。握ることは出来たが、握つた感覚はなかつた。

「脈はある？」と私は娘の右腕に聞いた。「冷たくなつてない？」

「少うし……。あたしよりほんの少うしね。」と娘の片腕は答へた。「あたしが熱くなつたからよ。」

娘の片腕が「あたし」といふ一人称を使つた。私の肩につけられて、私の右腕となつた今、はじめて自分のことを「あたし」と言つたやうなひびきを、私の耳は受けた。

「脈も消えてないね？」と私はまた聞いた。

「いやあね。お信じになれないのかしら……？」

「なにを信じるの？」

「御自分の腕をあたしと、つけかへなさつたぢやありませんの？」

「だけど血が通ふの？」

「（女よ、誰をさがしてゐるのか。）といふの、ごぞんじ？」

「知つてるよ。（女よ、なぜ泣いてゐるのか。誰をさがしてゐるのか。）」

「あたしは夜なかに夢を見て目がさめると、この言葉をよくささやいてゐるの。」

今「あたし」と言つたのは、もちろん、私の右肩についた愛らしい腕の母体のことにちがひない。聖書のこの言葉は、永遠の場で言はれた、永遠の声のやうに、私は思へて来た。

「夢にうなされてないかしら、寝苦しくて……。」と私は片腕の母体のことを言つた。

「そとは悪魔の群れがさまよふためのやうな、もやだ。しかし悪魔だつて、からだがしつけて、咳をしさうだ。」

「悪魔の咳なんか聞えませんやうに……。」と娘の右腕は私の右腕を握つたまま、私の右の耳をふさいだ。

娘の右腕は、じつは今私の右腕なのだが、それを動かしたのは、私ではなくて、娘の腕のこころのやうであつた。いや、さう言へるほどの分離はない。

「脈、脈の音……。」

私の耳は私自身の右腕の脈を聞いた。娘の腕は私の右腕を握つたまま耳へ来たので、私の手首が耳に押しつけられたわけだつた。私の右腕には体温もあつた。娘の腕が言つた通りに、私の耳や娘の指よりは少うし冷たい。

「魔よけしてあげる……。」といたづらつぽく、娘の小指の小さく長い爪が私の耳のなかをかすかに掻《か》いた。私は首を振つて避けた。左手、これはほんたうの私の手で、私の右の手首、じつは娘の右の手首をつかまへた。そして顔をのけぞらせた私に、娘の小指が目についた。

娘の手は四本の指で、私の肩からはづした右腕を握つてゐた。小指だけは遊ばせてゐるとでもいふか、手の甲の方にそらせて、その爪の先きを軽く私の右腕に触れてゐた。しなやかな若い娘の指だけができる、固い手の男の私には信じられぬ形の、そらせやうだつた。小指のつけ根から、直角に手のひらの方へ曲げてゐる。そして次ぎの指関節も直角に曲げ、その次ぎの指関節もまた直角に折り曲げてゐる。さうして小指はおのづと四角を描いてゐる。四角の一辺は紅差し指である。

この四角い窓を、私の目はのぞく位置にあつた。窓といふにはあまりに小さくて、透き見穴か眼鏡といふのだらうが、なぜか私には窓と感じられた。すみれの花が外をながめるやうな窓だ。ほのかな光りがあるほどに白い小指の窓わく、あるひは眼鏡の小指のふち、それを私はなほ目に近づけた。片方の目をつぶつた。

「のぞきからくり……？」と娘の腕は言つた。「なにかお見えになります？」

「薄暗い自分の古部屋だね、五燭の電灯の……。」と私は言ひ終らぬうち、ほとんど叫ぶやうに、「いや、ちがふ。見える。」

「なにが見えるの。」

「もう見えない。」

「なにがお見えになつたの？」

「色だね。薄むらさきの光りだね、ぼうつとした……。その薄むらさきのなかに、赤や金《きん》の粟粒のやうに小さい輪が、くるくるたくさん飛んでゐた。」

「おつかれなのよ。」

娘の片腕は私の右腕をベッドに置くと、私の目ぶたを指の腹でやはらかくさすつてくれた。

「赤や金のこまかい輪は、大きな歯車になつて、廻るのもあつたかしら……。その歯車のなかに、なにかが動くか、なにかが現はれたり消えたりして、見えたかしら……。」

歯車も歯車のなかのものも、見えたのか見えたやうだつたのかわからぬ、記憶にはとどまらぬ、たまゆらの幻だつた。その幻がなんであつたか、私は思ひ出せないので、

「なにの幻を見せてくれたかつたの？」

「いいえ。あたしは幻を消しに来てゐるのよ。」

「過ぎた日の幻をね、あこがれやかなしみの……。」

娘の指と手のひらの動きは、私の目ぶたの上で止まつた。

「髪は、ほどくと、肩や腕に垂れるくらゐ、長くしてゐるの？」私は思ひもかけぬ問ひが口に出た。

「はい。」とどきます。」と娘の片腕は答へた。「お風呂で髪を洗ふとき、お湯をつかひますけれど、あたしの癖でせうか、おしまひに、水でね、髪の毛が冷たくなるまで、ようくすすぐんです。その冷たい髪が肩や腕に、それからお乳の上にもさはるの、いい気持なの。」

もちろん、片腕の母体の乳房である。それを人に触れさせたことのないだらう娘は、冷たく濡れた洗ひ髪が乳房にさはる感じなど、よう言はないだらう。娘のからだを離れて来た片腕は、母体の娘のつつしみ、あるひははにかみからも離れてゐるのか。

私は娘の右腕、今は私の右腕になつてゐる、その腕のつけ根の可憐な円みを、自分の左の手のひらにそつとつつんだ。娘の胸のやはりまだ大きくない円みが、私の手のひらのなかにあるかのやうに思へて来た。肩の円みが胸の円みのやはらかさになつて来る。

そして娘の手は私の目の上に軽くあつた。その手のひらと指とは私の目ぶたにやさしく吸ひついて、目ぶたの裏にしみとほつた。目ぶたの裏があたたかくしめるやうである。そのあたたかいしめりは目の球のなかにもしみひろがる。

「血が通つてゐる。」と私は静かに言つた。「血が通つてゐる。」

自分の右腕と娘の右腕とをつけかへたのに気がついた時のやうな、おどろきの叫びはなかつた。私の肩にも娘の腕にも、痙攣《けいれん》や戦慄《せんりつ》などはさらになかつた。いつのまに、私の血は娘の腕に通ひ、娘の腕の血が私のからだに通つたのか。腕のつけ根にあつた、遮断と拒絶とはいつなくなつたのだらうか。清純な女の血が私のなかに流れこむのは、現に今、この通りだけれど、私のやうな男の汚濁の血が娘の腕にはいつては、この片腕が娘の肩にもどる時、なにかがおこらないか。もとのやうに娘の肩にはつかなかつたら、どうすればいいだらう。

「そんな裏切りはない。」と私はつぶやいた。

「いいのよ。」と娘の腕はささやいた。

しかし、私の肩と娘の腕とには、血がかよつて行つてかよつて来るとか、血が流れ合つてゐるとかいふ、ことごとしい感じはなかつた。右肩をつつんだ私の左の手のひらが、また私の右肩である娘の肩の円みが、自然にそれを知つたのであつた。いつともなく、私も娘の腕もそれを知つてゐた。さうしてそれは、うつとりととろけるやうな眠りにひきこむものであつた。

私は眠つた。

たちこめたもやが淡い紫に色づいて、ゆるやかに流れる大きい波に、私はただよつてゐた。その広い波のなかで、私のからだが浮んだところだけには、薄みどりのさざ波がひらめいてゐた。私の陰湿な孤独の部屋は消えてゐた。私は娘の右腕の上に、自分の左手を軽くおいてゐるやうであつた。娘の指は泰山木の花のしべをつまんでゐるやうであつた。見えないけれども匂つた。しべは屑籠《くずかご》へ捨てたはずなのに、いつどうして拾つたのか。一日の花の白い花びらはまだ散らないのに、なぜしべが先きに落ちたのか。朱色の服の若い女の車が、私を中心に遠い円をゑがいて、なめらかにすべつてゐた。私と娘の片腕との眠りの安全を見まもつてゐるやうであつた。

こんな風では、眠りは浅いのだらうけれども、こんなにあたたかくあまい眠りはつひぞ私にはなかつた。いつもは寝つきの悪さにベッドで悶々とする私が、こんなに幼い子の寝つきをめぐまれたことはなかつた。

娘のきやしやな細長い爪が私の左の手のひらを可愛く掻いてゐるやうな、そのかすかな触感のうちに、私の眠りは深くなつた。私はゐなくなつた。

「ああつ。」私は自分の叫びで飛び起きた。ベッドからころがり落ちるやうにおりて、三足四足よろめいた。

ふと目がさめると、不気味なものが横腹にさはつてゐたのだ。私の右腕だ。

私はよろめく足を踏みこたへて、ベッドに落ちてゐる私の右腕を見た。呼吸がとまり、血が逆流し、全身が戦慄した。私の右腕が目についたのは瞬間だつた。次ぎの瞬間には、娘の腕を肩からもぎ取り、私の右腕とつけかへてゐた。魔の発作の殺人のやうだつた。

私はベッドの前に膝をつき、ベッドに胸を落して、今つけたばかりの自分の右腕で、狂はしい心臓の上をなでさすつてゐた。動悸《どうき》がしづまつてゆくにつれて、自分のなかよりも深いところからかなしみが噴きあがつて来た。

「娘の腕は……？」私は顔をあげた。

娘の片腕はベッドの裾に投げ捨てられてゐた。はねのけた毛布のみだれのなかに、手のひらを上向けて投げ捨てられてゐた。のばした指先きも動いてゐない。薄暗い明りにほの白い。

「ああ。」

私はあわてて娘の片腕を拾ふと、胸にかたく抱きしめた。生命の冷えてゆく、いたいけな愛児を抱きしめるやうに、娘の片腕を抱きしめた。娘の指を脣にくはへた。のばした娘の爪の裏と指先きとのあひだから、女の露が出るなら……。

蜜柑

永井龍男

■永井龍男　ながいたつお　明治三七年（一九〇四）〜平成二年（一九九〇）

東京生れ。十六歳の時、懸賞に応募した小説が菊池寛に認められる。後、文藝春秋社に入社。編集者のかたわら小説を書き続ける。戦後、執筆一筋となり、「朝霧」（昭二四）、「風ふたたび」（昭二六）など多くの作品を書いた。特に「一個」（昭三四）、「青梅雨」（昭四〇）など、短篇の名手として高く評価されている。

「蜜柑」は昭和三三年「別冊文藝春秋」に発表された。

A

私達は、昨夜晩く箱根のホテルへ着いた。

食堂はもとより、酒場ももう閉まっていたし、自分達の使う湯の音が、ことさら耳につくような時間であった。

女と私は、それからほとんど夜明け近くまで話し合った。そして、結局別れることに話は決まった。早晩《そうばん》こういう日がくることを予期しながら、お互いに時を蝕《むし》ばんできたようなものだった。

もう、繰り返してはならない。

女には、あらゆる意味で条件のいい再婚の話が、二、三ヵ月前からあった。私がそれに賛成し、たびたび慫慂《しょうよう》するごとに、女は不機嫌になったが、女自身もその話に惹かれていることは、断り切れずにいるらしい態度で分かった。

私には、三年来病床にいる妻と、この頃ひそかに煙草をたしなみ出した年頃の長男もある。私は四十五だが、女は十五も若い。別れると決まれば、これが最後のあいびきだと私は思っている。手際よく別れようとというのではない。愛情を感じるからこそ、清潔でありたいのだ。

昨夜頼んでおいた通り、七時少し前にベッド・サイドの電話が私達を起こした。短かい眠りから覚めた女が、ねむたそうな眼で私を認めると、少女のようにはにかみのある微笑を浮かべ、再び眼をとじて柔らかく私を抱いた。

朝の光が、カーテンを洩れている。

ベッドの谷間で、女の温かな腿《もも》におのずと体を触れながら、女はまだ夢の続きを追っているのかも知れないと私は思った。醒《さ》め際の夢を、もう少しもう少しとねだるような眠り方で。

「起きよう」

私は身を起こしながら、おだやかに言った。クッションのきしみが、私達の静かな朝に、最初の波紋を描き出した。

化粧をしている間も、着換えをしている間も、まだ自分の女という気がしていた。私はコーヒーを喫しながら、女の身支度を待っていたのだが、別れるという悲しみも淋しさも、その時は感じていないようだった。二年間に知り尽した女が、いつものように帰り支度をしているのだった。

女は、言葉すくなく、私の話かけに応えるだけだったが、

「今度は、いつ？」

とだけ、立ったままコーヒーを手にして訊いた。

私はそれには返事をせずに、ボーイを呼ぶためのボタンを押した。

車も、もう来ている筈だった。

私が、なにか切なさのようなものを感じたのは、女が細い手袋の指を、一本一本しごくように、念入りにはめている横顔を見た時だった。

B

逗子の女の家近くまで送って、この車で私は、横浜の勤先きへ行くつもりだった。

よく晴れているのに、外は冷たい風が強かった。ちぎれ雲の影が、山の日向《ひなた》を後から後から、忙しげに通り過ぎるような日和《ひより》だった。

煖房の利きはじめる車の中で、私達はそれぞれ左右の隅に背をまかせ、風を突いて箱根を降るスピードを耳にしていた。

「横浜でございますか？」
三十四、五の運転手が、いんぎんに訊いた。
「そうだ。逗子を廻って行ってくれ」

うなずいてみせる運転手の後ろで、

「……鎌倉で降りるわ」

と、女が云った。

「その方がいいの」

顔を向けた私に、女はそう云い足した。

なるほど、その方がよいかも知れぬと私も思った。女はもう「大事な体」なのだ。狭い土地で、目に立ってはならないだろう。

「三月だというのに、いつまでもお寒うございます」

運転手が、世馴れた調子で話しかけてきた。

「まだ、こんなものかも知れないぞ」

「小田原まで降りますと、ぐっと違いますが、箱根はまだどうも」

暖かい熱海より、人目をさけるつもりで箱根へ来たのだが、運転手という奴は、こんな会話のうちに客のメンタルテストをしてみたがるものかも知れない。

黒い手袋の片手を頬の支えにして、女は窓の外を見ていた。

「ねむくない？」

と、私はささやいた。

軽く頭を振って、

「煙草《たばこ》頂戴」

と、私の眼を捉えた。

私は、女が煙草を喫わないことを知っていた。

「煙草？」

「目覚ましに……」

黒い、細い指が、私のケースから煙草をつまんだ。

私はライターをさし出しながら、女の方へ少し体を寄せた。

「ねえ、今度いつなの？　いやよ。はっきり約束なさらなきゃあ……」

「だって、君」

私が言葉に詰まっているのを、女は先手を打ってきた。

「いやいや。それはそれ、これはこれよ。話が正式に決まるまでは、いままで通り逢って下さらなきゃ嫌やよ」

逗子では降りずに、鎌倉で降りると心を遣《つか》う女が、まるで反対のことを言っている。

私が崩れれば、なにもかも壊れてしまうかも知れない。

——その時、車がブレーキをかけた。

顔を上げた私は、前方に黒人兵が手を挙げて立っているのを見つけた。

青っぽい軍服の、若い男だった。その背後に、同じ仲間を二、三人乗せた車を停めてある。

私達の車が停まるのを待って、黒人兵は運転手の横窓へ寄ってきた。運転手があわてて窓を明ける。私にしても、あまり気持はよくなかったが、しかし用件は簡単だった。ルームの女の方へ、人なつこそうに眼くばせすると、運転手の耳へ、アタミ、アタミと白い歯で繰り返す。熱海へ出る道順が訊きたかったのだ。

「あれで、幾つ位でしょう。十八、九のあんちゃん並みに見えますが」

と、車を出しながら、運転手は笑っていた。

助手台へ体を入れがけに、黒人兵も手を振って見せた。

「……黒いね」

間近に見た顔が、まだ私から去らずにいて、そんな独り言が出た。すると、

「もう二年、三年前になりますかな。名古屋から東京まで、ああいうのを乗せました。もっとも、その時のは黒人の将校でしたが、ちょっと、気味が悪うございました」

と、運転手の声が一層大きくなった。

「名古屋から、東京まで？」

「そうなんです」

「名古屋で、君は商売していたんだね？」

「ええ。名古屋の会社で、運転していました。名古屋って処は、夜の上りの急行ってのがないもんですから、奴さんあわてたんですね。〝はと〟かなんかで、東京へ行くつもりが、乗り遅れたらしいんです。会社の営業所へ来て、持ち金を見せて東京まで行けって訳です。大きな男でね。将校の服は着ているし、金はたっぷり持っているしするから、お前乗せて行けということになりましたが、気味が悪うございましたよ。助手台へ、私と並んで乗って、東京まで一言も口を利かないんです。どうせ、しゃべられても返事も出来ませんがね」

「何時間、かかるんだ」

「十時間、たっぷり走りました。その間、ここは蒲郡というナイスプレースだとか、ここは静岡と云って、ジャパニーズ・ティの本場だとか、私は私なりに説明してやるんですが、分かるのか分からないのか、全然返事をしないんですから怖いですよ。いつ横っ腹へ、ピストルを当てられるかって気持のまんま、ハンドルを握りっ放しで東京へ着きました。夜中の一時頃でしたが」

「金は払ったんだね？」

「チップも、五百円もらいました」

「よほどの、急用だったんだろうね。自動車賃が大変だったろう」

「それがね、五反田と言うんで、あの辺グルグル探しまわって、やっと見付けたんですが、それが、オンリーさんの家なんです。つくづく幸せな女だと思いました。名古屋から、一言も口を利かずに、一心不乱で駆けつけたんですからね。その日に行くとか、旅行から帰るとか約束してあったんでしょうが、ああなると、色の黒い位は眼をつぶってサービスしますでしょう。その代わり、私の方は安心と一しょに、一ぺんに疲れは出る、腹はぺこぺこで、本当に目がくらみました」

「大したもんだね」

私は話に引き込まれていた。

黒い巨漢を乗せて、闇夜を疾走し続ける一台の自動車が、怪奇な獣のように想像されてきた。

女の身に着けた香料が、煖房にぬくめられた車内を染めていたが、それがかえって、黒人特有の体臭を私に連想させた。私は女に話しかけようとしたが、女は眼を閉じ、頭をクッションに委せていた。

C

大磯辺りから、西風の当たりはますます勢いを増した。

烈風の中に、雪を着た明るい富士がそびえている。それを背に、海岸沿いの舗装道路を私達の車は走り続けた。

S字形に延びる道路の、ある場所ではぴたりと風音が絶えたと思うと、次のカーブでは海岸の砂ごと車体へ襲ってくるような風だった。

「鎌倉の、駅前辺りで降りる?」

と、私は女に訊いた。

「鎌倉から、杉田の方へ抜ける道が出来たそうよ。それでいらっしゃると近いわ」

「逗子も、こんな風かしら」

私は、風波の騒ぐ海の方をのぞいた。

「夕方、会社へ電話するかも知れない」

「そんなことでは、とても駄目だな」

「そうよ。駄目よ。しないつもりでいても、夕方になったら、きっと電話をかけてしまうと思うわ。こういう風の日の夕方、一番嫌い……」

「夕方になれば、風は止むかも知れない」

「止んだ後って、淋しいものよ」

試すような目で、女は私をしばらく見詰めていた。

「こいつはいけない」

と、その時運転手が独りごちた。

「砂が、あれです」

スピードをぐっと落として、運転手は顎《あご》で示す。

舗装道路のカーブに、吹きつけられた海岸の砂が積っていた。

ゆっくりその脇を渡り切り、松林に添って、カーブを曲がったと思うと、次ぎの光景が鮮やかに私の視線に入ってきた。

舗装道路の幅一面に、途方もない数の蜜柑《みかん》が散乱していたのだが、はじめからそれと見たのではない。ただ鮮やかな色彩に、一瞬私は戸惑ってから、

「……やったよ」

と、呟いていた。

松林の窪みに車輪を取られて、オート三輪車が見事に覆《くつがえ》り、砂で埋もれた舗装道路へ、艶々《つやつや》と光る蜜柑が散乱していた。

男が二人、木箱の中へしきりにそれを拾い集めている。

蜜柑を積んだ三輪車は、砂の上で手もなくスリップしたものに違いない。

左手に続く松林と、右にひろがる風波立った海と、そして道路上に日を浴びた一果一果が、とにかく素晴しく明るかった。

運転手が、二人の男の方へ出て行った。

「手伝ってやろう。拾ってからでなくては、通れないだろう」

私は、そう云って腰を浮かせた。

「いい蜜柑よ。二つ三つ、もらってきて」

「ばかを言うな」

「大丈夫？　この風に」

「平気さ」

女を残して、私は道路に降り立とうとした。

「黒ンボの将校の話、面白かったわ」

それを追いかけるように、女が云った。

「眠っていたんじゃないのか」

「その将校と一しょに、運転してる夢を見たわ。一分か二分眠っただけなのに」

「うらやましいと思ったからかな」

「そうかも知れない」

女は脚を長く組み直して、私は微笑した。

その靴の先きが、私の脚を小突いた。初めは偶然だったが、二度は意識して突いた。

ドアの外へ出ると、たちまち冷たい風が私の身を引き締めた。

皮のやや厚めな、いかにも春の蜜柑らしいふっくりした手触りだった。

「ここへも、箱を持って来ないか」

私は片手に抱え込むだけ拾い上げると、運転手に声をかけた。

「いまは、それほどの風じゃありませんから、夜明けに吹いたんでしょう。とにかく、タイヤの通り道だけ拾って……」

と、運転手は小まめに手を運んだ。

私は振り返って、車中の女を手招きした。

この冷たい風の中に、女を立たせてみたいと思ってそうしたのだが、女は大きく左右に頭を振った。

風の来る海に向かって、私はしばらく立っていた。

夕方の電話にも、私は出ないつもりになっていた。

鶴のいた庭

堀田善衞

■堀田善衞　ほったよしえ　大正七年（一九一八）〜平成一〇年（一九九八）

富山県高岡生れ。慶応大学フランス文学科卒。在学中から詩作を始める。上海で終戦を迎えたが、中国国民党宣伝部に徴用され二二年に帰国。初めての小説「波の下」（昭二三）を発表、「広場の孤独」（昭二六）で芥川賞受賞。「方丈記私記」（昭四九）、「ゴヤ」（昭五二）など、多くの評論、評伝もある。

「鶴のいた庭」は昭和三二年「世界」に発表された。

いまでも私はありありと思い出し、その景を眼に見ることが出来る。はじめて飛行機を見たのだ。

ブズブズブズ……というエンジンの音がして、二枚の羽をもった機が二上《ふたかみ》山の上に浮んでいた。それがただの機械であるとは、私は決して思わなかった。それは機械以上のもの、何であれ、とにかく以上のもの、であった。

『どこへ行くのだろう？』

と、ふと私は思った。

どこへ行くのだろう、ということば。これがそのとき以来、一貫して私の耳に、特に人生のかわり目ごとに、ブズブズブズ……という、幼い耳にとりついてしまった爆音といっしょになって聞えて来る。私が何かを予感するとき、とりわけて何か意味深いものが私に訪れて来ると予感するとき、この音が記憶の、重畳《ちょうじょう》とかさなった山々の向うから鼓膜《こまく》を圧しつけにやって来るのである。

それからわずかに三十年あまり、ついこのあいだのこととしか思えないのだが、きょうこのごろ、複葉機などはとうになくなってしまい、プロペラでさえが、もうなくなりかけている。エンジンも、二つ、四つと二倍にも四倍にもなってしまっている。けれども、自分は、世の中はどこへ行くものだろう、いったいこれら一切のものに、行先などというものが果してあるのだろうか、という、遥かな、むかしからつづいている思いは、一向に、何の答えも与えられていない。

あの型の飛行機は、ブレゲー型といったろうか。小学一年生のとき、丘の上にたった新しい小さな家の二階の、そのまた屋根へのぼって私は眺めていたのだ。低い、三百米ほどしかない二上山の嶺《みね》を、のめるようにしてやっと越えて来た飛行機は、待ちどおしいほどにゆっくりと暇をかけて近づいて来、ブズブズブズ……という音を、頭上近く来てからは、パッパッ、バッバッ……というような、やや不規則な響音にかえ、しっとりとして湿気の多い、晩春の空気をふるわせて、丘の下の、緑の稲田に薄い影をおとしていた。

稲田の向うには、海沿いに能登《のと》街道が通り、松並木が鉛色の日本海を背景にして立並んでいた。その松並木の間に、白ペンキを塗った異国風の建物の、避病院《ひびょういん》が見える。避病院というのは、法定伝染病の患者だけを収容する公立の病院で、患者のないときには、戸も窓もしまっていた。前景の稲田の緑、松並木の黝《くろず》んだ色、午後の光に映える避病院の白ペンキ、海の鉛色、これが幼い私が小学生の頃に眺めて育って来た色彩であった。

避病院の白ペンキは、私にとって西洋であった。

飛行機は、パッパッ、バッバッという音を、稲田の上をとび去るにつれて再びブズブズブズという音にかえ、松並木と避病院を越えて海の上に出た。

ふと見る水平線には、その年はじめての蜃気楼《しんきろう》が出かかっていた。水平線の左端は能登半島、右端は米騒動の第一撃を放ったことで名をえた滑川《なめりかわ》あたりの海岸になるのだが、その海の左端と右端に、松並木と同じほどな暗緑の色をたっぷり筆に含ませて、宙空の暗い青の色の紙ににじませたような、水気の多い色のかたまりがあらわれ、眼に見えぬ筆が左右からまんなかに向って上下に色をにじませながらすすんで行き、中央でそれがいっしょになったかと思うと、次第に左右の端からふたたびぼやけはじめる。水平線と、その横に長い水気の多い宙空の水墨の絵とのあいだは、指一本ほどの幅だけ、すいていた。私は、息をつめてこの蜃気楼よりも、そのすき間を、胸をしめつけられるような思いで眺めていた。ぼやけはじめると同時に、しかし、まんなかから心持ち左に近く、二軒の赤い屋根の家らしいものが見えた。恐らくこの景は、シベリアの森林地帯をうつし出したものであろうと思われた。大抵の蜃気楼は、広々とした森林をうつし出していたから……。

複葉の飛行機が、次第に音も姿も小さくし、二枚の羽も一枚にかさなり、その消えての赤い屋根の上あたりを飛んでいたとき、私はふたたび呟《つぶや》いた。

『どこへ行くのだろう』

と。

蜃気楼も飛行機も、幼いものの眼の前に、あらわれては消えて行くものであった。それは、私がまだこの世の風景や装飾の背後にかくされているものを知らなかった時代に属する。白いペンキ塗りの避病院を、ひたすらに西洋であると思い詰め、そのなかにどういう人が入れられているか、ということさえ、私はきわめてぼんやりとしか知らなかったのだ。その建物のなかへ、出来れば入院してみたいとさえ、私はねがっていた。腸チブスなどという病気の名を聞いても、私は、チブス、という、なにやら恐ろしげではあるが、とにかく新奇な、そのことばの響きに魅せられうっとりとさせられるようなものを感じていた。

けれども、幼い私も、答えを得る術《すべ》のないものに対して『どこへ行くのか?』と問うことの詮《せん》なさ、その奇妙さを知らないわけではなかった。避病院から、松並木に沿って眼を右の方へうつすと、瓦屋根や、丸い石をおいた板葺《いたぶき》屋根の町並みが見えて来る。その町並みのなかに、一軒、白壁の倉にとりかこまれた、屋根の上に小さな望楼《ぼうろう》のついた家がある。それが、私の生家であり、いまにいたるまで数百年ほどのあいだ、それこそ先祖代々ということばが、他の何物よりもぴったりするような、多くの人々が長く長く住みついて来た、古くどっしりとした木組みで出来た家であった。『家』ということばにふさわしいような家であった。スイスや中欧などの写真帳を見ていると、屢《しばしば》々何百年か歳を経た農家のそれが出ていることがあるが、そういうものを見るとき、私はこの家を想い出す。

しかしその『家』に、既に私たち一族は住んではいなかったのだ。広い稲田をあいだにおいて町筋を見下す丘、いまのことばでいえばこの北国の小さな港町の郊外の丘に、新しい小さな家を建ててうつり住んでいた。だから、その新しい家から古い家を見下すなら、『どこへ行くのか？』という問いはともかくとして、人がどこかへ行き、かつ行かねばならぬものだということだけは、いかに幼くても納得しないわけにはゆかなかった。

たとえ何百年ものあいだ、人が一つところに住んで来たとはいえ、それだけではいつまでも同じところに住み、同じことをしていていいということにはちっともならないということ、うつるべきときが来たならば、矢張《やは》りうつらなければならぬものであるらしいこと、そのことが、後年おぼえたことばでいえば、万物は流転す、とか、諸行は無常なり、という風なことばでいえるようなものを、まだかたちのない、それゆえに恐らくは浅からざるものとして、これだけは動きもうつろいもせぬものとして、私にうえつけた。後になって、物事のうつろわざるをえぬ所以《ゆえん》、たとえばこの『家』の潰滅せざるをえなかった時代のうつりゆき、経済的、政治的なもろもろの理由を知りえても、それでもなお、それらの現実的な諸理由、ととのった条件などの説明分析をも乗り越え、それらを押しのけさえもする、より強い、より基本的なものとしてこの流転の感、無常の感がどっしりと、幅も根も広く深いものとして私にのこっていた。

私は、兄達とは違って、暗い仏間に長く坐っていることを、それほど苦痛とすることがなかった。

夕暮れ時、暗い仏間に、小さい背中をまげて坐り込み、よりいっそう背をまるくした祖母が、ぼす、ぼす、ぼす、という音をたてる木魚《もくぎょ》を叩いて読経《どきょう》する。そのしめやかさ、その陰暗さを、むしろ私は愛していた、と言っていいかもしれない。

丘の上の新しい家の仏間は、十畳の間と八畳の間にはさまれた細長い四畳であった。昼中でも薄暗いこの仏間の正面には、畳から天井までの大きな仏壇がはめ込んであった。そして町筋のなかの古い家のそれは、八畳ほどあったが、それも矢張り薄暗かった。私たちが、この新しい家に引越したのは、大正十三年、私が小学校に入った年であった。

祖母の背後に坐り、木魚のぼす、ぼす、ぼすというリズムを耳にし、その響きを消したような音にあやされながら、私はひたすらに大人の世界のことを考え詰めていた。仏壇の上の方では、金色の、でっぷりふとった仏が、いつも変らぬ表情で祖母と私とを見下していた。その仏の表情が、いつも変らぬ、絶対に同じだということが、いつも私を異様に感動させた。

新しい家にうつる前、広大な古い家にいたころ、仏間はまた、親族会議の会議室、いや、その非公式な二次会の会場を兼ねていた。そこで連日連夜、深更《しんこう》まで、ときには夜を徹して会議がつづいていた。家の内はもとより、港に近いところにあった事務所、それからかかわりの深かった銀行などのうちに漂っていた不安、ひいては町筋のあちこちでかわされている様々な私語――そういうものから、子供たちは心して遠ざけられてはいたが、遠ざければ遠ざけるほど、不安な空気は、空気のように子供たちの心臓にも侵入して来ていた。私たちは、大体のことは、ぼんやりと知っていた。

パニック、取りつけ、破産……、というようなことばも、いつとはなく耳に入り、なんのことか具体的にはわからないにしても、それが決してよいことを意味するものではないということだけは、たしかにわかっていた。

この古い家での親族会議や債務、債権者会議は、大正十二年の冬から春にかけて、断続的にひらかれ、数カ月はつづいた。そのたびごとに、かたちのない不安が濃くなっては行ったけれども、一面、子供たちにとって、それは葬儀にも似て奇妙に賑《にぎや》かな催しごとのようにも思われたのである。何故なら、日本海岸では由緒のある廻船問屋であった家で親族会議をひらくとなれば、人々は、山陰の境港、越前の敦賀港、越後の新潟、酒田、秋田、青森、松前へ渡って函館、小樽、稚内、北の端の礼文島の香深港などの処々方々からあつまって来なければならなかったからである。

丘の上の新しい家は、階下が六間、二階が二間という、古い家に比べれば〝小さい家〟であったが、これらの親族会議は、古い家の、広く奥深い庭に面した三十畳敷の間でひらかれ、一応散会してから、改めて有志が暗い仏間で鳩首《きゅうしゅ》協議するというかたちをとる習慣になっていた。

こうした親族会議がつづき、人の出入りのはげしかった春、丘の新しい家の建築がはじまった。古い家は抵当に入ってしまっていたからである。

ぼす、ぼす、ぼすという祖母の叩く木魚の音を聞きながら、私は古い家での出来事の数々を思い出していた。木魚の音は、一切のものはいつかはこの世の暗い夢のなかへ消え込んで行くのだ、という、この世の基調低音ともいうべき、そのリズムを刻んでいた。そして無表情な金色の仏が、その暗い夢を象徴し、出来事のすべてを、さし出された手を通じてひめやかに、極めて自然に収斂《しゅうれん》していた。

そういうとき、暗い木魚の音のあい間《ま》から、古い家の、奥深い庭の夕景が浮び上って来る。

たそがれの紫色の光が、琵琶湖をかたどった広々とした池と流れに落ち、日中にぬくもった水がひやりとする風をうけて肌に皺《しわ》をよせる頃、池の奥の暗い木立のあたりから、

「よーそろー、よーそろー……」

という間伸びのした声が聞えて来る。その声について、重い空気を颯々《さっさつ》と截《き》る鋭い羽の音が、木立をつらぬいて池をわたって来る。声の主は、どういう由来でそういう名がつき、またどういう字をあてたものかいまとなってはもう知る由もない、下働きの老人であったけっつあである。けっつあ老人は、この家に、まだ帆船《スクーナー》も鉄の蒸気船もなかった頃の、千石、二千石積みの和船の船頭であった。そしてこのけっつあの祖父は、難船漂流して、けっつあのことばで言えばおろしやまで行って十年もとめおかれたことがあった。帆船や鉄の船の時代が来るとともに、彼は老い込んで陸《おか》に上った。そして、いま彼は庭で鶴を追っているのである。よーそろーという掛け声も、海のことばであった。

それぞれ千《せん》という名と萬《まん》という名を与えられたつがいの鶴は、朝早く鳥屋《とや》から出されると、一日中、池であそび、午後三時すぎ、日がかたむきはじめると池からあがって木立のなかへ入りこむのが日々のならいであった。夕刻、けっつあ老人が、柄の長い奇妙な団扇《うちわ》のようなものを手にして、この木立のなかへ入り、鶴のうしろ側にまわって

「よーそろー、よーそろー……、よーそろー、萬《まん》、よーそろー、千《せん》……」

と声をかけながら、次第に紫の色を濃くしてゆく空気を、この奇妙な団扇でゆっくりあおいで小さな風を起し、その風がつがいの鶴の尻の柔毛をそよがせる。すると、鶴は二歩、三歩あるく。こうして、木立と池と叢林《そうりん》と巨きな巌などがしつらえられた広い庭の端から端まで、小半時ほどもかかってゆっくりゆっくりと鳥屋まで追って行く。

「よーそろー、千《せん》、よーそろー、萬《まん》……」

このつがいの鶴は、北の海の廻船問屋である〈山《やまいち》鶴屋の象徴であった。彼らは、雛鳥のあいだに北海道の釧路荒野でとらえられ、けっつあ老人の手で育てられたものといわれていた。秋や春、シベリアから来る、あるいはシベリアへ行く渡り鳥がこの庭の池に何十何百か来て、去った。羽を切られていた鶴は、かわるがわるにやって来ては去ってゆく渡り鳥にとりかこまれ、いつも池にとり残されていた。そして夕方になると、けっつあ老人が団扇の化物をもって鳥屋につれもどしに来る。けっつあ老人は、身体つきのがっしりした、眼の鋭い爺やであったが、鶴の世話以外には、なんの仕事もしなかった。

この庭の片隅には、茶室と、長逗留《ながとうりゆう》をする客人用の離れ屋二棟がたっていた。離れ屋には、春夏秋冬を問わず、誰かしら客人がいた。それが旅の、名もしれぬ絵師や俳諧師《はいかいし》であることもあれば、蕭条《しようじよう》とした僧侶や京か東都で有名な画家であることもあり、お茶の宗匠や生花の師匠、箱庭つくりの先生、能楽師などが来ていることもあり、ときには旅に病んだこれらの芸術家、遊芸の師匠などが一年二年とからだをやすめていることもあった。これらのひとびともまた、その個人個人がそうではないとしても、おのおの何百年という由緒《ゆいしよ》をもった最後の芸術家たちであった。また明治のころには、民権自由の壮士たちがここにあつまった。

浅い池のなかに、千《せん》と萬《まん》とが、おのおの細い一本の肢で凝然《ぎようぜん》とたちつくし、そのまわ

りを渡り鳥の群れが勢いさかんに水をはねとばしてあそびたわむれ、餌を奪いあってい
るようなとき、離れ屋の戸をくって、絵師が、あるいは俳諧師が、しきつめられた暗緑の苔《こけ》の海に浮ぶ飛石の島づたいに、庭のぜんたいを見はるかす母屋《おもや》の縁先へ、こつこつと庭下駄の音を立ててやって来る。旅の芸術家たちではない、貴賓《きひん》のための宿りは、庭の奥に、また別にたててあった。

その縁先の奥、あけはなたれた三十畳敷の、徒《いたず》らに広くさむざむとした部屋に、たったひとり、九十歳を越えた曾祖父が脇息《きょうそく》に、それこそ鶴のように瘦せ、枯木のように枯れたからだをもたせかけている。畳の縁《へり》が一直線に伸び九十度に交差し、ぴしり、と音たててきめつけられたような厳しさがそこにあった。襖《ふすま》は冷たい銀泥《ぎんでい》で、そこだけにはどんな絵師にも描かせなかった。絵師、あるいは俳諧師、あるいは能楽師か、京の道具屋の主人かが、縁先でこの曾祖父に挨拶をする。曾祖父は、無言で挨拶をかえし、縁先に席をすすめて、当人同士のほかは誰にもわからぬような話をはじめる。言うまでもなく、曾祖父はすでに隠居し、店《みせ》の仕事は七十歳になる祖父と、東都の大学を出た私の父とにゆだね、日々を旅のものとの会話におくっていた。

曾祖父の背後の床の間には、千萬無量、と大書した自筆の掛軸がかかっている。字は、肩のいかつくない、むしろ中国人が書いたかと思われるような書体であった。

夏冬にかかわらず、扇子《せんす》を手にした芸術家たちや道具屋たちが話しかけると、曾祖父

は眼を瞑《つむ》る。そして彼らが話しおわると、眼をひらいて応えをする。曾祖父の妻、つまり曾祖母にあたる人は、しばらく前に亡くなっていた。眉毛をおとし、歯には御歯黒をつけたひとであった。

千《せん》と萬《まん》とがたち騒ぐ渡り鳥の群れのなかに、微動もせずに佇《たたず》んでいる姿を、あるとき冷たい銀の色を背景にしたこの部屋から曾祖父が眺めていた。傍に人がいても、話しかけられても、一切応えをしないで小半時も黙していることも珍しくはなかったのだ。そういう沈黙のとき、その果てで、さっと日が翳《かげ》り、渡り鳥のうちの一羽が無気味な叫び声をあげて水を打ち、中空に飛び上り、つづいて、それまでに戯れていた百千の鳥たちがいっせいに水をはなれ、木立をかすめ、忽《たちま》ちに空に姿を消してしまう。海をわたってシベリアへ行くのである。

あとにのこったものは、それまで羽毛のなかにおさめていた片方の肢を水につけ、細い錦明竹のような二本の肢をふんばって、いっとき白い羽を大きくひろげて羽搏《はばた》いてみるが、水をはなれることの到底かなわぬ千《せん》と萬《まん》の二羽である。凝然として立ちつくし、目のこまかい笊《ざる》を手にして苔の上や石に散った夥《おびただ》しい鳥糞や羽毛の始末をするけっつあ老人を、千《せん》と萬《まん》は静かに横眼で睨むだけであった。しかも、けっつあ老人がいってしまえば、波立ちのおさまった水に映る、空しく白いおのれの姿を見るよりほかに、千《せん》と萬《まん》には術《すべ》もない。

そういうつがいの立姿を、銀の間（とその広間は呼ばれていた）——から、曾祖父はじっとうち眺めて、

「ほっ、ほっ、ほっ、ほっ」

と声に出して——人々は、はじめは曾祖父のこの声を笑い声であると思う——泣く。泪が、みいらか漆塗りの古仏のような皮膚を伝う。

曾祖父になれない客人は、みなこの声をきくとあやしい気持におとされてしまう。笑うべき何事も起らず、ましてや泣くべきこともいささかもないときに、それが起るからである。あるとき、そういう場に居合せた、東京から来たという旅の幇間《ほうかん》が機敏にその泪のつとを見抜き、ひとこと、ふたことのことばを言った。曾祖父は、無言で、扇子を手にもって、その先端をぴたりと幇間の胸につきつけた。後にその幇間は、お手打ちにあうのかと思いました、と言った。明治をさかいにして、四十年も以前にこの家に生れ、長く長く生きて、鶴屋の名と亼の標識をもった千石船から帆船《スクーナー》、合子船《あいのこ》、すなわち鉄と木と、帆と蒸気と併用した船、更に石炭を焚き濛々《もうもう》と煙を吐いて走る鉄船までの変遷をも見て来た曾祖父は、あるいは物を見すぎて来たのかもしれず、二羽の鶴と鶴屋そのものの運命をも見透していたのかもしれなかった。

鶴は、きょとんとして水に立ち、

「ほっ、ほっ、ほっ、ほっ」

と笑うように泣く曾祖父は、猿——もし年老いた、あるいは年老いすぎた猿が泣くとするならば——のように見えた。

こうして、この年老いすぎた老人は、ほとんど日がな一日を広い銀の間に坐りつくして過した。冬でも、雪が吹き込まぬ限りはあけはなしていた。客人の話に耳をかたむけ、ときどきは書見をしたり、字を書いたりしていたが、曾祖父のことばで言うならば江戸をはじめとして、横浜、神戸、樺太、北海道から日本海沿岸の港々にちらばっている身内の人々からの情報は絶えず受取り、しかも決して祖父と父との仕事の運びに口出しはしなかった。そして彼の、数百年にわたる家の歴史が、いまどうしようもなく閉じられようとしているのであることも、人々の話を聞くときには閉じているその眼で、明らかに見透していた。三井家や岩崎家のようでなければ、大阪商船や日本郵船のようでなければ、戦争のあるたびにふとって行くのでなければ、事は必ずや廃《すた》れてしまうのである。私が生れて一年後の、大正八年、滑川に発して全国に波及した米騒動もまた、たとえそれが明治以前から地方的に断続して幾度もあったこととはいえ、それが全国的な規模をもちえたということ、これも曾祖父にとっては異常な衝撃であった。千石積、二千石積の和船は、大正の中頃まではそれでもなお生きのこってはいたが、合子《あいのこ》船や蒸気船が、湾の入口でけたたましい気笛を吹鳴《すいめい》することが出来るようになってからは、屋上の望楼も廃物になってしまっていた。

朝の茶を喫しているときとか、あるいは日中、千《せん》と萬《まん》とに眼を据えて坐りつくしているときとかに、突然曾祖父がこの望楼へのぼる、と言い出すことがあった。

そこまでのぼることは、しかし、足腰の自由でない曾祖父にとっても、また手助けをしなければならぬ家人にとっても、容易なことではなかった。望楼は屋根の上につき出ていて、家の構造、あるいは階層からいえば、四階といっても差支えのない、畳にして二畳ほどの狭いところである。

構造、あるいは階層ということをいった次いでに、この家のことを少し述べるなら……。

町筋にあったこの家に門というものはない。門のかわりに、大戸《おおと》という頑丈な木のひらき戸があり、これを外側へ引くと、すぐ内側に金網に障子紙をはりつけた引き戸があり、そこから屋敷裏に並んでいる倉まで、二間幅の土間が、店、中庭、台所、下働きの人々のための部屋という順序でつきぬけていっている。このうち、店というのは、明治の中頃に港近くに事務所と倉庫をもつ以前には、文字通り店であり帳場であったのだが、その後は、座敷に招じ上げるほどではない客と応対するための、いわば応接用のようなものになり、二十畳ほどで、まんなかに大きな炉が切ってあり、釜にはつねに湯がたぎっていた。この店に面する土間に立って見上げると、いや、家の外のどこから見上げてみても、望楼はあっても、実にどこにも二階などありそうには思われないのだ。土間から見上げる天井は、すすけて黒く、なるほどそうむやみに高くはない。しかも梁《はり》が縦横に組んであって、いかにも屋根を支えているように見える。けれども、要するにこれは見えるだけであって、その上に、天井の低い、そして襖などをとりはらえば百畳はたっぷりあった筈の二階の間があるのである。この二階は、いつもはお化けでも出そうなほどに暗かった。明りは、屋根にうがたれた明りとりと、腰の低い側壁の上、高さ二尺ほどの横に長い窓のようなものをあければ、そこからとることが出来る。そしてこの窓のようなものも、実は庇《ひさし》の下にかくれていて、下から見上げても、そこに窓ありとは思えなかった。この側壁は、まるで和船の船底の部屋のように、弓なりに彎曲《わんきょく》していたものだ。ではこの二階へどこからのぼるかというと、その階段は、店《みせ》の次の間の押入れのなかにあった。しかも、この階段は、箱をつみかさねたような風になっていて、いつなんどきでもとりはずすことが出来る。箱をかたつけてしまうなら、あるいは単に押入れの戸をしめてしまうなら、その押入れはただの押入れであって、どこからどう眺めても二階の存在は認められなくなる。更に、この二階の中央部には、立っていることの出来ないほどに天井の低い、三階の間がある。その上に、望楼があった。三階と望楼へは、いずれも梯子《はしご》をかけ、上蓋《あげぶた》を押しあげてのぼって行くのであった。

要するに、家はなにものかに対して完全に擬装していたのである。古い時代からつづいて来た廻船問屋の構造は、全国的に多かれ少かれこういう擬装、擬態をもっていた。

官憲にとって、廻船問屋とは、密輸出入、密航業者であったのである。古く鶴屋は、加賀の銭屋五兵衛とも海陸で争い、また力をあわせた。銭屋は、明治にいたる以前に、権力に弾圧されて早く潰滅してしまった。銭屋の家の構造もまた似たりよったりのものであった。薩摩有明湾に面する志布志の問屋は、店《みせ》から海浜に通じる地下道をさえもっていた。

二階も三階も、いわば物資を、特に検査のありうべき倉庫に入れておくことの出来ぬ物資を、または人間を隠匿《いんとく》しておくための場所であり、また長途の航海をおえて帰港して来た船の、船頭や水夫をとめ、骨休めをさせるための場所であったのだ。店から中庭まで、銀の間から店の横隣にある部屋までの、障子や襖をとりはらうなら、縦貫している土間から池のある庭までが見はるかすことが出来、約二百畳の席が出来る。船の帰港祝い、あるいは進水の祝い、婚礼、葬儀などのときにはすべての襖障子がとりはらわれ、中庭の向う側にある黒光りのする板の間の台所口には、薦被《こもかぶり》がつみあげられた。

湾頭にさしかかって、合子《あいのこ》船や蒸気船は、けたたましく帰港の合図の気笛を鳴らす。けれども、帆をかけただけの和船は、陸《おか》から見つけられるまでは、たとえどんなに苦難の航海をつづけて来たとても、帰港を知らせるための手だてももっていない。それを見張っているのが、この望楼のおもな役目であった。その頃、靉靆鏡《あいたいきょう》といわれた遠眼鏡をつかってはいたが、早く船の標識を見分けることは、そうたやすいことではなかった。また、一日中空と海とを眺め、その模様を考えて北海道、あるいは西方の海空までを類推して長期にわたる天気予報を考え出し、それによって積荷の多寡、種類、どの船をどの方角へ出すべきかを考え出さねばならぬ。科学的な手段というべきものは、明治中頃まで、ほとんど皆無であった。船もまた唐針《からばり》と称された羅針盤をもっているものの方が少かったのだ。日本海は、波の荒い、天候も変りやすく、緊急避難をすることの出来るところの少い、敵意をもった海である。積荷の主体をなす、米と海産物は、いずれも濡れてはならないものであった。松前へ米をもって行き、松前から海産物をもちかえる、これがおもな交易であった。

だから、望楼で遠眼鏡をもって水平線を睨み、空の雲と海の色とをこまかに観察し、明日、明後日、一週間後、一カ月二カ月後の、他国の空と海の模様を、経験と勘だけに頼って考え詰める役目の人は、いわば船と船頭や水夫たちの生命、問屋と交易全体の安否を一手に握っていたといっても、そう過言ではない。いわば陸《おか》の指揮所に立った船長、である。しかも彼は測候所長をも兼ねなければならぬ。

水平線に白い帆が見える。その帆にしるされた標識を見誤ることなどは大したことではないといわれるかもしれない。けれども、それはそうではない。それなりに、大事《おおごと》なのだ。

自家の船の帰港と見誤り、望楼から町じゅうに響きわたれとばかり、

「御船の御帰り――」

と大声を発したとする。

問屋をかこんで一町内をなしている、船頭や水夫たちの、留守居の家々は、にわかに息づき、それまでひっそりと飯を食い、洗い物をして日々を送っていた女房たちは、また子供たちも、いっせいに、その一声《ひとこえ》をこそ幾月も幾月も待っていたのだという、心の底からの声を挙げる。声は町筋にどよめき、どの家もにわかにしめ切ってあった雨戸をあけ、戸障子をはたき、掃除をし、水をまき、買物に走り、八百屋や酒屋は大八車をひき出して急場の仕入れに出掛け、女房も子供も着物をきかえ、犬が吠え出す。この町に多い樺太犬が群れをなして大八車の後を追いかける。くすんだ色の町筋には、途端に赤や青の艶《つやや》かな色がとりどりに散らばり、問屋は問屋で、いつもは誰も上ったことのない二階三階に下働きの人々が上り込んで雨戸をくり、窓をあけ、蝙蝠《こうもり》が入り込んでいたら追い出し、天井の隅に蜘蛛の巣がはっているならそれをはらう。家の遠い船頭や水夫をとめねばならぬからである。倉をあけて朱塗りの膳や皿小鉢の入った箱を幾十かとり出し、水を汲んでそれを洗う。またいくつかの大きな五右衛門風呂にも水を汲む。からからという井戸の釣瓶《つるべ》の音は鳴りやむときがない。自家の清掃をおわった女房たちが、次々と店《みせ》へやって来て挨拶を述べる。他の廻船問屋や町の有力者が祝儀を届けに来る。戸障子や襖は、いっせいにとりはらわれ、その夜のさかんなうたげの用意がはじまる。

使いが方々に走る。花街へ知らせが行き、歌妓はみなで何人来ることが出来るか、その答えをもって来る。歌妓たちは風呂へ走り髪を結い、小間物屋は白粉や紅を小さな箪笥につめ、紺の風呂敷で背に負って娼家へかけつける。ひっそりした留守居の町は、にわかに物音でみたされる。

風があってもなくても、帆だけで走る船足は、のろいものだ。水平線に姿が見えてから、港に入りつくまで、小半日もかかることだってある。

さてそこで、帆にしるしてある標識を、万々一、見誤っていたとなったらどういうことになるか。それは滅多にないことだった。

が、かつてけっつあ老人が、それを、やった。彼は恥じ入って自害しようとした。女房は夜逃げを主張した。実際に夜逃げをした先人の例もあったのである。

曾祖父にとめられて、けっつあ老人は、以後決して望楼へのぼらず、黙々として団扇の化物をもって千《せん》と萬《まん》との後を、

「よーそろー、よーそろー」

と低く呟きながら、ゆったりと追って歩いた。

けっつあ老人は望楼を下りた。そしてこの老人のあと、誰も毎日望楼へのぼりはしなかった。実際言って、もう望楼へのぼる必要はなくなっていたのだ。和船はのこり少くなっていた。大部分は、改装されて、だるま船にかわってしまい、よい匂いのする藁縄《わらなわ》

でキリリとしめつけられた米俵ではなくて、石炭、みじめに石炭の粉で真黒に汚され、あるいはセメントの粉でセメント色にまぶされて、港内の濁った水に浮び、だらしなく綱でポンポンに鼻面をひきまわされていたからである。また、空模様、海の模様を見ることもなかったのだ。測候所が、港のあるところならどこにも出来ていた。それから近づいて来ている和船の消息については、すれちがって来た蒸気船が逐一知らせてくれた。何も雀か鴉《からす》のように望楼にしがみついて遠眼鏡でのぞき、蝙蝠に毛のうすい頭をはたかれる要もなかったわけである。

しかし、これらのことのすべては、つい昨日のことなのである。汽船も、教育も、資本主義も、外国との戦争も、はじまったのは、実につい昨日のことなのだ。曾祖父も祖父も、曾祖母も、それから祖母も、学校と名のつくどんなものへも上ったことがなかった。学校とは、ようやく私の父と母の代から上ることになったものであった。つい、昨日のことなのだ……、女のひとが歯に鉄漿《かね》を附けて、真黒な歯を色褪《いろあ》せた唇のあいだからのぞかせていたのも。

また、私にしてさえ、電灯ではなくてランプ、その火屋《ほや》を朝毎に下働きの人々が拭っていたのを覚えている。ガス灯、それから電灯はすでについていた。が、それは貴重なもので、どこにでもいくらでもつけるというものではなかった。倉の天上の梁には、黒漆に金蒔絵のついた駕籠がぶら下っていた。これにのって、曾祖母が輿入れして来たのである。後年、この家が粉微塵に粉砕されたとき、この駕籠が、子供たちの一年間の学資になろうとは、まだ誰にも想像がつかなかった。

曾祖父は、実に突発的に、この望楼へあがりたいということを、一年に二度か三度、言うのであった。階段も梯子もあぶなっかしい。先にいったように、押入れのなかの階段は箱状なのだから、手すりというものがない。二階と三階の梯子はなおさらである。祖父と父とけっつあ老人が、あるいは背に負い、あるいは手をとり腰を抱いて、提灯や、むかしの懐中電灯ともいうべき龕灯《がんどう》で前や足許を照して暗い二階と三階をとおって望楼へのぼる。けっつあは三階から上へは決してのぼらない。望楼のことを、曾祖父は物見《ものみ》と言っていた。しかし、のぼってみたところで、実際にはどうということもないのだ。

見えるものは、海と、大きなおにぎりのような石をおいた板葺屋根の町並みであり、その屋根の向う、川の港である港内に碇泊《ていはく》している汽船のブリッジから上であるにすぎなかった。吹く風には、潮の匂いと、松前交易よりももっとさかんになった満鮮貿易によってもたらされた、肥料用の豆粕の乾いた匂いがのって来る。樺太、北海道から来る、みがきにしんやこんぶの匂いは、もうずっと前から豆粕に圧倒されてしまっていた。いや、それにもまして、港になっている河口からずっと奥の、川にそってたてられた工場地帯から来る、化学肥料をつくるに際して煙突から吐き出される有毒な黄色い煙の匂いなどの方が、はるかにどぎつく時代のうつりを物語っていた。

大正十年の暮、あろうことか、雪のしんしんと降る大晦日に、曾祖父は例のやまいを起した。望楼へ、物見へ上ってみなければならぬ、と言い出したのである。

いまもいったように、上ったところで見た眼には、別にどうということはないのだ。曾祖父は、その古仏のような、あるいはおびんずるさんのような、あまりに年をとりすぎて女性、あるいは中性のそれにでも近づいたかのような顔を、そろりそろりとうごかして、あたりをゆっくりゆっくり、まったく無言で、見わたす。五分もそうしていると、もうよそ眼には飽きたのではないかと思われて来る。

「ほっ、ほっ、ほっ……」

と声に出す。

と、忽ち下りようという。

あまりに長く生きすぎ、しかも老年に入ってからの三四十年の変遷が、青春の日々か壮年の日々の変遷の数百倍も激烈だったとき、その人の眼に過去と未来が、また現在が、従って時間というものの奥底の、その純粋な楽音のような流れが、暗い海と家々の屋根に、雪空と船のブリッジやマストを越え、更には、海の向うにそびえたっている筈の立山や剣山などの日本アルプスの雪の山々を越え、果してどういうものとして心の耳に響き、あるいは純粋なしぶきをたてて迸《ほとばし》っていたか。

曾祖父は、冬でも吹きこまぬ限りは、銀の間に炬燵《こたつ》をしつらえさせて、雪にとざされた池と庭、そこに佇立《ちょりつ》する千《せん》と萬《まん》との姿を凝《じ》っと眺めて無言の日々をおくっていた。夕暮れると、藁の深靴《ふかぐつ》をはいたけっつあ老人が、雪中を難儀しながら例の団扇の化物を手にして、

「よーそろー、よーそろー」

と低く呼んでまわる。

曾祖父は、大晦日に物見《ものみ》に上ったその翌日、すなわち大正十一年の元旦の早朝、北の海に海鳴りの底深くとどろくなかで、静かに息をひきとった。老衰である。数え年九十六歳、名を善右衛門といった。

サアカスの馬

安岡章太郎

■安岡章太郎　やすおかしょうたろう　大正九年（一九二〇）〜高知生れ。軍医の父親の転勤で、日本各地、朝鮮を転々とする。慶応大学在学中に陸軍に入営したが肋膜炎のため一年で除隊。戦後、カリエスに苦しみながら小説を書き始める。処女作「ガラスの靴」（昭二六）が認められる。二八年には「悪い仲間」、「陰気な愉しみ」で芥川賞受賞。「海辺の光景」（昭和三四、野間文芸賞）、「放屁抄」（昭五三）、「流離譚」（昭和五六）など。エッセイの名手でもある。「サアカスの馬」は昭和三〇年「新潮」に発表された。

僕の行っていた中学校は九段の靖国神社のとなりにある。

鉄筋コンクリート三階建の校舎は、その頃モダンで明るく健康的といわれていたが、僕にとってはそれは、いつも暗く、重苦しく、陰気な感じのする建物であった。

僕は、まったく取得のない生徒であった。成績は悪いが絵や作文にはズバ抜けたところがあるとか、模型飛行機や電気機関車の作り方に長じているとか、ラッパかハーモニカがうまく吹けるとか、そんな特技らしいものは何ひとつなく、なかでも運動ときたら学業以上の苦手だった。野球、テニス、水泳、鉄棒、などもだが、マラソンのように不器用でも誠実にがんばりさえすれば何とかなる競技でも、中途で休んで落伍《らくご》してしまう。体操の時間にバスケット・ボールの試合でもあると、僕は最初からチームの他の四人の邪魔にならぬよう、飛んでくる球をよけながら、両手を無闇《むやみ》にふりまわして、「ドンマイ、ドンマイ」などと、わけもわからず叫んで、どかどかコートのまわりを駈けまわっていた。おまけに僕は、まったく人好きのしないやつであった。地下室の食堂で、全校生徒が黒い長い卓子について食事するとき、僕はひとりで誰よりも先に、お汁の実の一番いいところをさらってしまう、そんな時だけは誰よりも素ばしこくなる性質だった。そのくせ食べ方は遅くて汚く、ソースのついたキャベツの切れ端や飯粒などが僕の立ったあとには一番多く残っていた。

　僕はまた、あの不良少年というものでさえなかった。朝礼のあとなどに、ときどき服装検査というものが行われ、ポケットの中身を担任の先生にしらべられるのだが、他の連中は、タバコの粉や、喫茶店のマッチや、喧嘩の武器になる竹刀のツバを削った道具や、そんなものが見つかりはしないかと心配するのに、僕ときたら同じビクビクするのでも、まったくタネがちがうのだ。僕のポケットからは、折れた鉛筆や零点の数学の答案に交って、白墨の粉で汚れた古靴下、パンの食いかけ、ハナ糞だらけのハンカチ、そう云った種類の思いがけないものばかりが、ひょいひょいと飛び出して、担任の清川先生や僕自身をおどろかせるのだ。

　そんなとき、清川先生はもう怒りもせず、分厚い眼鏡の奥から冷い眼つきでジッと僕の顔をみる。すると僕は、くやしい気持にも、悲しい気持にも、なることができず、ただ心の中をカラッポにしたくなって、眼をそらせながら、

（まアいいや、どうだって）と、つぶやいてみるのである。

教室でも僕は、他の予習をしてこなかった生徒のようにソワソワと不安がりはしなかった。どうせ僕にあてたって出来っこないと思っているので、先生は、めったに僕に指名したりはしない。しかし、たまにあてられると僕はかならず立たされた。教室にいては邪魔だというわけか、しばしば廊下に出されて立たされることもあった。けれども僕は、教室の中にいるよりは、かえって誰もいない廊下に一人で出ている方が好きだった。たまたまドアの内側で、先生が面白い冗談でも云っているのか、級友たちの「ワッ」という笑い声の上ったりするのが気になることはあったけれど……。そんなとき、僕は窓の外に眼をやって、やっぱり、

（まアいいや、どうだって）と、つぶやいていた。

校庭は、一周四百メートルのトラックでいっぱいになって、樹木は一本も生えていなかったが、小路を一つへだてた靖国神社の木立が見えた。朝、遅刻しそうになりながら人通りのないその小路を、いそぎ足に横切ろうとすると不意に、冷い、甘い匂いがして、足もとに黄色い粒々の栗の花が散っていた。

春と秋、靖国神社のお祭がくると、あたりの様子は一変する。どこからともなく丸太の材木が運びこまれて、あちらこちらに積み上げてあるが、それが一日のうちに組み上

げられて境内全体が、大小さまざまの天幕の布におおわれてしまう。それは僕らにとって「休み」のやってくる前ぶれだ。やがて、オートバイの曲乗りや、楽隊の音や、少女の合唱や、客を呼ぶ声が、参詣人《さんけいにん》の雑沓《ざっとう》に交って毎日、絶え間なくひびき、それらの物音が、土埃に混った食べ物の匂いのただよう風に送られてくると、校庭で叫ぶ教官の号令の声さえ聞きとれなくなってしまうのだ。そして、教室の校庭に面するすべての窓からは、そうしたテントの街の裏側をすっかり見わたすことができたのである。

いつか僕は、目立って大きいサアカス団のテントのかげに、一匹の赤茶色い馬がつながれているのを眼にとめた。それは肋骨《ろっこつ》がすけてみえるほど痩せた馬だった。年とっているらしく、毛並にも艶がなかった。けれどもその馬の一層大きな特徴は、背骨の、ちょうど鞍《くら》のあたる部分が大そう彎曲《わんきょく》して凹んでいることだった。いったい、どうしてそんなに背骨が凹んでしまうことになったのか、僕には見当もつかなかったが、それはみるからに、いたいたしかった。

自分一人、廊下に立たされている僕は、その馬について、いろいろに考えることが好きになった。彼は多分、僕のように怠けて何も出来ないものだから、曲馬団の親方にひどく殴られたのだろうか。殴ったあとで親方はきっと、死にそうになった自分の馬をみてビックリしたにちがいない。それで、ああやって殺しもできないで毎年つれてきては、お客の目につかない裏の方へつないで置くのだろう。そんなことを考えていると僕は、

だまってときどき自分のつながれた栗の木の梢《こずえ》の葉を、首をあげて食いちぎったりしているその馬が、やっぱり、

（まアいいや、どうだって）と、つぶやいているような気がした。

実際、僕は何ごとによらず、ただ眺めていることが好きだったのである。ひなたの縁台にふとんが干してあると僕はその上に寝ころびながら、こうしてポカポカとあたたまりながら一生の月日がたってしまったら、どんなにありがたいことだろうと、そんなことを本気で念願する子供だった。学校ではときどき生徒を郊外へつれて行き、そこで木の根を掘ったり、モッコをかついだりすることを教えられたが、そんなときでも僕は、われしらず赤土の上に腰を下ろして頬杖《ほおづえ》をつきながら、とおくを流れている大きな川の背にチカチカと日を反射させている有様を、いつまでもながめていると云った風だった。「おい、ヤスオカ！」と名前を呼ばれて、清川先生から、「お前は一体、そんなところで何をしているのだ。みんなが一生懸命はたらいているときに自分一人が休んでいて、それでいいのか」と、そんなふうに云われても僕は何も答えることがない。別に見ようと思って何かを見ていたわけでも、休もうと思って休んでいたわけでもないのだから。しかたなしに、だまっていると、清川先生の唇は三角形に曲り、眼がイラ立たしそう

に光って、分厚い手のひらが音を立てながら僕の頬っぺたに飛んでくる。

靖国神社の見せ物小屋のまわりをブラつくことにしてもそうだった。もう、そのころの僕らの齢ごろでは、インチキにきまっているろくろ首のお化けや、拳闘対柔道の大試合なんかに大した興味はない。お祭で学校が休みになれば、気のきいた連中は日比谷か新宿へレヴィウか映画を見に行ってしまう。僕だって、どうせ遊ぶのならそっちの方がいいにきまっていると思うのだ。けれども僕は何ということもなしに境内をあちらこちら人波にもまれながら歩いていた。

だからその日、僕がサアカスの小屋へ入って行ったのも別段、何の理由もなかったのだ。僕はムシロ敷きの床の上に、汚れた湿っぽい座ぶとんをしいて、熊のスモウや少女の綱わたりなど同じようなことが果てもなく続く芸当を、ぼんやり眺めていた。が、ふと場内をみわたしながら僕は、はっとして目を見はった。……あの馬が見物席の真ん中に引っぱり出されてくるのだ。僕は団長の親方が憎らしくなった。いくら、ただ食べさせておくのが勿体ないからといって、何もあんなになった馬のカタワを見せものにしなくたっていいじゃないか。

馬は、ビロードに金モールの縫いとりのある服を着た男にクツワを引かれながら、申し訳なさそうに下を向いて、あの曲った背骨をガクガクゆすぶりながらやってくる。鞍もつけずに、いまにも針金細工の籠のような胸とお尻とがバラバラにはなれてしまいそうな歩き方だ。……しかし、どうしたことか彼が場内を一と廻りするうちに、急に楽隊の音が大きく鳴り出した。と、見ているうちに馬はトコトコと走り出した。

まわりの人は皆、眼をみはった。楽隊がテンポの速い音楽をやり出すと、馬は勢よく駈けだしたからだ。すると高いポールの上にあがっていた曲芸師が、馬の背中に——ちょうどあの弓なりに凹んだところに——飛びついた。拍手がおこった。

おどろいたことに馬はこのサアカス一座の花形だったのだ。人間を乗せると彼は見ちがえるほどイキイキした。馬本来の勇ましい活潑な動作、その上に長年きたえぬいた巧みな曲芸をみせはじめた。楽隊の音につれてダンスしたり、片側の足で拍子をとるように奇妙な歩き方をしたり、後足をそろえて台の上に立ち上ったり……。いったいこれは何としたことだろう。あまりのことに僕はしばらくアッケにとられたいた。けれども、思いちがいがハッキリしてくるにつれて僕の気持は明るくなった。

息をつめて見まもっていた馬が、いま火の輪くぐりをやり終って、ヤグラのように組み上げた三人の少女を背中に乗せて悠々《ゆうゆう》と駈け廻っているのをみると、僕はわれにかえって一生懸命手を叩いている自分に気がついた。

人妻

井上　靖

■井上靖　いのうえやすし　明治四〇年（一九〇七）〜平成三年（一九九一）

北海道生れ。京大在学中に、「流転」が「サンデー毎日」の懸賞小説賞に入賞。大学卒業後、毎日新聞に入社し、美術・宗教を担当する。戦後「闘牛」（昭二四）で芥川賞を受賞。新聞社を辞め創作に専心する。「天平の甍」（昭三二）、「敦煌」（昭三四）、「青き狼」（昭三五）、「本覚坊遺聞」（昭五六）など歴史小説、「比良のシャクナゲ」（昭二五）、「わが母の記」（昭五〇）など私小説的作品、エッセイなど数多くの作品がある。

「人妻」は、昭和二五年、都新聞の「四百字小説」欄に発表された。

月は明るかったが、風が強かった。若者が船窓からのぞくたびに、海一面に三角波が立っていた。若者はマンジリともせず、船室に坐っていた。眼は血走り、顔は蒼かった。彼の心の中にも無数の三角波が荒れていた。その三角波の中で二つ年上の人妻の顔が乱れ、形を整え、また乱れた。彼はその人妻があきらめられなかった。遠くからでも、その横顔を垣間見たかった。

朝、徳島に着くと、直ぐ海岸に沿って走る汽車に乗って、Tという町で降りた。派出《はしゅつ》所《じょ》で訪ねてようやく目的の家を探し当てた。女は留守だった。父兄会で小学校へ行ったという。

放課後の校庭は静かだった。窓の外に青桐の植っている教室の窓際で、彼女は八歳の女児とともに、受持の先生と対い合って坐っていた。愛児のシツケと教育について語る、女として最も清潔な時間が彼女を取り巻いていた。全く別人のような横顔だった。若者の心から、その時初めて海を渡って運んできたツキ物がおちた。

もの喰う女

武田泰淳

■武田泰淳　たけだたいじゅん

明治四五年（一九一二）～昭和五一年（一九七六）

東京の寺に生れる。東大で中国文学を学びながら、左翼運動に参加、また僧侶の修行もした。一兵卒として中国戦線に送られ〝地獄〟を見る。その後、評伝「司馬遷」（昭一八）で注目される。戦後は「蝮のすえ」（昭和二二）、「風媒花」（昭二七）、「貴族の階段」（昭三四）など、「戦後文学」の代表的作家として活躍した。

「もの喰う女」は、昭和二三年「玄想」に発表された。

よく考えてみると、私はこの二年ばかり、革命にも参加せず、国家や家族のために働きもせず、ただたんに少数の女たちと飲食を共にするために、金を儲け、夜をむかえ、朝を待っていたような気がします。つきつめれば、そのほかにこれといった立派な仕事を何一つせずに歳月は移り行きました。私は慈善家でも、趣味家でもありませんが、女たちとつきあうには、自然、コーヒーも飲み、料理も食べねばならず、そのために多少の時間と神経を費《つか》ったものですが、社会民衆の福利増進に何ら益なき存在であると自覚した今となっては、そのような愚かな、時間と神経の消費の歴史が、結局は心もとない私という個体の輪廓を、自分で探りあてる唯一のてがかりなのかもしれません。

私は最近では、二人の女性とつきあっていました。二人とも貧乏な働く婦人でした。弓子とよぶ女は新聞社に勤め、房子という女は喫茶店ではたらいていました。弓子は結婚の経験もあり、大柄な、ひどく男をひきつける顔だちで、男とのつきあいも多く、私はすっかり彼女にほれこんでいました。私は暑い夏のさかりに、わざわざ有楽町の新聞街へでかけ、物ほしそうな顔つきで、受付の女の人に電話をかけてもらっては、あわただしく彼女に会っていました。ところが弓子は仕事が多忙な上に、飲食を共にすべき男たちが多く、また多少気まぐれな、何をやり出すか見当のつかない方であるため、私はたびたび苦しい想いをさせられます。「ただいま外出です」「今日はお休みです」「今さっき帰りました」と受付に言われたり、約束の時間を二度も破られたりすると、私はたまらなく心が重くなり、腹もたち、淋しくもなりました。いい年をして女につきまとっている、しかもあらゆる鋭い神経と充実した精力が、ビジネスと享楽の機構の上を、キラキラと金属的にかがやきながら、とびまわり、のたくっている東京の中心部を、まるで時代ばなれした男がそうやって歩き廻っている。そう想うと私はなおのこと暗く気分が沈みました。愛されているようでもあり、まるで馬鹿にされているようでもあり、弓子のあたえるこの種の不安の日々が、私を、房子に近づけました。

房子は、神田のかなり品の良い喫茶店で、昼の十二時頃から、夜の十時ごろまで立ち働いているので、自由に気楽に会いに行けます。新聞社の玄関の無情なまでに頑丈《がんじょう》な壁や柱や石段と、そこに出入する元気の良い男女の足どりに圧倒され、おびやかすようなガード下の噪音や、あまりにも巧な交通巡査の手つきや、闇あきないの青年たちの眼くばせの波を逃れて、しずかな、くすんだ木組で守られた、その古本屋街の喫茶店に入るとまずホッとしました。自分が一人前の存在にたちかえったようで、腰が椅子におちつきます。

房子は、日本風に言えば洗い髪、西洋では中世の絵画に見られるように長い髪をダラリとしていました。小柄な身体で、グラスをはこんで来て前こごみになると額と頰が半分、黒髪にかくれました。色白でフックラした顔は弓子にどこか似ていますが、少しぼんやりしたようにして少女のようにおとなしくしていました。いつも素足で、それに赤と黒といれまじったような色のスカートがいつまでもとりかえられることがありません。ブラウスも、このスカートの色をうすくしたようなのが一枚、黒い支那服のもの一枚しかありません。とてもひどい貧乏なのです。傘がないので、雨のはげしい日は家並の軒づたいに走って店へ出るのです。だから時々、髪や服がまだ湿っていて、身体全体が疲れて見えることがあります。古道具屋で買ったというサンダル式の靴もこわれていて、片方は黒い紐《ひも》で足首に巻きつけてあります。いつか、私がそれに気づかずにいた頃、私の家へ訪ねて来ても、上ろうとしないことがありました。たぶん、黒い紐をほどいたり、巻いたりして手まどるのが恥ずかしかったからでしょう。

この房子のとこに居ると、弓子のおかげでいら立った神経がおさまりました。それに房子は私を好いていました。おとなしい、金に不自由な客が多く、酒は出してもサービスの必要はなし、いかにも「働いている」という感じで彼女は無言で動きまわっています。向うから話しかけることもない。それで私は彼女の気持がわかりました。

私が弓子に会えないでムシャクシャして、久しぶりでその喫茶店へ出かけ、隅の席に腰をおろすと、彼女はすぐお辞儀をしてから注文をききます。それから勘定台の向う側のボーイに「わたしにもドーナツ一つ下さいな」とたのみます。ガラス容器の中に、チョコレートなどと一緒に並べてあるドーナツをボーイが一つつまみ出してくれる。すると彼女は私の方へ横顔を向けたまま、指先でつまんだ上等のドーナツに歯をあてるのです。よく揚った、砂糖の粉のついた形の正しいドーナツを味わっている、その歯ざわりや舌の汁などがこちらに感じられるほど、おいしそうに彼女はドーナツを食べます。まるでその瞬間、その喫茶店の中には、いや、この世の中には彼女とドーナツしかなくなってしまったように。私が来たという安心、そのお祝い、それから食べたい食べたいと想いつめていた慾望のほとばしりなどで、彼女は無理して、月給からさしひかれる店の品物を食べてしまうのです。そこには恋愛感情と食慾の奇妙な交錯があるのです。

「食べることが一番うれしいわ。おいしいものを食べるのがわたし一番好きよ」

はじめてのあいびきの際、彼女は私にそう言いました。代々木の駅でまちあわせ、神宮外苑まで歩き、池のそばの芝生にねころぶとすぐ彼女はそれを告白しました。その日、彼女の白靴はまだこわれていず、支那風の黒いブラウスを着ていました。(後でわかったのですが、彼女は画家のモデルになり、それを着て油絵にかかれ、そして完成の後それをもらったのです)。彼女の告白は、もちろん、しちめんどうくさい話をやめて早く御馳《ごち》走《そう》して下さい、という要求のあらわれです。「食慾が旺盛なのはいいな」私はこんな簡単な要求をみたすことで女が喜ばせ得るのかと、単純痛快な気持がしました。複雑な男女関係であえいでいる弓子は決してこんな要求はしなかったからです。彼女はいつも、「食慾がないのよ」と訴えていました。寿司を食べるとジンマシンをおこし、支那料理のあとで冷水をのむと腹痛になりました。房子の方は身体も小さく、肉づきがとくによくもなく、赤ん坊のような弱々しいところがあるのに、実に嬉しそうにして食べました。私はビールを飲みながら、房子がたちまち三皿の寿司をたいらげるのを眺めていました。それはムシャムシャという感じではなく、いつのまにかスーッと消えてしまった風でした。太宰治の『グッド・バイ』に出てくるカラス声の美女も精力的に食べて主人公を困らせましたが、房子の場合、少しもイヤな感じは起させません。酒も飲みました。そして酔いません。「わたし、酔っぱらうと物を投げるくせがあるのよ」自慢そうに言いますが、ウソではなさそうでした。「Tさん、食慾ないの」「あるよ」「いろんなもの食べて楽しくない？」「……別に楽しいということはない」「これ食べていい？」「うん、僕は飲むと食いたくないんだ」

新宿の日曜、しかも快晴でした。酔うと気が大きくなる私は貧乏な処女に何か買ってやりたくなりました。洋傘！　洋傘店の紫とも青とも赤ともつかぬ、蛾の羽か玉虫の背のような色彩がパッと眼を射ました。廉売《れんばい》らしく七百円均一でした。しかし彼女はそれに目もくれません。「紙製のでね、とてもいいのがあるのよ」二軒目の店でそれが見つかりました。それは千代紙によくある花模様のついた日傘でした。子供のさすように小さいのです。油が塗ってあるから晴雨兼用ということでした。「二百円でございます」「よかった。助かったよ」私はやすいので安心しました。彼女はおそらく、それが洋傘店で一番やすい品であることを、あらかじめ見て知っていたのでしょう。

雑踏《ざっとう》にもまれて歩きながら、彼女は露天で菓子を買いました。豆ヘイ糖とハッカ菓子でした。うす青い三角形の砂糖菓子を、私も一つ歩きながら食べさせられました。口がだるくなり、表情がだらけるような庶民的甘さです。映画を見て、アイスクリームを食べました。私は疲労を感じて帰りたくなりました。「私はまだ遊んでるわ」と彼女は主張しました。兄夫婦の家に同居している彼女は、家に帰れば、やかましく追いつかわれるため、家を敬遠していました。「それじゃ多摩川へでも行くか」私は駅の黒い板に白字でしるされた駅名の中で、多摩川らしい場所をさがしました。小田急の沿線にそれを見つけました。

鉄橋をわたってから電車を降りました。ボート乗り場は、増水のため休業でした。のどが乾いたというのでラムネを飲みました。それから河沿いに上流に向って歩きました。水は灰色で、せせらぎの音もなく、けだるい真夏の、平べったい光景でした。「これさせばいい」彼女が日傘をひらくと、小さい影の輪が落ち、黄色と赤の明るさが、頭の上にボッとひろがりました。遠く、ひょろ長い松の林が見えます。河の本流に近づくため、土手を降りて砂地に出ました。なま温い水が泡をうかべている汚い凹みがいくつもありました。彼女は立止り、白靴をぬいで両手に一つずつ下げました。

「そうだ。その方がいい。靴がこわれると買ってやるのイヤだから」「あなたケチネ」

彼女はスタスタ砂地を歩き、青黒くヌルヌルした石も平気でまたいで流れの中に入りました。ザボザボ水の中を、嬉しそうに歩き廻ります。向う岸との間に渡船がありました。そしてそちらではボートが浮んでいました。渡船の中で私の傍によりそった彼女の手足を眺めました。手も足も指がひどく短く見えました。それは弓子のより醜いな、と私は想いました。

「わたし歩くの平気よ」彼女は靴をはいてから、長い土手を松林の方に向いました。河岸なのに風が少しもありません。そして松林はとても遠すぎることがわかりました。河とは反対側の土手を降り、熊笹の上に坐りました。用水堀や田の水口で、お百姓さんの白い姿が、小さく音もなく動いています。「讃美歌をうたってごらん」キリスト教徒である彼女に私は命令しました。斜面に横になった私にならい、ガサゴソ熊笹の上をしばらくはい廻ってから彼女も横になりました。「新教の？　カトリックの？　カトリックのは一つしか知らない。その一つも第一章だけ」「カトリックのがいい」。彼女は「主よ、ましまさば」と歌いました。両親が戦災でなくなり、兄だけしかいない、貧乏な娘。そういう感慨が私の胸に来ました。しかし彼女にはどこか楽天的な、無神経なところがあり、「主よ、ましまさば」の低い歌声が似合っていました。「新劇をやりたいの、わたし」彼女は自分の希望ものべました。あるフランスの作家の劇の名をあげ、その劇中人物の一人のような役をやりたいのだと語りました。それは新しい、私のまだ読んでいない劇でした。「顔は可愛いが、身体が小さすぎるからどうかな」と私は考えていました。「それに重みが足りないから」。すると彼女はあきらめたように「でも今のようじゃ、いそがしくて練習に行けないからダメだわ」と言い、空を仰ぎながら、「パンが食べたいな」とつぶやきました。頭上のくぬぎの樹の落す影がうすくなり、土手には風が立ちはじめました。

新宿にひきかえし、渦巻パンを買い、その袋をかかえて、とんかつ屋に入りました。赤い大豚の看板の出た本建築の家でした。二階の部屋に案内されると、「高いわよう。こういうとこ」と彼女は心配しました。窓の外にバラックのひ弱い屋根が見えます。夕焼空の下、どこか物干台で若者の野卑《やひ》な歌声がしていました。

トマトソースのかかった厚みのカツレツと持参のパンで日本酒を二本飲みました。「おいしいわね」と彼女は興奮して繰りかえしました。「接吻したいな。いい？」とたずねるとうなずきました。「だって、何でもないもの。そんなこと」と、横ずわりにした足を少し引きよせていました。畳の上をにじりよって、真赤に酔った私は、彼女の肩をかかえました。私の眼の下で彼女の瞳は、女中が閉めて行った障子の方に向けられていました。唇や肩とは無関係に、黒眼だけがそちらに結びつけられていました。

映画館を出ると九時すぎていました。ホームでアイスキャンディを買いたいというので、残った札をわたしました。大型のキャンディは紙に包まれ、非常なかたさなので、私は少しなめて、線路に棄てました。電車に乗ってから彼女は自分のパスを見せました。「この切符Gさんにもらったのよ」パスには博物館の紙質のわるい白い切符が一枚はさんでありました。そのGという二十歳ほどの青年を私は見知っています。おとなしい人で、女に博物館の切符を送るのはもっともだと思われました。またそれを大切に持っているのも彼女らしく思われました。

彼女は私と同じ駅で降り、そこから会社線にのりかえます。終電車らしく、酒場かどこかにつとめているらしい派手な、新しい服装の女たちが多く、その明るい車内では彼女の身なりのみすぼらしさ、平凡さが目立ちました。彼女の家まで送って行く途中、暗い細長い路で、酔の発した私は猛烈に彼女を抱きすくめては接吻しましたが、彼女は笑顔でなすがままになっていました。そのあまりの従順さ、弓子にない従順さが、酔がさめてからも一種の驚きとしてのこりました。

それから一箇月、かみそりの刃を渉《わた》るような弓子との関係で息がつまり、私は喫茶店へは足を向けませんでした。弓子と会えばかならず飲食を共にしましたが、調子は房子の場合と全く異ります。虚々実々、盃をふくむにも、フォークを握るにも、多角的な神経の酷使、八方にらみの形でした。北京育ちの弓子は、寿司を食べても魚類の名称に無関心で、まな板に出されたあわびを、「あれたこ？」ときき、ひらめをかれいと言い、あなごを「あの魚を裏返しにしたような奴」と注文します。口に何か入っていてもたえず考えにふけり、歩くとつかれ、接吻一つするにも不安動揺がつきまといました。しかし結局、私はこの都会のくずれた精霊のような女が好きなのでした。そのため悩み、喧嘩もしました。

そんな一日、雨の駅で房子に遇いました。ぬれしょぼれた髪が耳や頬にまつわりつき、足の指は水しぶきのため赤みをましています。日傘は六回ばかり雨にあたってから破れたとのことでした。「雨のひどいとき、あれをさしてたら、みんな笑ったわ。でもずいぶん役に立ったわ」それを買ってもらったことをまだ感謝していました。「Tさんが来ないから、みんな、わたしが棄てられたんだって言うのよ。だって一月半も来ないんだもの」と単純な不平ももらしました。彼女を店まで送り、昼飯を共にすることにして、神田の駅で降りました。取締厳重の日で店はあらかた閉っていました。駅前に新しく出来た綺麗なとんかつ屋がガラス戸をあけている。それを見ると「お客さんが、こことても高いと言ってたわ」と彼女が注意しました。

清潔なエプロンをかけた女給の運ぶ料理は、立派な容器に容れられ、重みのあるナイフ、フォークがそえられていました。彼女は満足し、ゆっくりと味わいました。私を見つめる眼が、遠くの山でも眺めている感じになりました。

そのとんかつは私にも特別うまく感ぜられました。それから寿司を食べる段になると、彼女は「わたし知っているところがある」と、私の傘の下で身体をちぢめながら、裏通りの淋しい路へ案内しました。そこはガラス戸ばかり多い、狭い氷屋でした。「汚いでしょう、ここ」と彼女は気がねしました。はげ落ちた壁の下から薄い板が見え、横のガラス戸の外ではゴミ箱が雨にぬれていました。「氷イチゴ十円。氷レモン十円。特別甘イ」と書かれた貼紙も色あせていました。壁にじかに長い板をうちつけ、それがテーブル代わりにされている、いかにもわびしい場所でした。

「ここに貼ってある写真はみんな、物を食べているところよ」と彼女が説明しました。見ると壁の写真はみな外国の映画俳優が食事している光景でした。美しい洋服の男女が楽しげに顔向きあわせて朝の食卓につき、ミルクやパンや名前のわからぬ数々の料理を前にしているのもあり、女優一人が鶏の片足をあぐりと大口をあけて食べている情景もありました。中には水着の体格よき青年男女が談笑しながら、ボート上で何かビンの飲物を手にしているのもあります。それらいかにも人生の幸福を象徴する如き多種多様の白人飲食の写真は、どれも日光で変色して、そこの壁にへばりついていました。こんなことを考えついたここの主人のつつましい工夫、それを面白そうに無心に説明する彼女、それは豪華活潑な外国の食事の精神にくらべ、いかにも片隅のジメジメした淋しさを感じさせました。

「のり巻だけですって。それでいい？」と彼女がたずねてから、永いこと待たされました。栄養のわるそうな痩せた、髪のうすい主人は、小さな皿に卵の寿司とのり巻を容れて運んで来ました。そしてすむとすぐ皿を取りに来て「今日は厳重ですからね」と、ささやくように弁明しました。

房子の喫茶店でカストリを飲み、二つ三つ用をすませて、九時頃またそこへ寄りました。丁度帰り仕度していた彼女とつれだって外へ出ました。豪雨のあとで、雨はきれいにあがっています。私は泥酔に近い状態でした。駅に着くと、例のとんかつ屋はまだ明るいので、また店へ入りました。味もわからず食べおわりました。何だか肉が、昼の時より薄く、かつすじ張っているようでした。だが私の瞳に彼女の顔が、恍惚と酔った風にうつりました。房子はそこを出てから大福餅を買いました。

会社線はやはり終電車でした。送って行く闇の路で、私はこの前よりなお一層乱暴に彼女を愛撫しました。「怒る？」ときくと「女って、こんなことされて怒るかしら」と、彼女は私の自由にさせていました。細いゆるやかな坂道が、下ってまた上っている、その暗い永い直線の道に、かなりの距離をおいて、外灯が三つ四つぼんやりともっています。彼女の家へ曲る横丁の所で私は急に「オッパイに接吻したい！」と言いました。それがこんな場所で可能であるとか、彼女が許すとか、それら一切不明の天地混溟《こんめい》の有様で、その言葉が、嘔吐でもするように口を突いて出てしまったのです。すると彼女は一瞬のためらいもなく、わきの下の支那風のとめボタンを二つはずしました。白い下着が目をかすめたかと思う間に、乳房が一つ眼前にありました。うす黄色く、もりあがって、真中が紫色らしい。私は自分がどのようなかっこう、どのような感情を保っているのかも意識せずに、そのふくらんだ物体を口にあて、少し嚙むようにモガモガと吸いました。そしてすぐ止めました。何か他の全くちがった行為をしたような気持、あっけない、おき去りにされた気持でした。彼女はやさしく笑って、「あなたを好きよ」と、ふり向いて言うと、姿を消しました。私は大股に駅に向って歩きました。もちろん電車はないので、駅を通りすぎ、友人の家の方角に向って、のめるようにして歩きつづけました。胸苦しく、はずかしさと怒りに似たものが重く底にたまり、その感覚はますます強まりました。不明瞭な、何かきわめて重要な事実が啓示される直前のような不安が、泥酔の闇の中に火花の如くきらめきました。

「あれは何だろうか、彼女の示したあのすなおさは何だろうか。あれは愛か」と私は揺れる身体をわざと揺すらしながら考えました。「もしかしたら、あれは、御礼なのではないか。とんかつ二枚の御礼なのではないか。彼女はまるで食慾をみたす時そっくりの、嬉しそうな、また平気な表情をうかべていたではないか。食べること、食べたことの興奮が、乳房を出させるのか。ああ、それにしても自分は彼女の好意に対して、何とつまらぬ事しか考えつかぬことだろう。まるで俺は彼女の乳房を食べたような気がする。彼女の好意、彼女の心を、まるで平気で食べてしまったような気がする……」

友人の家にころがり込んでからも重苦しさはつづきました。「食慾、食べる、食慾」と私はうつぶせになってうなり、それからすすり泣く真似をしました。泣くのが下手な以上、その真似をするのが残された唯一の手段のように考えたからでしょうか。

虫のいろいろ

尾崎一雄

■尾崎一雄　おざきかずお

明治三二年（一八九九）〜昭和五八年（一九八三）

三重県で生れ小田原で育つ。志賀直哉に私淑し、作家を志す。早稲田大学在学中から、同人雑誌に小説を発表し注目されるが、家が経済的に破綻し、また創作も行き詰まる。奈良に志賀直哉を訪ね再起を期し、「暢気眼鏡」（昭八）が芥川賞受賞。「すみっこ」（昭三〇）、「あの日この日」（昭四五）など。

「虫のいろいろ」は昭和二三年「新潮」に発表された。

晩秋のある日、陽ざしの明るい午後だつたが、ラジオが洋楽をやり出すと間もなく、部屋の隅から一匹の蜘蛛《くも》が出て来て、壁面でをかしな挙動を始めたことがある。今、四年目に入つてゐる私の病気も、一進一退といふのが、どうやら、進の方が優勢らしく、春は春、秋は秋と、年毎の比較が、どうも香《かん》ばしくない。目立たぬままに次第弱りといふのかも知れないが、それはとにかく、一日の大半を横になつて、珍らしくもない八畳の、二三ケ所雨のしみある天井を、まじまじと眺めてゐる時間が多いこの頃である。

もう寒いから、羽虫の類は見えないが、蠅共はその米杉の天井板にしがみついてゐて、陽のさす間は、縁側や畳に下りてあつちこつちしてゐる。私の顔なんかにもたかつて、うるさい。

蠅の他に天井や壁で見かけるのは、蜘蛛である。灰色で、薄斑《うすまだら》のある大きな蜘蛛だ。左右の足を張ると、障子のひとこまの、狭い方からはみ出すほどの大きな蜘蛛だ。それが何でもこの八畳のどこかに、二三匹はひそんでゐるらしい。一度に二三匹出て来たことはないのだが、慣れた私の目には、あ、これはあいつだ、と、その違ひが直ぐ判る。壁面でをかしな挙動を見せた奴は、中で一番小さいかと思はれる一匹だつた。レコードの、「チゴイネル・ワイゼン」――昔、私も持つてゐたことのあるヴィクターの、ハイフェッツ演奏の赤の大盤に違ひなく、鳴り出すと私には直ぐそれと判つたから、何か考へてゐたことを放り出し、耳は自然とその派手な旋律を迎へる準備をした。

やがて、ぼんやり放つてゐた視線の中に、する〳〵と何かが出て来たが、それが蜘蛛で、壁の角からする〳〵と一尺ほど出て来たと思ふと、ちよつと立止つた。見るともなく見てゐると、そいつが、長い足を一本一本ゆつくりと動かして、いくらか弾みのついた恰好で壁面を歩き廻り初めたのだ。蜘蛛の踊り――と一寸《ちよつと》思つたが、踊るといふほどはつきりした動作ではない、曲に合はせてどうかうと云ふのではなく、何かかう、いらいらしたやうな、ギクシヤクした足つきで、無闇《むやみ》とその辺を歩き廻るのだ。

――浮かれ出しやがつた、と私は半ば呆れながら、可笑《おか》しがつた。幾分、不思議さも感じた。牛や犬が、音楽――人間の音楽にそそられることがあるとは聞いてゐたし、殊に犬の場合は、私自身実際に見たこともあるのだが、蜘蛛となると、一寸そのままには受取りかね、私は疑はしい目つきを蜘蛛から離さなかつた。曲が終つたら彼はどうするか、そいつを見落すまいと注視をつづけた。

曲が終つた。すると蜘蛛は、卒然と云つた様子で、静止した。それから、急に、例の音もないするするとした素ばしこい動作で、もとの壁の隅に姿を消した。それは何か、しまつた、といふやうな、少してれたやうな、こそ〳〵逃げ出すといつたふうな様子だつた。――だつた、とはつきり云ふのもをかしいが、こつちの受けた感じは、確かにそれに違ひなかつた。

蜘蛛類に聴覚があるのか無いのか私は知らない。ファーブルの「昆虫記」を読んだことがあるが、こんな疑問への答へがあつたか無かつたかも覚えてゐない。音に対して我々の聴覚とは違ふ別の形の感覚を具へてゐる、といふやうなことがあるのか無いのか。つまり私には何も判らぬのだが、この事実を偶然事と片づける根拠を持たぬ私は、その時一寸妙な感じを受けた。これは油断がならないぞ、先づそんな感じだつた。

このことに関連して、私は、偶然蜘蛛をある期間閉ぢ込めたことのあるのを憶ひ出す。夏の頃、暑いうちはいくらか元気なのが例の私が、何かのことで空瓶《あきびん》が要つて、適当と思はれるのを一本取り出し、何気なくセンをとると、中から一匹の蜘蛛が走り出て、物陰に消えた。足から足まで一寸か一寸五分の、八畳の壁にゐる奴とは比較にならぬ小型のだつたが、色は肉色で、体はほつそりしてゐた。

瓶から蜘蛛が出て来たので、私は一寸驚いた。私は記憶を辿つてみた。これらの空瓶は、春の初め、子供たちに云ひつけて綺麗に洗はせ、中の水気を切るため一日ほど倒《さか》さにして置き、それからゴミやほこりの入るのを防ぐためセンをして、何かの空箱にまとめておいたものだ。蜘蛛が入つたのは、その一日の間のことに違ひない。

出口をふさがれた彼は、多分初めは何とも思はなかつたらう。やがて何日か経ち、空腹を感じ、餌を捜す気になつて、そこで自分の陥つてゐる状態のどんなものかをさとつたたらう。あらゆる努力が、彼に脱走の不可能を知らしめた。やがて彼は、じたばたするのを止めた。彼は唯、凝《じ》つと、機会の来るのを待つた。そして半年――。私がセンをとつた時、蜘蛛は、実際に、間髪を容れず、といふ素速さで脱出した。それは、スタート・ラインで号砲を待つ者のみが有つ素速さだつた。

それからもう一度。

八畳の南側は縁で、その西はづれに便所がある。男便所の窓が西に向つて開かれ、用を足しながら、梅の木の間を通して、富士山を大きく眺めることが出来る。ある朝、その窓の二枚の硝子戸の間に、一匹の蜘蛛が閉ぢ込められてゐるのを発見した。昨夜のうちに、私か誰かが戸を開けたのだらう。一枚の硝子にへばりついてゐた蜘蛛は、二枚の硝子板が重なることによつて、幽閉《ゆうへい》されたのだ。足から足三寸ほどの、八畳にゐるのと同種類の奴だつた。硝子と硝子の間には彼の身体を圧迫せぬだけの余裕があつても、重なつた戸のワクは彼の脱出を許すべき空隙を持たない。

私は、前の、空瓶の場合を直ぐ憶ひ出した。今度は一つ、彼の行末を見届けてやらう、そんな気を起した。私は家の者共に、その硝子戸を閉めるな、と云ひつけた。空瓶中の蜘蛛は、約半年間何も喰はず、粗雑な木のセンの、極めて僅かな空隙からする換気によつて、生きてゐた。今度のは、丸々と肥えた、一層大きな奴だ、こいつとの根気比べは長いぞ、と思つた。

用便のたび眺める富士は、天候と時刻とによつて身じまひをいろいろにする。晴れた日中のその姿は平凡だ。真夜中、冴《さ》え渡る月光の下に、鈍く音なく白く光る富士、未だ星の光りが残る空に、頂近くはバラ色、胴体は暗紫色にかがやく暁方《あけがた》の富士——さうい ふ富士山の肩を斜めに踏んまへた形で、蜘蛛は凝つとしてゐるのだ。彼はいつも凝つとしてゐた。幽閉を見つけ出したその時から、彼のあがきを一度も見たことはなかつた。私が、根気負けの気味で「こら」と指先で硝子を弾くと、彼は、仕方ない、と云つた調子で、僅かに身じろぎをする、それだけだつた。

一と月ほど経つて、彼の体軀が幾分やせたことに気づいた。

「おい、便所の蜘蛛、やせて来たぜ」

「さうらしいです。可哀さうに」

「蜘蛛の断食期間は、幾日ぐらゐだらう」

「さあ」

妻は興味ない調子だ。つまらぬ物好き、蜘蛛こそ迷惑、といつた調子だ。私は妻のその調子にどこか抵抗する気持で、

「とにかく、逃がさないでくれ」と云つた。更に半月たつた。明かに蜘蛛は細くなつて来た。そして、体色の灰色が幾分かあせたやうだ。

もう少しで二タ月になるといふある日、それは、壁間の蜘蛛の散歩を見た何日かの後だつたが、便所の方で、「あ」といふ妻の声がし、つづいて「逃げた」ときこえた。相変らず横になつてぼんやりしてゐた私は、蜘蛛を逃がしたな、と思つたが、それならそれでいいさ、といふ気持で黙つてゐた。

——いつも便所掃除のときは、硝子戸を重ねたまま動かしたりして蜘蛛の遁走《とんそう》には気をつけてゐたのだが、今日はうつかり一枚だけに手をかけた、半分ほど引いて気がついたときは、もう及ばなかつた、蜘蛛の逃げ足の速いのには驚いた、まるで待ちかまへてゐたやうだ——そんな、云ひわけ混りの妻の説明を、私は、うんうんときき流し、命《いのち》冥加《みようが》な奴さ、などとつぶやいた。実のところ、蜘蛛を相手の根気くらべも大儀になつてゐたのだ。とにかく片がついた、どつちかと云へば、好い方へ片がついた、そんなふうに思つた。

☆

私がこの世に生れたその時から、私と組んで二人三脚をつづけて来た「死」といふ奴、たのんだわけでもないのに四十八年間、黙つて私と一緒に歩いて来た死といふもの、そいつの相貌が、この頃何かしきりと気にかかる。どうも何だか、いやに横風《おうふう》なつらをしてゐるのだ。

そんな飛んでもない奴と、元来自分は道づれだつたのだ、と身にしみて気づいたのは、はたち一寸前だつたらう。つまり生を意識し始めたわけだが、ふつうとくらべると遅いに違ひない。のんびりしてゐたのだ。

二十三から四にかけて一年ばかり重病に倒れ、危ふく彼奴《きやつ》の前に手を挙げかかつたが、どうやら切り抜けた。それ以来、くみし易しと思つた。もつとも、ひそかに思つたのだ。大つぴらにそんな顔をしたら彼奴は怒るにきまつてゐる。怒らしたら損、といふ肚だ。急に歩調を速めだしたりされては迷惑する。

かういふことを仰々しく書くのは気が進まぬから端折《はしよ》るが、つまるところ、こつちは彼奴の行くところへどうしてもついて行かねばならない。じたばたしようとしまいと同じ――このことは分明だ。残るところは時間の問題だ。時間と空間から脱出しようとする人間の努力、神でも絶対でもワラでも、手当り次第摑まうとする努力、これほど切実で物悲しいものがあらうか。一念万年、個中全、何とでも云ふがいいが、観念の殿堂に過ぎなからう。何故諦めないのか、諦めてはいけないのか。だがしかし、諦め切れぬ人間が、次から次と積み上げた空中楼閣の、何と壮大なことだらう。そしてまた、何と微《び》細繊巧《さいせんこう》を極めたことだらう。――天井板に隠現する蜘蛛や蠅を眺めながら、他に仕方もないから、そんなことをうつらうつらと考へたりする。

☆

また、虫のことだが、蚤《のみ》の曲芸といふ見世物、あの大夫の仕込み方を、昔何かで読んだことがある。蚤をつかまへて、小さな丸い硝子玉に入れる。彼は得意の脚で跳ね廻る。だが、周囲は鉄壁だ。散々跳ねた末、若しかしたら跳ねるといふことは間違つてゐたのぢやないかと思ひつく。試しにまた一つ跳ねて見る。やつぱり無駄だ、彼は諦めて音なしくなる。すると、仕込手である人間が、外から彼を脅かす。本能的に彼は跳ねる。駄目だ、逃げられない。人間がまた脅かす、跳ねる、無駄だといふ蚤の自覚。この繰り返しで、蚤は、どんなことがあつても跳躍をせぬやうになるといふ。そこで初めて芸を習ひ、舞台に立たされる。

このことを、私は随分無慚《むざん》な話と思つたので覚えてゐる。持つて生まれたものを、手軽に変へて了ふ。蚤にしてみれば、意識以前の、したがつて疑問以前の行動を、一朝にして、われ誤てり、と痛感しなくてはならぬ、これほど無慚な理不尽《りふじん》さは少なからう、と思つた。

「実際ひどい話だ。どうしても駄目か、判つた、といふ時の蚤の絶望感といふものは、

――想像がつくといふかつかぬといふか、一寸同情に値する。しかし、頭かくして尻かくさずといふ、元来どうも彼は馬鹿者らしいから……それにしても、もう一度跳ねてみたらどうかね、たつた一度でいい」

東京から見舞ひがてら遊びに来た若い友人にそんなことを私は云つた。彼は笑ひながら、

「蚤にとつちやあ、もうこれでギリギリ絶対といふところなんでせう。最後のもう一度を、彼としたらやつて了つたんでせう」

「さうかなア。残念だね」私は残念といふ顔をした。友人は笑つて、こんなことを云ひ出した。

「丁度それと反対の話が、せんだつての何かに出てゐましたよ。何とか蜂、何とか云ふ蜂なんですが、そいつの翅《はね》は、体重に比較して、飛ぶ力を持つてゐないんださうです。まア、翅の面積とか、空気を搏つ振動数とか、いろんなデータを調べた挙句、力学的に彼の飛行は不可能なんださうです。それが、実際には平気で飛んでゐる。つまり、彼は、自分が飛べないことを知らないから飛べる、と、かういふんです」

「なるほど、さういふことはありさうだ。――いや、そいつはいい」私は、この場合力学なるものの自己過信といふことをちらと頭に浮べもしたが、何よりも不可能を識らぬから可能といふそのことだけで十分面白く、蚤の話による物憂《ものう》さから幾分立直ることが

できたのだつた。

☆

神経痛やロイマチスの痛みは、あんまり揉んではいけないのださうだが、痛みが左ほどでない時には、揉ませると、そのままをさまつてしまふことが多いので、私はよく妻や長女に揉ませる。しかし、痛みをかうじさせて了ふと、もういけない。触れば尚痛むからはたの者は、文字通り手のつけやうが無い。

神経痛の方は無事で、肩の凝りだけだといふとき、用の多い家人をつかまへて揉ませるのは、今の私に出来るゼイタクの一つだ。この頃では十六の長女が、背丈は母親と似たやうになり、足袋も同じ文数をはき、力も出て来たので、多くこの方に揉ませる。疎開以来田舎の荒仕事で粗雑になつた妻の指先よりも、長女のそれの方がしなやかだから、よく効くやうだ。それに長女は、左下に寝た私の右肩を揉みながら、私の身体を机代りに本を開いて復習なんかするから、まるで時間の損といふのでもない。

ときにはまたおしやべりをする。学校のこと、先生のこと、友人のこと――たいてい平凡な話で、うんうんときいてやつてゐればすむ。が、時々何か質問をする。先日も、何の連絡もないのに、宇宙は有限か、無限か、といきなりきかれて、私はうとうとしてゐたのを一寸こづかれた感じだつた。

「さあ、そいつは判らないんだらう」

「学者でも？」

「うん、定説は無いんぢやないのかな。——それは、あんたより、お父さんの方が知りたいぐらゐだよ」云ひ云ひ、私は近頃読んだある論文を思ひ出してゐた。可視宇宙に於ける渦状星雲の数は、推定約一億で、それが平均二百万光年の距離を置いて散らばつてゐる。その星雲の、今見られる最遠のもの、宇宙の辺境とも云ふべき所にあるものは、地球からの距離約二億五千万光年、そして各星雲の直径は二万光年——そんなことが書いてあつたやうだ。そしてわれわれの太陽系は、約一億と云はれる渦状星雲のうちのある一つの、ささやかな一構成分子たるに過ぎない。「宇宙の大」といふやうなことで、ある感傷に陥つた経験が自分にもある、と思つた。中学上級生の頃だつたと思ふ。今、十六の長女が同じ段階に入つてゐると感ずると、何かいたはつてやりたい思ひに駆られるのだつた。

「一光年といふのを知つてゐるかい？」ときく。

「ハイ、光が一年間に走る距離であります」と、わざと教室の答弁風に云ふ。

「よろしい。では、それは何キロですか」こちらも先生口調になる。

「さア」

「ちよつと揉むのをやめて、紙と鉛筆、計算をたのむ」

ええと、光の速度は、一秒間に……などと云ひながら、長女は掛算を重ねて十三桁か十四桁の数字を出し、うわ、零が紙からハミ出しちやつたと云つた。そいつを二億五千万倍してくれ、といふと、そんな天文学的数字、困る、といふ。

「だつて、これ、天文学だぜ」

「あ、さうか。——何だか、ぼおッとして、悲しくなつちやふ」と長女は鉛筆を放した。

二人は暫らく黙つてゐたが、やがて私が云ひ出す。

「でもね、数字の大きさに驚くことはないと思ふよ、数字なんて、人間の発明品だもの、単位の決め方でどうにでもなる。仮りに一億光年ぐらゐを単位にする、超光年とか云つてね、さうすれば、可視宇宙の半径は二超光年半か三超光年、二・五か三、何だそれだけかといふことになる。——反対に原子的な単位を使ふとすると、零の数は、紙からハミ出すどころか、あんたが一生かかつたつて書き切れない」

「うん」と静かに答へる。

「単位の置きどころといふことになるだらう。有限なら、いくら零の数が多くたつて、人間の頭の中に入るよ。ところが、無限となると……」

神、といふ言葉がそこへ浮んだので、ふと私は口をつぐんだ。長女は、機械的に私の右肩を揉んでゐる。問題が自分に移された感じで、何かぶつぶつと私は頭の中でつぶやきつづけるのだつた。

——われわれの宇宙席次ともいふべきものは、いつたいどこにあるのか。時間と空間の、われわれはいつたいどこにひつかかつてゐるのだ。そいつをわれわれは自分自身で知ることが出来るのか出来ないのか。知つたら、われわれはわれわれでなくなるのか。

蜘蛛や蚤や何とか蜂の場合を考へる。私が閉ぢ込めた蜘蛛は、二度共偶然によつて脱出し得た。来るか来ぬか判りもせぬ偶然を、静まり返つて待ちつづけた蜘蛛、機会をのがさぬその素速さには、反感めいたものを感じながらも、見事だと思はされる。

蚤は馬鹿だ、腑《ふぬ》抜けだ。何とか蜂は、盲者蛇におぢずの向う見ずだ。鉄壁はすでに除かれてゐるのに、自ら可能を放棄して疑はぬ蚤、信ずることによつて不可能を可能にする蜂、われわれはそのどつちなのだらう。われわれと云はなくていい、私、私自身はどうだらう。

私としては、蜘蛛のやうな冷静な、不屈なやり方は出来ない。出来ればいいとも思ふが、性に合はぬといふ気持がある。

何がし蜂の向う見ずの自信には、たうて及ばない。だがしかし、これは自信といふものだらうか。彼として無意識なら、そこに自信も何もないわけだ。蜂にとつては自然なだけで、かれこれ云はれることはないのだ。

馬鹿で腑抜けの蚤に、どこか私は似たところがあるかも知れない。

自由は、あるのだらうか。あらゆることは予定されてゐるのか。私の自由は、何ものかの筋書によるものなのか。すべてはまた、偶然なのか。鉄壁はあるのかないのか。私には判らない。判るのは、いづれそのうち、死との二人三脚も終る、といふことだ。私が蜘蛛や蚤や蜂を観るやうに、どこかから私の一挙一動を見てゐる奴があつたらどうだらう。更にまた、私が蜘蛛を閉ぢ込め、逃がしたやうに、私のあらゆる考へと行動とを規制してゐる奴があつたらどうだらう。あの蚤のやうに、私が誰かから無慚な思ひ知らされ方を受けてゐるのだとしたらどうなのか。お前は実は飛べないのだ、と、私といふ蜂が誰かに云はれることはないのか。さういふ奴が元来あるのか、それとも、われわれがつくるのか、更にまた、われわれが成るのか、——それを教へてくれるものはない。

☆

蠅はうるさい。もう冬だから、陽盛りにしか出て来ないが、布団《ふとん》にあごまで埋めた私の顔まで遊び場にする。

蠅について大発見をした。彼が頬にとまると、私は頬の肉を動かすか、首を一寸振るかして、これを追ひ立てる。飛び立つた彼は、直ぐ同じところに戻つてくる。また追ふ。飛び立つて、またとまる。これを三度繰り返すと、彼は諦めて、もう同じ場所には来ないのだ。これはどんな場合でも同じだ。三度追はれると、すつぱり気を変へてしまふ、といふのが、どの蠅の癖でもあるらしい。

「面白いからやつてごらん」と私は家の者に云ふのだが、「さうですか、面白いんですねえ」と口先だけで云ひながら、誰もそんな実験をやらうとはしない。忙しいのです、と無言の返答をしてゐる。勿論私は強ひはしない。だが、忙しいといふのはどういふことなんだ、それはそんなに重大なことなのか、と肚の中でつぶやくこともないのではない。

それからまた、私は、世にも珍らしいことをやつてのけたことがある。額で一匹の蠅を捕まへたのだ。

額にとまつた一匹の蠅、そいつを追はうといふはつきりした気持でもなく、私は眉をぐつとつり上げた。すると、急に私の額で、騒ぎが起つた。私のその動作によつて額に出来たしわが、蠅の足をしつかりとはさんでしまつたのだ。蠅は、何本か知らぬが、とにかく足で私の額につながれ、無駄に大げさに翅をぶんぶん云はせてゐる。その狼狽のさまは手にとる如くだ。

「おい、誰か来てくれ」私は、眉を思ひきり釣り上げ額にしわをよせたとぼけた顔のまま大声を出した。中学一年生の長男が、何事かといふ顔でやつて来た。

「おでこに蠅が居るだらう、とつておくれ」

「だつて、とれませんよ、蠅叩きで叩いちやいけないんでせう？」

「手で、直ぐとれるよ、逃げられないんだから」

　半信半疑の長男の指先が、難なく蝿をつかまへた。

「どうだ、エライだらう、おでこで蝿をつかまへるなんて、誰にだつて出来やしない、空前絶後の事件かも知れないぞ」

「へえ、驚いたな」と長男は、自分の額にしわを寄せ、片手でそこを撫でてゐる。

「君なんかに出来るものか」私はニヤニヤしながら、片手に蝿を大事さうにつまみ、片手で額を撫でてゐる長男を見た。彼は十三、大柄で健康そのものだ。ロクにしわなんかよりはしない。私の顔のしわは、もう深い。そして、額ばかりではない。

「なになに？　どうしたの？」

　みんな次の部屋からやつて来た。そして、長男の報告で、いつせいにゲラ〳〵笑ひ出した。

「わ、面白いな」と、七つの二女まで生意気に笑つてゐる。みんなが気を揃へたやうに、それぞれの額を撫でるのを見てゐた私が、

「もういい、あつちへ行け」と云つた。少し不機嫌になつて来たのだ。

幻談

幸田露伴

■幸田露伴　こうだろはん　慶応三年（一八六七）～昭和二三年（一九四七）

江戸下谷生れ。若い頃から、江戸の読本、草紙、中国小説などを読みふける。電信技手として北海道に赴任するが、坪内逍遙の作品に触れ作家を志し、職務をなげうって東京に戻る。明治二一年に「露団々」を書く。その後、「風流仏」（明二二）、「五重塔」（明二五）など数多くの小説を発表。一時、小説から遠ざかり、評論、国文学研究を主な仕事としたが、晩年には再び小説を書いた。

「幻談」は、昭和一三年「日本評論」に発表された。

斯《こ》う暑くなつては皆さん方が或《あるい》は高い山に行かれたり、或は涼しい海辺に行かれたりしまして、さうしてこの悩ましい日を充実した生活の一部分として送らうとなさるのも御尤《ごもつと》もです。が、もう老い朽《く》ちてしまへば山へも行かれず、海へも出られないでゐますが、その代り小庭《こにわ》の朝露、縁側《えんがわ》の夕風ぐらゐに満足して、無難に平和な日を過して行けるといふもので、まあ年寄はそこいらで落着いて行かなければならないのが自然なのです。山へ登るのも極くいゝことであります。深山に入り、高山、嶮山なんぞへ登るといふことになると、一種の神秘的な興味も多いことです。その代り又危険も生じます訳で、怖しい話が伝へられてをります。海もまた同じことです。今お話し致さうといふのは海の話ですが、先に山の話を一度申して置きます。

それは西暦千八百六十五年の七月の十三日の午前五時半にツェルマットといふ処から出発して、名高いアルプスのマッターホルンを世界始まつて以来最初に征服致しませうと心ざし、その翌十四日の夜明前から骨を折つて、さうして午後一時四十分に頂上へ着きましたのが、あの名高いアルプス登攀記《とうはんき》の著者のウィンパー一行でありました。その一行八人がアルプスのマッターホルンを初めて征服したので、それから段〻とアルプスも開けたやうな訳です。

それは皆様がマッターホルンの征服の紀行によつて御承知の通りでありますから、今私が申さなくても夙《つと》に御合点《ごがてん》のことですが、さてその時に、その前から他の一行即ち伊《イ》太利《タリー》のカレルといふ人の一群がやはりそこを征服しようとして、両者は自然と競争の形になつてゐたのであります。併しカレルの方は不幸にして道の取り方が違つてゐた為に、ウィンパーの一行には負けてしまつたのであります。ウィンパーの一行は登る時には、クロス、それから次に年を取つた方のペーテル、それからその倅《せがれ》が二人、それからフランシス・ダグラス卿といふこれは身分のある人です。それからハドウ、それからハドス、それからウィンパーといふのが一番終《しま》ひで、つまり八人がその順序で登りました。

十四日の一時四十分に到頭《とうとう》さしもの恐しいマッターホルンの頂上、天にもとゞくやうな頂上へ登り得て大《おお》いに喜んで、それから下山にかゝりました。下山にかゝる時には、一番先へクロス、その次がハドウ、その次がハドス、それからフランシス・ダグラス卿、それから年を取つたところのペーテル、一番終ひがウィンパー、それで段〻降りて来たのでありますが、それだけの前古未曾有《ぜんこみぞう》の大成功を収め得た八人は、上りにくらべては猶《なお》一倍おそろしい氷雪の危険の路を用心深く辿《たど》りましたのです。ところが、第二番目のハドウ、それは少し山の経験が足りなかつたせゐもありませうし、又疲労したせゐもありましたらうし、イヤ、むしろ運命のせゐと申したいことで、誤つて滑《すべ》つて、一番先にゐたクロスへぶつかりました。さうすると、雪や氷の蔽《おお》つてゐる足がゝりもないやうな険峻の処で、さういふことが起つたので、忽《たちま》ちクロスは身をさらはれ、二人は一つになつて落ちて行きました訳。あらかじめロープをもつて銘〻《めいめい》の身をつないで、一人が落ちても他が踏止《ふみとど》まり、そして個〻の危険を救ふやうにしてあつたのでありますけれども、何せ絶壁の処で落ちかゝつたのですから堪《たま》りません、二人に負けて第三番目も落ちて行く。それからフランシス・ダグラス卿は四番目にゐたのですが、三人の下へ落ちて行く勢《いきおい》で、この人も下へ連れて行かれました。ダグラス卿とあとの四人との間でロープはピンと張られました。四人はウンと踏堪《ふみこら》へました。落ちる四人と堪《こら》へる四人との間で、ロープは力足らずしてプツリと切れて終《しま》ひました。丁度《ちょうど》午後三時のことでありましたが、前の四人は四千尺ばかりの氷雪の処を逆《さか》おとしに落下したのです。後の人は其処《そこ》へ残つたけれども、見る〳〵自分達の一行の半分は逆落しになつて深い〳〵谷底へ落ちて行くのを目にした其心持はどんなでしたらう。それで上に残つた者は狂人の如く興奮し、死人の如く絶望し、手足も動かせぬやうになつたけれども、さてあるべきではありませぬから、自分達も今度は滑つて死ぬばかりか、不測《ふそく》の運命に臨んでゐる身と思ひながら段〻下《お》りてまゐりまして、さうして漸《やうや》く午後の六時頃に幾何《いくら》か危険の少いところまで下りて来ました。

下りては来ましたが、つい先刻《さつき》まで一緒にゐた人〻がもう訳も分らぬ山の魔の手にさらはれて終つたと思ふと、不思議な心理状態になつてゐたに相違ありません。で、我〻はさういふ場合へ行つたことがなくて、たゞ話のみを聞いただけでは、それらの人の心の中《うち》がどんなものであつたらうかといふことは、先づ殆《ほとん》ど想像出来ぬのでありまするが、そのウィンパーの記したものによりますると、その時夕方六時頃です、ペーテル一族の者は山登りに馴れてゐる人ですが、その一人がふと見るといふと、リスカンといふ方に、ぼうつとしたアーチのやうなものが見えましたので、はてナと目を留めてをりますると、外《ほか》の者もその見てゐる方を見ました。すると軈《やが》てそのアーチの処へ西洋諸国の人にとつては東洋の我〻が思ふのとは違つた感情を持つところの十字架の形が、それも小さいのではない、大きな十字架の形が二つ、あり〳〵空中に見えました。それで皆もなにかこの世の感じでない感じを以《もつ》てそれを見ました、と記してありまする。それが一人見たのではありませぬ、残つてゐた人にみな見えたと申すのです。十字架は我〻の五輪《ごりん》の塔《とう》同様なものです。それは時に山の気象で以て何かの形が見えることもあるものでありますが、兎《と》に角《かく》今のさきまで生きて居つた一行の者が亡くなつて、さうしてその後へ持つて来て四人が皆さういふ十字架を見た、それも一人二人に見えたのでなく、四人に見えたのでした。山にはよく自分の身体《からだ》の影が光線の投げられる状態によつて、向う側へ現はれることがありまする。四人の中《うち》にはさういふ幻影かと思つた者もあつたでせう、そこで自分達が手を動かしたり身体《からだ》を動かして見たところが、それには何等《なんら》の関係がなかつたと申します。

これで此話はお終ひに致します。古い経文の言葉に、心は巧みなる画師の如し、とございます。何となく思浮《おもいうか》めらるゝ言葉ではございませぬか。

さてお話し致しますのは、自分が魚釣《うおつり》を楽んで居りました頃、或先輩から承《うけたまわ》りました御話です。徳川期もまだひどく末にならない時分の事でございます。江戸は本所《ほんじよ》の方に住んで居られました人で――本所といふ処は余り位置の高くない武士どもが多くゐた処で、よく本所の小ッ旗本《こばたもと》などと江戸の諺《ことわざ》で申した位で、千石とまではならないやうな何百石といふやうな小さな身分の人達が住んで居りました。これもやはりさういふ身分の人で、物事がよく出来るので以て、一時は役づいて居りました。役づいてをりますれば、つまり出世の道も開けて、宜しい訳でしたが、どうも世の中といふものはむづかしいもので、その人が良いから出世するといふ風《ふう》には決つてゐないもので、却つて外の者の嫉《そね》みや憎みをも受けまして、さうして役を取上げられまする、さうすると大概小普請《こぶしん》といふのに入る。出る杙《くい》が打たれて済んで御小普請、などと申しまして、小普請入りといふのは、つまり非役《ひやく》になつたといふほどの意味になります。この人も良い人であつたけれども小普請入になつて、小普請になつてみれば閑《ひま》なものですから、御用は殆ど無いので、釣を楽みにしてをりました。別に活計《くらし》に困る訳ぢやなし、奢《おご》りも致さず、偏屈《へんくつ》でもなく、ものはよく分る、男も好《よ》し、誰が目にも良い人。さういふ人でしたから、他の人に面倒な関係なんかを及ぼさない釣を楽んでゐたのは極く結構な御話でした。

そこでこの人、暇具合《ひまぐあい》さへ良ければ釣に出て居りました。神田川の方に船宿があつて、日取《ひど》り即ち約束の日には船頭が本所側の方に舟を持つて来てゐるから、其処《そこ》からその舟に乗つて、さうして釣に出て行く。帰る時も舟から直《じき》に本所側に上つて、自分の屋敷へ行く、まことに都合好くなつてをりました。そして潮《しお》の好い時には毎日のやうにケイヅを釣つてをりました。ケイヅと申しますと、私が江戸訛《なま》りを言ふものとお思ひになる方もありませうが、今は皆様、カイヅ〳〵とおつしやいますが、カイヅは訛りでケイヅが本当です。系図を言へば鯛《たい》の中《うち》、といふので、系図鯛《けいずだい》を略してケイヅといふ黒い鯛で、あの恵比寿様《えびすさま》が抱いて居らつしやるものです。イヤ、斯様《かよう》に申しますと、ゑびす様の抱いてゐらつしやるのは赤い鯛ではないか、変なことばかり言ふ人だと、また叱られますか知れませんが、これは野必大《やひつだい》と申す博物の先生が申されたことです。第一ゑびす様が持つて居られるやうなあゝいふ竿《さお》では赤い鯛は釣りませぬものです。黒鯛ならあゝいふ竿で丁度釣れますのです。釣竿の談《だん》になりますので、よけいなことですが一寸《ちよつと》申し添へます。

或日のこと、この人が例の如く舟に乗つて出ました。船頭の吉《きち》といふのはもう五十過ぎて、船頭の年寄なぞといふものは客が喜ばないもんでありますが、この人は何もさう焦《あせ》つて魚を無暗《むやみ》に獲《と》らうといふのではなし、吉といふのは年は取つてゐるけれども、まだそれでもそんなにぼけてゐるほど年を取つてゐるのぢやなし、ものはいろ〳〵よく知つてゐるし、此人は吉を好い船頭として始終使つてゐたのです。釣船頭といふものは魚釣の指南番《しなんばん》か案内人のやうに思ふ方もあるかも知れませぬけれども、元来さういふものぢやないので、たゞ魚釣をして遊ぶ人の相手になるまでで、つまり客を扱ふものなんですから、長く船頭をしてゐた者なんぞといふものはよく人を呑込み、さうして人が愉快と思ふこと、不愉快と思ふことを呑込んで、愉快と思ふやうに時間を送らせることが出来れば、それが好い船頭です。網船頭《あみせんどう》なぞといふものは尚《なお》のことさうです。網は御客自身打つ人もあるけれども先づは網打が打つて魚を獲るのです。といつて魚を獲つて活計《くらし》を立てる漁師とは異《ちが》ふ。客に魚を与へることを多くするより、客に網漁《あみりよう》に出たといふ興味を与へるのが主《しゆ》です。ですから網打だの釣船頭だのといふものは、洒落《しやれ》が分らないやうな者ぢやそれになつてゐない。遊客も芸者の顔を見れば三絃《しやみ》を弾《ひ》き歌を唄はせ、お酌《しやく》には扇子《せんす》を取つて立つて舞はせる、むやみに多く歌舞《かぶ》を提供させるのが好いと思つてゐるやうな人は、まだまるで遊びを知らないのと同じく、魚にばかりこだはつてゐるのは、所謂《いわゆる》二才客《にさいきやく》です。といつて釣に出て釣らなくても可《よ》いといふ理屈はありませんが、アコギに船頭を使つて無理にでも魚を獲らうといふやうなところは通り越してゐる人ですから、老船頭の吉でも、却つてそれを好いとしてゐるのでした。

ケイヅ釣といふのは釣の中でも又他の釣と様子が違ふ。なぜかと言ひますと、他の、例へばキス釣なんぞといふのは立込《たちこ》みといつて水の中へ入つてゐたり、或は脚榻釣《きやたつつり》といつて高い脚榻を海の中へ立て、その上に上つて釣るので、魚のお通りを待つてゐるのですから、これを悪く言ふ者は乞食釣《こじきづり》なんぞと言ふ位で、魚が通つてくれなければ仕様が無い、みじめな態《ざま》だからです。それから又ボラ釣なんぞといふものは、ボラといふ魚が余り上等の魚でない、群れ魚ですから獲れる時は重たくて仕方が無い、担《にな》はなくては持てない程獲れたりなんぞする上に、これを釣る時には舟の艫《とも》の方へ出まして、さうして大きな長い板子《いたご》や楫《かじ》なんぞを舟の小縁《こべり》から小縁へ渡して、それに腰を掛けて、風の吹きさらしにヤタ一《いち》の客よりわるいかつかうをして釣るのでありますから、もう遊びではありません、本職の漁師みたいな姿になつてしまつて、まことに哀れなものであります。が、それは又それで丁度さういふ調子合《ちようしあい》のことの好きな磊落《らいらく》な人が、ボラ釣は豪爽《ごうそう》で好いなどと賞美する釣であります。が、話中《わちゆう》の人はそんな釣はしませぬ。ケイヅ釣りといふのはさういふのと違ひまして、その時分、江戸の前の魚はずつと大川へ奥深く入りましたものでありまして、永代橋新大橋《えいたいばししんおおはし》より上流《かみ》の方でも釣つたものです。それですから善女《ぜんによ》が功徳《くどく》の為に地蔵尊《じぞうそん》の御影《ごえい》を刷つた小紙片を両国橋《りようごくばし》の上からハラ〳〵と流す、それがケイヅの眼球へかぶさるなどといふ今からは想像も出来ないやうな穿《うが》ちさへありました位です。

で、川のケイヅ釣は川の深い処で釣る場合は手釣《てづり》を引いたもので、竿などを振廻《ふりまわ》して使はずとも済むやうな訳でした。長い釣綸《つりいと》を篗輪《わっか》から出して、さうして二本指で中《あた》りを考へて釣る。疲れた時には舟の小縁へ持つて行つて錐《きり》を立てゝ、その錐の上に鯨《くじら》の鬚《ひげ》を据ゑて、その鬚に持たせた岐《また》に綸《いと》をくひこませて休む。これを「いとかけ」と申しました。後には進歩して、その鯨の鬚の上へ鈴なんぞ附けるやうになり、脈鈴《みやくすず》と申すやうになりました。脈鈴は今も用ゐられてゐます。併し今では川の様子が全《まった》く異ひまして、大川の釣は全部なくなり、ケイヅの脈釣《みやくづり》なんぞといふものは何方《どなた》も御承知ないやうになりました。たゞしその時分でも脈釣ぢやさう釣れない。さうして毎日出て本所から直ぐ鼻の先の大川の永代《えいたい》の上《かみ》あたりで以て釣つてゐては興も尽きるわけですから、話中の人は、川の脈釣でなく海の竿釣をたのしみました。竿釣にも色ゝありまして、明治の末頃はハタキなんぞいふ釣もありました。これは舟の上に立つてゐて、御台場《おだいば》に打付ける波の荒れ狂ふやうな処へ鉤《はり》を抛つて入れて釣るのです。強い南風《みなみ》に吹かれながら、乱石《らんせき》にあたる浪の白泡立《しらあわだ》つ中へ竿を振つて餌《えさ》を打込むのですから、釣れることは釣れても随分労働的の釣であります。そんな釣はその時分には無かつた、御台場も無かつたのである。それから又今は導流柵《どうりゆうさく》なんぞで流して釣る流し釣もありますが、これもなか〳〵草臥《くたび》れる釣であります。釣はどうも魚を獲らうとする三昧《さんまい》になりますと、上品でもなく、遊びも苦しくなるやうでございます。

そんな釣は古い時分にはなくて、澪《みよ》の中《うち》だとか澪がらみで釣るのを澪釣《みよづり》と申しました。これは海の中に自《おの》ずから水の流れる筋《すじ》がありますから、その筋をたよつて舟を潮《しお》なりにちやんと止めまして、お客は将監《しようげん》——つまり舟の頭《かしら》の方からの第一の室《ま》——に向うを向いてしやんと坐つて、さうして釣竿を右と左とへ八《はち》の字のやうに振込んで、舟首《みよし》近く、甲《かつ》板《ぱ》のさきの方に亙《わた》つてゐる簪《かんこ》の右の方へ右の竿、左の方へ左の竿をもたせ、その竿尻を一寸《ちよつと》何とかした銘との随意の趣向でちよいと軽く止めて置くのであります。さうして客は端然《たんぜん》として竿先を見てゐるのです。船頭は客よりも後ろの次の間《ま》にゐまして、丁度お供のやうな形に、先づは少し右舷《うげん》によつて扣《ひか》へて居ります。日がさす、雨がふる、いづれにも無論のこと苫《とま》といふものを葺《ふ》きます。それはおもての舟梁《ふなばり》と其次の舟梁とにあいてゐる孔《あな》に、「たてぢ」を立て、二のたてぢに棟《むね》を渡し、肘木《ひじき》を左右にはね出させて、肘木と肘木とを木竿で連ねて苫を受けさせます。苫一枚といふのは凡《およ》そ畳一枚より少し大きいもの、贅沢《ぜいたく》にしますと尺長《しやくなが》の苫は畳一枚のより余程《よほど》長いのです。それを四枚、舟の表の間の屋根にやうに葺くのでありますから、まことに具合好く、長四畳《ながよじよう》の室《へや》の天井のやうに引いてしまへば、苫は十分に日も雨も防ぎますから、ちやんと座敷のやうになるので、それでその苫の下即ち表の間——釣舟は多く網舟と違つて表の間が深いのでありますから、まことに調子が宜しい。そこへ莫蓙《ござ》なんぞ敷きまして、其上に敷物を置き、胡座《あぐら》なんぞ掻かないで正しく坐つてゐるのが式《しき》です。故人成田屋《なりたや》が今の幸四郎《こうしろう》、当時の染五郎《そめごろう》を連れて釣に出た時、芸道舞台上《げいどうぶたいじよう》では指図《さしず》を仰《あお》いでも、勝手にしなせいと突放《つつぱな》して教へて呉れなかつたくせに、舟では染五郎の座《すわ》りやうを咎《とが》めて、そんな馬鹿な坐りやうがあるかと厳しく叱つたといふことを、幸四郎さんから直接に聞きましたが、メナダ釣、ケイヅ釣、すゞき釣、下品でない釣はすべてそんなものです。

それで魚が来ましても、又、鯛の類といふものは、まことにさういふ釣をする人とに具合の好く出来てゐるもので、鯛の二段引《にだんび》きと申しまして、偶《たま》には一度にガブッと食べて釣竿を持つて行くといふやうなこともありますけれども、それは寧《むし》ろ稀有《けう》の例で、ケイヅは大抵は一度釣竿の先へあたりを見せて、それから一寸して本当に食ふものでありますから、竿先の動いた時に、来たナと心づきましたら、ゆつくりと手を竿尻にかけて、次のあたりを待つてゐる。次に魚がぎゆつと締める時に、右の竿なら右の手であはせて竿を起し、自分の直《すぐ》と後ろの方へその儘持つて行くので、さうすると後ろに船頭が居ますから、これが攩網《たま》をしやんと持つてゐまして掬《すく》ひ取ります。大きくない魚を釣つても、そこが遊びですから竿をぐつと上げて廻して、後ろの船頭の方に遣《や》る。船頭は魚を掬つて、鉤《はり》を外《はず》して、舟の丁度真中の処に活間《いけま》がありますから魚を其処《そこ》へ入れる。それから船頭が又餌をつける。「旦那《だんな》、つきました」と言ふと、竿をまた元へ戻して狙つたところへ振込むといふ訳であります。ですから、客は上布《じょうふ》の着物を着てゐても釣ることが出来ます訳で、まことに綺麗事《きれいごと》に殿様らしく遣《や》つてゐられる釣です。そこで茶の好きな人は玉露《ぎょくろ》など入れて、茶盆《ちゃぼん》を傍《そば》に置いて茶を飲んでゐても、相手が二段引きの鯛ですから、慣れてくればしづかに茶碗を下に置いて、さうして釣つてゐられる。酒の好きな人は潮間《しおま》などは酒を飲みながらも釣る。多く夏の釣でありますから、泡盛《あわもり》だとか、柳《やなぎ》蔭《かげ》などといふものが喜ばれたもので、置水屋《おきみずや》ほど大きいものではありませんが上下箱《じょうげばこ》といふのに茶器酒器、食器も具《そな》へられ、一寸した下物《さかな》、そんなものも仕込まれてあるやうな訳です。万事がさういふ調子なのですから、真に遊びになります。しかも舟は上《じょう》だな檜《ひのき》で洗ひ立てゝありますれば、清潔此上無しです。しかも涼しい風のすい〳〵流れる海上に、片苫《かたとま》を切つた舟なんぞ、遠くから見ると余所目《よそめ》から見ても如何《いか》にも涼しいものです。青い空の中へ浮上つたやうに広ゝと潮が張つてゐる其上に、風のつき抜ける日陰のある一葉《いちよう》の舟が、天から落ちた大鳥《おおとり》の一枚の羽《はね》のやうにふわりとしてゐるのですから。

それから又、澪釣でない釣もあるのです。それは澪で以てうまく食はなかつたりなんかした時に、魚といふものは必ず何かの蔭にゐるものですから、それを釣るのです。鳥は木により、さかなはかゝり、人は情《なさけ》の蔭による、なんぞといふ「よしこの」がありますが、かゝりといふのは水の中にもさもさしたものがあつて、其処に網を打つことも困難であり、釣鉤を入れることも困難なやうなひつかゝりがあるから、かゝりと申します。そのかゝりには兎角《とかく》に魚が寄るものであります。そのかゝりの前へ出掛けて行つて、さうしてかゝりと擦《す》れ〳〵に鉤を打込む、それがかゝり前の釣といひます。澪だの平場《ひらば》だので釣れない時にかゝり前に行くといふことは誰もすること。又わざ〳〵かゝりへ行きたがる人もある位。古い澪杙《みよぐい》、ボッカ、われ舟、ヒヾがらみ、シカケを失ふのを覚悟の前にして、大様《おおよう》にそれ〴〵の趣向で遊びます。何れにしても大名釣と云はれるだけに、ケイヅ釣は如何にも贅沢に行はれたものです。

ところで釣の味《あじ》はそれでいゝのですが、やはり釣は根《ね》が魚を獲るといふことにあるものですから、余り釣れないと遊びの世界も狭くなります。或日のこと、ちつとも釣れません。釣れないといふと未熟な客は兎角にぶつ〳〵船頭に向つて愚痴《ぐち》をこぼすものですが、この人はさういふことを言ふ程あさはかではない人でしたから、釣れなくてもいつもの通りの機嫌《きげん》でその日は帰つた。その翌日も日取りだつたから、翌日もその人は又吉《きち》公《こう》を連れて出た。ところが魚といふのは、それは魚だから居さへすれば餌があれば食ひさうなものだけれども、さうも行かないもので、時によると何かを嫌つて、例へば水を嫌ふとか風を嫌ふとか、或は何か不明な原因があつてそれを嫌ふといふと、居ても食はないことがあるもんです。仕方がない。二日ともさつぱり釣れない。そこで幾ら何でもちつとも釣れないので、吉公は弱りました。小潮《こじお》の時なら知らんこと、いゝ潮に出てゐるのに、二日ともちつとも釣れないといふのは、客はそれ程に思はないにしたところで、船頭に取つては面白くない。それも御客が、釣も出来てゐれば人間も出来てゐる人で、ブツリとも言はないでゐてくれるので却つて気がすくみます。どうも仕様がない。が、どうしても今日は土産《みやげ》を持たせて帰さうと思ふものですから、さあいろいろな潮行《しおゆ》きと場処とを考へて、あれもやり、これもやつたけれども、何様《どう》しても釣れない。それが又釣れるべき筈の、月のない大潮の日。どうしても釣れないから、吉も到頭へたばつて終《しま》つて、

「やあ旦那、どうも二日とも投げられちやつて申訳がございませんなア」と言ふ。客は笑つて、

「なアにお前、申訳がございませんなんて、そんな野暮《やぼ》かたぎのことを言ふ筈の商売ぢやねえぢやねえか。ハヽヽ。いゝやな。もう帰るより仕方がねえ、そろ〳〵行かうぢやないか。」

「ヘイ、もう一ヶ処やつて見て、さうして帰りませう。」

「もう一ヶ処たつて、もうそろ〳〵真《ま》づみになつて来るぢやねえか。」

真づみといふのは、朝のを朝まづみ、晩のを夕まづみと申します。段〻と昼になつたり夜になつたりする迫《せ》りつめた時をいふのであつて、兎角《とかく》に魚は今までちつとも出て来

なかつたのが、まづみになつて急に出て来たりなんかするものです。吉の腹の中では、まづみに中《あ》てたいのですが、客はわざと其反対を云つたのでした。「ケイヅ釣に来て、こんなに晩《おそ》くなつて、お前、もう一ヶ処なんて、そんなぶいきなことを言ひ出して。もうよさうよ。」

「済みませんが旦那、もう一ヶ処ちよいと当てゝ。」

と、客と船頭と言ふことがあべこべになりまして、吉は自分の思ふ方へ舟をやりました。吉は全敗に終らせたくない意地から、舟を今日までかゝつたことの無い場処へ持つて行つて、「かし」をきめるのに慎重な態度を取りながら、やがて、

「旦那、竿は一本にして、みよしの真正面へ巧《うま》く振込んで下さい」と申しました。これはその壺《つぼ》以外は、左右も前面も、恐ろしいカヽリであることを語つてゐるのです。客は合点して、「あいよ」とその言葉通りに実に巧く振込みましたが、心中では気乗薄であつたことも争へませんでした。すると今手にしてゐた竿を置くか置かぬかに、魚の中りか芥《ごみ》の中りか分らぬ中り、――大魚《たいぎよ》に大ゴミのやうな中りがあり、大ゴミに大魚のやうな中りが有るもので、然様《そう》いふ中りが見えますと同時に、二段引どころではない、糸はピンと張り、竿はズイと引かれて行きさうになりましたから、客は竿尻を取つて一寸当《ちよいと》てゝ、直《す》ぐに竿を立てにかゝりました。が、此方の働きは少しも向うへは通じませんで、向うの力ばかりが没義道《もぎどう》に強うございました。竿は二本継《にほんつぎ》の、普通の上物《じようもの》でしたが、継《つぎ》

手《て》の元際《もとぎわ》がミチリと小さな音がして、そして糸は敢《あ》へなく断《き》れてしまひました。魚が来てカヽリへ啣《くわ》へ込んだのか、大芥が持つて行つたのか、もとより見ぬ物の正体は分りませんが、吉は又一つ此処で黒星がついて、しかも竿が駄目になつたのを見逃しはしませんで、一層心中は暗くなりました。此様《こう》いふことも無い例では有りませんが、飽《あ》までも練《ね》れた客で、「後追《あとお》ひ小言《こごと》」などは何も言はずに吉の方を向いて、

「帰れつていふことだよ」と笑ひましたのは、一切の事を「もう帰れ」といふ自然の命令の意味合だと軽く流して終《しま》つたのです。「ヘイ」といふよりほかは無い、吉は素直にカシを抜いて、漕《こ》ぎ出しながら、

「あつしの樗蒲一《ちよぼいち》がコケだつたんです」と自語的《じごてき》に言つて、チョイと片手で自分の頭《かしら》を打つ真似をして笑つた。「ハヽヽ」「ハヽヽ」と軽い笑で、双方とも役者が悪くないから味な幕切を見せたのでした。

海には遊船はもとより、何の舟も見渡す限り見え無いやうになつて居ました。吉はぐい〱と漕いで行く。余り晩くまでやつてゐたから、まづい潮になつて来た。それを江戸の方に向つて漕いで行く。さうして段〻やつて来ると、陸はもう暗くなつて江戸の方遥にチラ〱と燈《ひ》が見えるやうになりました。吉は老いても巧いもんで、頻《しき》りと身体に調子をのせて漕ぎます。苫は既に取除けてあるし、舟はずん〱と出る。客はすることもないから、しやんとして、たゞぽかんと海面《うみづら》を見てゐると、もう海の小波《さざなみ》のちらつき

も段〻と見えなくなつて、雨《あま》ずつた空が初《はじめ》は少し赤味があつたが、ぼうつと薄墨《うすずみ》になつてまゐりました。さういふ時は空と水が一緒にはならないけれども、空の明るさが海へ溶込《とけこ》むやうになつて、反射する気味が一つもないやうになつて来るから、水際が蒼茫《そうぼう》と薄暗くて、たゞ水際だといふことが分る位の話、それでも水の上は明るいものです。客はなんにも所在がないから江戸の彼《あ》の燈《ひ》は何処《どこ》の燈だらうなどと、江戸が近くなるにつけて江戸の方を見、それからずいと東の方を見ますと、——今漕いでゐるのは少しでも潮が上《かみ》から押すのですから、澪《みよ》を外《はず》れた、つまり水の抵抗の少い処を漕いでゐるのでしたが、澪の方をヒョイッと見るといふと、暗いといふ程ぢやないが、余程濃い鼠《ねずみ》色に暮れて来た、その水の中からふつと何か出ました。はてナと思つて、其儘見てゐると又何かがヒョイッと出て、今度は少し時間があつて又引込んでしまひました。葭《よし》か蘆《あし》のやうな類《たぐい》のものに見えたが、そんなものなら平らに水を浮いて流れる筈だし、どうしても細い棒のやうなものが、妙な調子でもつて、ツイと出ては又引込みます。何の必要があるではないが、合点が行きませぬから、

「吉や、どうもあすこの処に変なものが見えるな」と一寸声をかけました。客がヂッと見てゐるその眼の行方を見ますと、丁度その時又ヒョイッと細いものが出ました。そして又引込みました。客はもう幾度も見ましたので、

「どうも釣竿が海の中から出たやうに思へるが、何だらう。」

「さうでござんすね、どうも釣竿のやうに見えましたね。」

「併し釣竿が海の中から出る訳はねえぢやねえか。」

「だが旦那、たゞの竹竿が潮の中をころがつて行くのとは違つた調子があるので、釣竿のやうに思へるのですネ。」

吉は客の心に幾らでも何かの興味を与へたいと思つてゐた時ですから、舟を動かしてその変なものが出た方に向ける。

「ナニ、そんなものを、お前、見たからつて仕様がねえぢやねえか。」

「だつて、あつしにも分らねえをかしなもんだから一寸《ちよつと》後学の為に。」

「ハ、、、後学の為には宜《よ》かつたナ、ハ、、。」

吉は客にかまはず、舟をそつちへ持つて行くと、丁度途端《とたん》にその細長いものが勢《いきお》いよく大きく出て、吉の真向《まつこう》を打たんばかりに現はれた。吉はチャッと片手に受留めたが、シブキがサッと顔へかゝつた。見るとたしかにそれは釣竿で、下に何かゐてグイと持つて行かうとするやうなので、なやすやうにして手をはなさずに、それをすかして見ながら、

「旦那これは釣竿です、野布袋《のぼてい》です、良いもんのやうです。」

「フム、然様《そう》かい」と云ひながら、其竿の根の方を見て、

「ヤ、お客さんぢやねえか。」

お客さんといふのは溺死者《できしや》のことを申しますので、それは漁やなんかに出る者は時〻はさういふ訪問者に出会ひますから申出《もうしだ》した言葉です。今の場合、それと見定めましたから、何も嬉しくもないことゆゑ、「お客さんぢやねえか」と、「放してしまへ」と言はぬばかりに申しましたのです。ところが吉は、

「エ、、ですが、良い竿ですぜ」と、足らぬ明るさの中でためつすかしつ見てゐて、

「野布袋の丸《まる》でさア」と付足《つけた》した。丸といふのはつなぎ竿になつてゐない物のこと。野《の》布袋竹《ぼていだけ》といふのは申すまでもなく釣竿用の良いもので、大概の釣竿は野布袋の具合いゝのを他の竹の先につないで穂竹《ほだけ》として使ひます。丸といふと、一竿全部がそれなのです。丸が良い訳はないのですが、丸でゐて調子の良い、使へるやうなものは、稀物《まれもの》で、つまり良いものといふわけになるのです。

「そんなこと言つたつて欲しかあねえ」と取合ひませんでした。

が、吉には先刻《さつき》客の竿をラリにさせたことも含んでゐるからでせうか、竿を取らうと思ひまして、折らぬやうに加減をしながらグイと引きました。すると中浮《ちゆううき》になつてゐた御客様は出て来ない訳には行きませんでした。中浮と申しますのは、水死者に三態《たい》あります、水面に浮ぶのが一ツ、水底に沈むのが一ツ、両者の間が即ち中浮です。引かれて死体は丁度客の坐の直ぐ前に出て来ました。

「詰《つま》らねえことをするなよ、お返し申せと言つたのに」と言ひながら、傍に来たもので

すから、其竿を見まするといふと、如何《いか》にも具合の好さゝうなものです。竿といふものは、節と節とが具合よく順々に、いゝ割合を以て伸びて行つたのがつまり良い竿の一条件です。今手元からずつと現はれた竿を見ますと、一目にもわかる実に良いものでしたから、その武士も、思はず竿を握りました。吉は客が竿へ手をかけたのを見ますと、自分の方では持切れませんので、

「放しますよ」と云つて手を放して終《しま》つた。竿尻より上の一尺ばかりのところを持つと、竿は水の上に全身を凜《りん》とあらはして、恰《あたか》も名刀の鞘《さや》を払つたやうに美しい姿を見せた。持たない中《うち》こそ何でも無かつたが、手にして見ると其竿に対して油然《ゆうぜん》として愛念《あいねん》が起つた。とにかく竿を放さうとして二三度こづいたが、水中の人が堅く握つてゐて離れない。もう一寸《すん》一寸に暗くなつて行く時、よくは分らないが、お客さんといふのはでつぷり肥つた、眉の細くて長いきれいなのが僅《わずか》に見える、耳朶《みみたぶ》が甚だ大きい、頭は余程禿《は》げてゐる、まあ六十近い男。着てゐる物は浅葱《あさぎ》の無紋《むもん》の木綿縮《もめんちぢみ》と思はれる、それに細い麻の襟のついた汗取りを下につけ、帯は何だかよく分らないけれども、ぐるりと身体が動いた時に白い足袋《たび》を穿《は》いてゐたのが目に浸《し》みて見えた。様子を見ると、例へば木刀《ぼくとう》にせよ一本差して、印籠《いんろう》の一つも腰にしてゐる人の様子でした。

「どうしような」と思はず小声で言つた時、夕風が一ト筋さつと流れて、客は身体の何処《どこ》かが寒いやうな気がした。捨てゝしまつても勿体《もったい》ない、取らうかとすれば水中の主《ぬし》が

生命がけで執念深く握つてゐるのでした。躊躇《ちゆうちよ》のさまを見て吉は又声をかけました。

「それは旦那、お客さんが持つて行つたつて三途川《さんずのかわ》で釣をする訳でもありますまいし、お取りなすつたらどんなものでせう。」

そこで又こづいて見たけれども、どうしてなか〳〵しつかり摑《つか》んでゐて放しません。死んでも放さないくらゐなのですから、とてもしつかり握つてゐて取れない。といつて刃物を取出して取る訳にも行かない。小指でしつかり竿尻を摑んで、丁度それも布袋竹の節の処を握つてゐるからなか〳〵取れません。仕方がないから渋川流《しぶかわりゆう》といふ訳でもないが、吾《わ》が親指《おやゆび》をかけて、ぎくりとやつてしまつた。指が離れる、途端に先主人《せんしゆじん》は潮下《しおしも》に流れて行つてしまひ、竿はこちらに残りました。かりそめながら戦つた吾が掌《て》を十分に洗つて、ふところ紙三四枚でそれを拭《ぬぐ》ひ、そのまゝ海へ捨てますと、白い紙玉は魂《たましい》でゞもあるやうにふわ〳〵と夕闇の中を流れ去りまして、やがて見えなくなりました。吉は帰りをいそぎました。

「南無阿弥陀仏《なむあみだぶつ》、南無阿弥陀仏、ナア、一体どういふのだらう。なんにしても岡釣の人には違ひねえな。」

「えゝ、さうです、どうも見たこともねえ人だ。岡釣でも本所、深川、真鍋河岸《まなべがし》や万年《まんねん》のあたりでまごまごした人とも思はれねえ、あれは上《かみ》の方の向島《むこうじま》か、もつと上の方の岡釣師ですな。」

「成程勘が好い、どうもお前うまいことを言ふ、そして。」

「なアに、あれは何でもございませんよ、中気《ちゅうき》に決まつてゐますよ。岡釣をしてゐて、変な処にしやがみ込んで釣つてゐて、でかい魚を引《ひっ》かけた途端に中気が出る、転《ころ》げ込んでしまへばそれまでゞせうネ。だから中気の出さうな人には平場でない処の岡釣はいけねえと昔から言ひまさあ。勿論どんなところだつて中気にいゝことはありませんがネ、ハ、、、。」

「さうかなア。」

それでその日は帰りました。

いつもの河岸に着いて、客は竿だけ持つて家に帰らうとする。吉が

「旦那は明日は？」

「明日も出る筈になつてるんだが、休ませてもいゝや。」

「イヤ馬鹿雨《ばかあめ》でさへなければあつしやあ迎へに参りますから。」

「さうかい」と言つて別れた。

あくる朝起きてみると雨がしよ〳〵と降つてゐる。

「あゝこの雨を孕《はら》んでやがつたんで二三日漁がまづかつたんだな。それとも赤潮でもさしてゐたのかナ。」

約束はしたが、こんなに雨が降つちや奴《やっ》も出て来ないだらうと、その人は家《うち》にゐて、

せうこと無しの書見《しょけん》などしてゐると、昼近くなつた時分に吉はやつて来た。庭口からまはらせる。

「どうも旦那、お出になるかならないかあやふやだつたけれども、あつしやあ舟を持つて来て居りました。この雨はもう直《じき》あがるに違《ちげ》へねえのですから参りました。御伴《おとも》をしたいとも云出せねえやうな、まづい後ですが。」

「ア、さうか、よく来てくれた。いや、二三日お前にムダ骨を折らしたが、おしまひに竿が手に入るなんてまあ変なことだなア。」

「竿が手に入るてえのは釣師にや吉兆《きっちょう》でさア。」

「ハヽヽ、だがまあ雨が降つてゐる中《うち》あ出たくねえ、雨を止《や》ませる間遊んでゐねえ。」

「ヘイ。時に旦那、あれは？」

「あれかい。見なさい、外鴨居《そとがもい》の上に置いてある。」

吉は勝手の方へ行つて、雑巾盥《ぞうきんだらい》に水を持つて来る。すつかり竿をそれで洗つてから、見るといふと如何にも良い竿。ぢつと二人は検《あらた》め気味《ぎみ》に詳しく見ます。第一あんなに濡れてゐたので、重くなつてゐるべき筈だが、それがちつとも水が浸みてゐないやうにその時も思つたが、今も同じく軽い。だからこれは全く水が浸みないやうに工夫がしてあるとしか思はれない。それから節回《ふしまわ》りの良いことは無類。さうして蛇口《へびくち》の処を見るといふと、素人細工《しろうとざいく》に違ひないが、まあ上手に出来てゐる。それから一番太い手元の処を見ると一寸《ちよいと》細工がある。細工といつたつて何でもないが、一寸《ちよつと》した穴を明けて、その中に何か入れでもしたのか又塞《ふさ》いである。尻手縄《しつてなわ》が付いてゐた跡でもない。何か解らない。そのほかには何の異《かわ》つたこともない。

「随分稀《めず》らしい良い竿だな、そしてこんな具合の好い軽い野布袋は見たことが無い。」

「さうですな、野布袋といふ奴は元来重いんでございます、そいつを重くちやいやだから、それで工夫をして、竹がまだ野に生きてゐる中に少し切目《きりめ》なんか入れましたり、痛めたりしまして、十分に育たないやうに片つ方をさういふやうに痛める、右なら右、左なら左の片方をさうしたのを片《かた》うきす、両方から攻めるやつを諸《もろ》うきすといひます。さうして拵《こしら》へると竹が熟《じゆく》した時に養《やしな》ひが十分でないから軽い竹になるのです。」

「それはお前俺も知つてゐるが、うきすの竹はそれだから萎《しな》びたやうになつて面白くない顔つきをしてゐるぢやないか。これはさうぢやない。どういふことをして出来たのだらう、自然にかういふ竹が有つたのかなア。」

竿といふものの良いのを欲しいと思ふと、釣師は竹の生《は》えてゐる藪《やぶ》に行つて自分で以てさがしたり撰んだりして、買約束《かいやくそく》をして、自分の心の儘に育てたりしますものです。さういふ竹を誰でも探しに行く。少し釣が劫《こう》を経《へ》て来るとさういふことにもなりまする。唐《とう》の時に温庭筠《おんていいん》といふ詩人、これがどうも道楽者で高慢で、品行が悪くて仕様がない人でしたが、釣にかけては小児《こども》同様、自分で以て釣竿を得ようと思つて裴氏《はいし》といふ人の林に這入り込んで良い竹を探した詩がありまする。一径《いっけい》互《たがい》に紆直《うちょく》し、茅棘亦已《ぼうきょくまたすで》に繁《しげ》し、といふ句がありまするから、曲りくねつた細径《ほそみち》の茅《かや》や棘《いばら》を分けて、むぐり込むのです。歴《れき》尋《じん》す嬋娟《せんけん》の節、剪破《せんぱ》す蒼莨根《そうろうこん》、とありまするから、一ゝ此竹、彼《あの》竹と調べまはつた訳です。唐の時は釣が非常に行はれて、薛氏《せっし》の池といふ今日まで名の残る位の釣堀さへ有つた位ですから、竿屋だとて沢山有りましたらうに、当時持囃《もてはや》された詩人の身で、自分で藪くゞりなんぞをしてまでも気に入つた竿を得たがつたのも、好《すき》の道なら身をやつす道理でございます。半井卜養《なからいぼくよう》といふ狂歌師の狂歌に、浦島が釣の竿とて呉竹《くれたけ》の節はろく〱伸びず縮まず、といふのがありまするが、呉竹の竿など余り感心出来ぬものですが、三十六節あつたとかで大《おおい》に節のことを褒めてゐまする、そんなやうなものです。それで趣味が高じて来るといふと、良いのを探すのに浮身《うきみ》をやつすのも自然の勢です。

二人はだん〱と竿を見入つてゐる中《うち》に、あの老人が死んでも放さずにゐた心持が次第に分つて来ました。

「どうもこんな竹は此処《ここい》らに見かけねえですから、よその国の物か知れませんネ。それにしろ二間《けん》の余《よ》もあるものを持つて来るのも大変な話だし。浪人の楽な人だか何だか知らないけれども、勝手なことをやつて遊んでゐる中に中気が起つたのでせうが、何にしろ良い竿だ」と吉は云ひました。

「時にお前、蛇口を見てゐた時に、なんぢやないか、先についてゐた糸をくる〱つと捲《ま》いて腹掛《はらがけ》のどんぶりに入れちやつたぢやねえか。」

「エ、邪魔つけでしたから。それに、今朝それを見まして、それでわつちがこつちの人ぢやねえだらうと思つたんです。」

「どうして。」

「どうしてつたつて、段〻細《だんだんぼそ》につないでありました。段〻細につなぐといふのは、はじまりの処が太い、それから次第に細いの又それより細いのと段〻細くして行く。この面倒な法は加州《かしゆう》やなんぞのやうな国に行くと、鮎《あゆ》を釣るのに蚊鉤《かばり》など使つて釣る、その時蚊鉤がうまく水の上に落ちなければまづいんで、糸が先に落ちて後から蚊鉤が落ちてはいけない、それぢや魚が寄らない、そこで段〻細の糸を拵へるんです。どうして拵へますかといふと、鋏《はさみ》を持つて行つて良い白馬の尾の具合のいゝ、古馬にならないやつのを頂戴して来る。さうしてそれを豆腐の粕で以て上からぎゆう〳〵と次第〻〻にこく。さうすると透《す》き通るやうにきれいになる。それを十六本、右撚《よ》りなら右撚りに、最初は出来ないけれども少し慣れると訳無く出来ますことで、片撚りに撚る。さうして一つ拵へる。その次に今度は本数《ほんすう》を減らして、前に右撚りなら今度は左撚りに片撚りに撚ります。順〻に本数をへらして、右左をちがへて、一番終ひには一本になるやうにつなぎます。あつしあ加州の御客に聞いておぼえましたがネ、西の人は考がこまかい。それが定跡《じようせき》です。此竿は鮎をねらふのではない、テグスでやつてあるけれども、うまくこきがついて順減《じゅんべ》らしに細くなつて行くやうにしてあります。この人も相当に釣に苦労してゐますね、切れる処を決めて置きたいからさういふことをするので、岡釣ぢや尚のことです、何処《どこ》でも構はないでぶつ込むのですから、ぶち込んだ処にかゝりがあれば引《ひっ》かゝつてしまふ。そこで竿をいたはつて、しかも早く埒《らち》の明くやうにするには、竿の折れさうになる前に切れ処《どこ》から糸のきれるやうにして置くのです。一番先の細い処から切れる訳だからそれを竿の力で割出《わりだ》して行けば、竿に取つては怖いことも何もない。どんな処へでもぶち込んで、引かゝつていけなくなつたら竿は折れずに糸が切れてしまふ。あとは又直ぐ鉤をくつつければそれでいゝのです。この人が竿を大事にしたことは、上手に段〻細にしたところを見てもハッキリ読めましたよ。どうも小指であんなに力を入れて放さないで、まあ竿と心中したやうなもんだが、それだけ大事にしてゐたのだから、無理もねえでさあ。」

などと言つてゐる中に雨がきれかゝりになりました。主人は座敷、吉は台所へ下つて昼の食事を済ませ、遅いけれども「お出なさい」「出よう」といふので以て、二人は出ました。無論その竿を持つて、そして場処に行くまでに主人は新しく上手に自分でシカケを段〻細に拵へました。

さあ出て釣り始めると、時〻雨が来ましたが、前の時と違つて釣れるは、釣れるは、むやみに調子の好い釣になりました。到頭あまり釣れる為に晩くなつて終ひまして、昨日と同じやうな暮方《くれがた》になりました。それで、もう釣もお終ひにしようなあといふので、蛇口から糸を外《はず》して、さうしてそれを蔵《しま》つて、竿は苫裏《とまうら》に上げました。だん〳〵と帰つて来るといふと、又江戸の方に燈《ひ》がチョイ〳〵見えるやうになりました。客は昨日からの事を思つて、此竿を指を折つて取つたから「指折《ゆびお》リ」と名づけようかなどと考へてゐました。吉はぐい〳〵漕いで来ましたが、せつせと漕いだので、艪臍《ろべそ》が乾いて来ました。乾くと漕ぎづらいから、自分の前の処にある柄杓《ひしやく》を取つて潮を汲んで、身を妙にねぢつて、ばつさりと艪の臍の処に掛けました。こいつが江戸前の船頭は必ずさういふやうにするので、田舎船頭のせぬことです。身をねぢつて高い処から其処《そこ》を狙つてシャッと水を掛ける、丁度その時には臍が上を向いてゐます。うまくやるもので、浮世絵好《うきよえごの》みの意気な姿です。それで吉が今身体を妙にひねつてシャッとかける、身のむきを元に返して、ヒョッと見るといふと、丁度昨日と同じ位の暗さになつてゐる時、東の方に昨日と同じやうに葭のやうなものがヒョイ〳〵と見える。オヤ、と言つて船頭がそつちの方をギッと見る、表の間に座つてゐたお客も、船頭がオヤと言つて彼方《あつち》の方を見るので、その方を見ると、薄暗くなつてゐる水の中からヒョイ〳〵と、昨日と同じやうに竹が出たり引込んだりしまする。ハテ、これはと思つて、合点しかねてゐるといふと、船頭も驚きながら、旦那は気が付いたかと思つて見ると、旦那も船頭を見る。お互に何だか訳の分らない気持がしてゐるところへ、今日は少し生暖かい海の夕風が東から吹いて来ました。

が、吉は忽ち強がつて、

「なんでえ、この前の通りのものがそこに出て来る訳はありあしねえ、竿はこつちにあるんだから。ネエ旦那、竿はこつちにあるんぢやありませんか。」

怪《かい》を見て怪とせざる勇気で、変なものが見えても「こつちに竿があるんだからね、何でもない」といふ意味を言つたのであつたが、船頭も一寸《ちよつと》身を屈《かが》めて、竿の方を覗《のぞ》く。客も頭の上の闇を覗く。と、もう暗くなつて苫裏の処だから竿があるかないか殆ど分らない。却つて客は船頭のをかしな顔を見る、船頭は客のをかしな顔を見る。客も船頭も此世《このよ》でない世界を相手の眼の中から見出したいやうな眼つきに相互に見えた。

竿はもとよりそこにあつたが、客は竿を取出して、南無阿弥陀仏、南無阿弥陀仏と言つて海へかへしてしまつた。

ひかげの花

永井荷風

■永井荷風　ながいかふう

明治一二年（一八七九）～昭和三四年（一九五九）

東京生れ。学生時代から作家を志し、また落語家に入門するなどもした。明治三六年からアメリカ、フランスに四年間遊学。帰国後、「あめりか物語」（明四一）を発表して注目される。「すみだ川」（明四二）、「おかめ笹」（大七）、「濹東綺譚」（昭一二）など多くの名作を執筆。一貫して権力、時流に寄らず、戯作者を自任した。死の前日まで四二年間書きつづけられた日記「断腸亭日乗」がある。「ひかげの花」は昭和九年「中央公論」に発表された。

一

二人の借りてゐる二階の硝子《ガラス》窓の外はこの家《うち》の物干場になつてゐる。その日もやがて正午《ひる》ちかくであらう。どこからともなく鰯《いわし》を焼く匂がして物干の上にはさつきから同じ二階の表座敷を借りてゐる女が寐衣《ねまき》の裾をかゝげて頻《しきり》に物を干してゐる影が磨硝子《すりガラス》の面に動いてゐる。

「ちよいと、今日は晦日《みそか》だつたわね。後であんた郵便局まで行つてきてくれない。」とまだ夜具の中で新聞を見てゐる男の方を見返つたのは年のころ三十も大分越したと見える女で、細帯もしめず洗ひざらしの浴衣の前も引きはだけたまゝ、鏡台の前に立膝して寝乱れた髪を束ねてゐる。

「うむ。行つて来やう。火種はあるか。この二三日大分寒くなつて来たな。」と男はまだ寐たまゝ起きやうともしない。

「今年《ことし》も来月一月《ひとつき》だもの。」と女は片手に髪を押へ、片手に陶器の丸火鉢を引寄せる。

其上にはアルミの薬罐《やかん》がかけてある。

「うむ。月日のたつのは全く早いな。来年はおれもいよ〳〵厄年だぜ。」

「さう。全く憂鬱になるわよ。男は四十からが盛りだからいゝけれど、女はもう上つたりだわ。」と何のはずみだか肩を張つて大きな息をしたのが、どうやら男には溜息をついたやうに思はれた。

「誰だつて毎年年《とし》はとるにきまつてゐるからな。」と男は俄《にわか》に申訳らしく、「まアいゝやな、かうして暮して行けれア何も愚痴を言ふ事はない。別に大した望みがあるぢやなし……………なアお千代、おれは全くかうして暮して居られゝば結構だと思つてゐるんだ。」

「それはさうよ。だけどかうして暮して行けるのも永いことはないわよ。もう……………。」

「もう。どうして。」

「どうしてツて。わたしとあんたとはいくらも年がちがはないんだもの。わたしの方ぢや稼《かせ》ぐつもりでもお客の方が……………。」と言ひながら女は物干台の人影に心づいて急に声をひそめる。男は夜具から這出して、

「さうなれば、おれも男だ。お前にばかり寄つかゝつてゐやしない。お前はおれの事を意気地なしだ――それアあんまり意気地のある方でもないから何と思はれても仕様がないが、おれだつて行末の事を考へずにかうしてぶら〳〵してゐるんぢやない。年を取つてから先の事はいつでも考へてゐる。だから、お前の稼ぎは今までだつて一厘一銭だ

つて無駄遣ひをした事はないだらう。それアお前もよく知つてゐる筈だ。なアお千代。」囁《ささや》くやうな小声ながらも一語一語《ひとことひとこと》念を押すやうに力を入れ、ぴつたり後《うしろ》から寄添つていつか手をも握りながら、「お前、もうおれがいやになつたのか。」

「そんな事……だしぬけに何を言ふのさ。」とびつくりした調子で女は握り合つた男の手をそのまゝ、乳房の上に押当てた。

裏口の引戸を開ける音と共に物干台に出てゐた女がどしんと板の間へ降りる物音。つゞいて正午のサイレンが鳴り出す。女は思直したやうに坐り直つて、

「もうそんな話、よしませう。ねえ、あんた。ぢやア後で郵便局へ行つて来て下さいねえ。」

「うむ。ぢやア今の中……飯を食ふ前に一寸行つて来やう。」男は立ち上つて羽織も一ツに重《かさ》ねたまゝ壁に引掛けてある擬銘仙《まがいめいせん》の綿入を着かけた時、階下《した》から男の声で、

「中島さん。電話。」

「はい。お世話さま。」と返事をしたが、細帯もしめぬ寝衣《ねまき》姿に女の立ちかねる様子を見て、男は襖に手をかけながら、

「おれが出てもいゝか。」

「いゝわ。懇意な家《うち》へは弟がゐると云つてあるんだから。」

降りて行つた男は、すぐさま立戻つて来て、「芳沢旅館だとさ。急いで下さいとさ。」

「さう。」と女は落ちてゐる男の細帯を取つて締め、鏡台の上の石鹸とタオルとを持つて階下《した》へ降りて行くと、男は床の間に据ゑた茶棚からアルミの小鍋を出し、廊下に置いてある牛乳壜を取つてわかし始めた。夜昼ともに電話がかゝつて来て、飯を食ふ暇のない時には女は牛乳か鶏卵で腹をこしらへて出掛けることにしてゐるのである。牛乳がわきかけた時、女は髪を直した上に襟白粉までつけ、鼻唄を唱《うた》ひながら上つて来て鏡台の前に坐り、

「あんた。おあがんなさい。昨夜おそく食べたから、わたし何もいらない。」

「さうか、お前の身体《からだ》は全く不思議だな。よく食べずに居られるよ。」

「わたし子供の時から三度満足に御飯をたべた事は滅多にないわ。その癖《くせ》お酒も好きぢやなしお汁粉はいやだし……経済でいゝぢやないの。」

「全くだ。煙草ものまないし……」と言つたまゝ、男は鏡に映る女の顔が化粧する手先の動くにつれて、忽《たちま》ち別の人のやうに若くなるのを眺めてゐた。眼の縁の小皺と雀斑《そばかす》とが白粉で塗りつぶされ、血色のよくない脣が紅で色どられると、くゝり顎《あご》の円顔は、眼がぱつちりしてゐるので、一層晴れやかに見えて来るばかりか、どうやら洋装をさせても似合ひさうなモダーンらしい顔立にも見られる。それに加へて肉付のしまつた小《こ》づくりの身体は背後《うしろ》から見ると、撫肩《なでがた》のしなやかに、胴がくびれてゐるだけ腰の下から立膝した腿《もも》のあたりの肉付が一層目に立つて年増盛りの女の重くるしい誘惑を感じさせる。

男はお千代が今年三十六になつて猶《なお》此のやうな強い魅惑を持つてゐるのを確めると、まだこの先四五年稼いで行けない事はないと、何となく心丈夫な気もする。それと共に人間もかうまで卑劣になつたらもうお仕舞ひだと、日頃は閑却《かんきやく》してゐる慚愧《ざんき》と絶望の念《ねん》が動き初めるにつれて、自分は一体どうしてこゝまで堕落する事ができたものかと、我ながら不思議な心持にもなつて来る。自分の事のみならずお千代の心境も亦同じやうに不思議に思はれて、はつきり理解することが出来なくなる。――お千代はどういふ心持で此の年月自分のやうな不甲斐ない男と一緒に暮して来たのであらう。彼女自身も気のつかぬ中いつからと云ふ事もなく私娼の生活に馴らされて恥《は》づべき事をも恥とは思はぬやうになつたものであらう。折々は反省して他の職業に転じやうと思ふ事もあるにちがひない。然しもと〳〵小学校を出ただけの学歴では事務員や店員のやうな就職口さへなか〳〵見当らず、よし又見当つたところで、一度秘密の商売を知つた身には安い給料がいかにも馬鹿らしく思はれ、世間は広くても其身に適する職業は、矢張《やはり》馴れた賤業の外には無いやうな心になるのであらう。それにつれて、女の身の何かにつけて心細い気のする時、いかに不甲斐なくとも、誰か一人《ひとり》亭主と定めた男を持ち、生活の伴侶にして置きたいと云ふ心持にもなるのであらう――まづこんな様に解釈するより外に其道がない。

牛乳の煮立つのに心づき男は小鍋を卸《おろ》してコップにうつすと、女は丁度化粧を終り紫地に飛模様の一枚小袖に着換へて縫のある名古屋帯をしめ、梔子色《くちなしいろ》の綾織金紗の羽織を襲《かさ》ねて白い肩掛に真赤なハンドバッグを持ち、もう一度顔を直すつもりで鏡の前に坐つた。

二

お千代の出て行つた後、重吉は飲み残りの牛乳と半熟の雞卵に朝昼を兼ねた食事をすませ窓をあけて夜具を畳んでゐると、表二階を借りてゐる伊東さんといふカフヱーの女給が襟垢と白粉とでべたべたになつた素袷《すあわせ》の寐衣に羽織を引かけ、廊下から内を覗いて、

「中島さん………。あら、奥さんはもうお出掛けなの。」

「何か御用。」と中島は窓へ腰をかける。

「先程はすみません。おやすみのところを………。」と出入口の襖に身をよせ掛け、「封筒の上書をかいて下さいな。すみませんけれど、男の手でないといけないんだから。」

「はい〳〵御安い御用………。彼氏《かれし》のとこですか。」

「うゝむ。」と子供のやうに首を振り、「パトロンの家よ。来月は十二月でせう。今から攻め掛けてやらないと間に合はないから。強請《ねだ》るのも容易ぢやないわよ。」

「何になつても苦労が入《い》るもんですね。」

「女給生活、つく〴〵いやだわ。」と女は懐中から封筒を出して中島に渡し宛名番地を

書いて貰ひながら、「中島さん。わたしも奥さんにお願ひして派出婦会に這入りたいわ。ねえ、中島さん。わたしに出来るか知ら。奥さんのやつてゐる接待婦ツていふのは普通の派出婦見たやうに御飯焚をしないでもいゝんだわね。」

中島はお千代の事についてはあまり深く問はれたくないので、唯領《うなず》付きながら四五枚の封筒に同じ名宛を書きつゞけてゐる。お千代は以前から男と相談して怪しげな其身の上を隠さうがために、或派出婦会の接待婦になつてゐて、電話で呼ばれる時は何処《どこ》へでも会の名義で出張するのだと云ひ拵《こしら》へてゐる。時たま泊つて来る時には遠い別荘の宴会か何かへ雇はれた事にするのである。

中島は封筒を伊東さんに渡して、「接待婦なんて、あれア体《てい》のいゝ日雇の女中です。内のやつは年さへ若ければ女給さんになりたいツて、いつでも伊東さんの事を羨《うらやま》しがつてゐるんですよ。」

「ぢやア何になつてもさう面白いことはないのね。どうもお世話さまでした。」

「お礼は後から頂戴に行きますよ。」

「いらツしやいよ。ドーナツがあるわ。お茶を入れるから。」

女が立去ると、間もなく中島は郵便局の通帳を懐中にして階下《した》へ降りた。階下は小売商店の立続いた芝桜川町の裏通に面して、間口三間ほど明放ちにした硝子店で、家の半分は板硝子を置いた土間になつてゐる。口髭を生した五十年配の主人に出ツ歯の女房、小僧代りに働いてゐる十四五の男の子の三人暮らし。梯子《はしご》段の下の六畳で、丁度昼飯の茶ぶ台を囲んでゐる処を、中島は御免なさいと言ひながら通りぬけて、台処の側の出入口から路地づたひに、軈《やが》て表の通を電車のある方へと歩いて行つた。お千代が貯金をしてゐる郵便局は麻布六本木の阪下に在る谷町の局である。それはこの春桜川町へ引移るまで一年あまり、其近くの横町に間借をしてゐたことがあつたからで。ところが或日お千代が筋向の格子戸造りの貸家に引越して来た主人らしい男と、横町を隔てゝ両方の二階から顔を見合せると、その男には既に二三回、お千代は池の端の待合で出会つたことがあるといふので、若し近処のものにでも秘密の身の上をしやべられでもしたらと、万一の事を心配して、早速現在の貸間を捜して引移つたわけである。貯金した郵便局も其《その》中《うち》に近い処へ替へやうと思ひながら、これはつい其儘になつて居る。

中島は間代の十二円に、電話の使用代として、其度の通話料の外に五円の礼金を出す約束なので、それを合せて十七円。女の着物の仕立代やら月末の諸払ひを胸算用《むなざんよう》して五十円ばかり引出した。そしてすぐさま電車の停留場へ引返すと、いつもはあまり人のゐない道端に、七八人も人が立つてゐて電車はなか〳〵来さうもない。重吉はこの歳月昼の中はめつたに表通へ出たことがないので、冬の日影も忽ち夏のやうにまぶしく思はれ、二重廻も著《き》ずに出て来た身には吹きすさむ風の寒さ。急に腹が減つたやうな心持もする。それにまた、むかしの友達や何かには日頃から逢ひたくないと思つてゐるので、停留場の人立《ひとだち》が次第に多くなるのを見ると共に、こそ〳〵逃げるがやうに電信柱と街路樹との間を縫つて、次の停留場の方へと歩みを運ぶ。

溜池まで来た時、後からやつと一輛満員の車が走つて来た。待ちあぐんだ人達と、押合ひながら降りる人達との込合ふ間を、漸く抜け出した一人の女が、鋪道に立つてゐる中島の側を行過ぎようとして、其の顔を見るや、「アラ中島さん。」

「玉ちやん。どうしたえ。」と中島は男の知人《しりびと》でないところから案外落ちついた調子で其様子を見た。年は二十七八。既製品らしい紫地のコートに有りふれた毛織の肩掛。両ぐりの下駄をはいて日傘を提げてゐる。

「千代子さん。お変もなくつて。」

「えゝ。無事です。」

「一度お伺ひしなくつちやわるいと思つてゐたんですけど、ついお処がわからなかつたもんで………。」と女はあたりを見廻し停留場にも人影がなく通過る円タクも一寸途絶えてゐるのを幸ひ、「この辺にお住ひなの。」

「いえ、桜川町………十八番地。太田ツて云ふ硝子屋の二階だ。虎の門からわけはないから、何なら寄つておゐでなさい。」

「お邪魔してもよければ………実はわたし貸間をさがしてゐるのよ。今世田ケ谷にゐるんですけど、此方《こつち》へ出てくるのが大変だから。」

二人は話をしながらいつか溜池の裏通を歩いてゐる。

「その後まるで影形も見せないから、お玉さんは東京にゐないんだらうツて、家《うち》のやつもさう言つてゐたよ。ぢやア、すつかり足を洗つたといふ訳でもないんだね。」

「洗ひかけたことは掛けたのよ。まア片足ぐらゐ洗つたんだわね。ほゝゝゝ。」

「やつぱり先生と一緒か。」

「いゝえ、別れたの。この夏やつと話をつけて別れたのよ。それにはいろ〳〵訳もあるのよ。去年の暮だつたわねえ、高輪倶楽部のおばさんが挙げられたでせう。わたしも其時一緒にやられたのよ。それから一月ばかりぶら〳〵してゐたわ。だけれど家の先生は相変らずだし、どうにも仕様がないから、ついこの間まで渋谷の小さいカフヱーに働いてゐたのよ。思つたよりは忙しい店なんだけれど、チツプだけぢや二人暮して行ける筈がないぢやないの。何も彼も承知してゐるくせに、内の先生ときたら相変らず御存じの通りなんだから。わたしもあんまりだと思つて、持つてゐるものは洗ひざらひ、お金も百円都合して或人を仲に入れてきつぱり話をつけて貰つたのよ。だからこれからは一人でかせぐわ。その方がどんなに気楽だか知れやしない。」

「さうか。然しよく思ひきれたな。その中また焼棒杭《やけぼつくい》ぢやないのか。」

「よしてよ。なんぼわたしが馬鹿だつて、さう〳〵男の喰ひものに……。」と女は言ひかけて、中島とお千代との関係を思合せ俄《にわか》に語調《ちようし》を替へ、「ねえ、さうでせう。男の人が理解と同情を持つてゐて呉れゝば………。中島さんのやうにわかつてゐてくれゝば、それア女ですもの、男のためならどんな事でもするわよ。喜んでするわよ。」

「然し、しまひには愛想が尽きるだらう。あんまり男に意久地が無さすぎると……。ねえ、玉ちやん。あの時分、あんたが家にゐる時分、何かそんな話をした事はなかつたかね。内のお千代がさ。内のやつは一体何と思つておれと一緒に暮してゐるんだらう。考へると、時々不思議な気がするよ。」

「あら。中《な》アさん、何を言つてゐるのよ。今時急にそんな事……。」

「話がでたからさう言ふのさ。別に心配してゐるわけぢやない。然し女の心持は女に聞かなくツちや、男にはわかつたやうでも分らないところがある……。」

「それアさうかも知れないわ。女の方でも同じよ。男の心持は分つたやうで、やつぱり分らないわ。ねえ、中アさん。家《うち》の彼氏はどうして中アさんのやうにさばけて呉れなかつたんだらう。」

「もうそろ〳〵未練ばなしか。」

「いゝえ。それは大丈夫。だから今度の彼氏は中アさん見たやうな趣味の人を見付けるわ。」

「何だ。おれ見たやうな趣味の人ツて。」

「わたし、先に千代子さんから聞いたわ。中島さんはかういふ商売が好きなんだつて。

千代子さんに勧めてやらせたんだッて。」

「千代子がそんな事を言つてたか。はゝゝゝ。然しこればつかりはいくら勧めたつて、女の方でも地体《じたい》自分でやる気がなければ出来るもんぢやアない。まア二人とも同じやうな人間がうまく一緒になつたんだね。それだから無事にやつて行けるんだ。それにはいろ〳〵な事情や歴史がある………。」

中島は問はれるまゝに初めは冗談半分口から出まかせな事を言つてゐたが、する中《うち》、いつかしんみりした心持になつて来て、平素誰にも話をする事の出来ない過去半生の来歴を心の行くかぎり話して見たくてならないやうな気がし出した。

「ねえ、玉ちやん。まだ学生の時分だつた。僕がね………。」と言出したが、その時お玉は横町のとある家の出窓に貸間の札の出してあるのを見付けて、

「ちよいと、わたし聞いて見るわ。」と突然立止つた。中島は話の腰を折られ、夢から覚めたやうな眼付をして、お玉が向の家の格子戸をあける後姿をぼんやり眺めてゐた。

三

中島は其の名を重吉と云ふのである。重吉が私立の或大学を出たのは大正六七年の頃で、日本の商工界は欧洲戦争のために最も景気の好い時代であつた。重吉はわけなく就職口を見付け、或商会から広告代りに発行する雑誌の編輯係になつたが、仕事には敏活

でないくせに誠実でもなく、出勤時間にもおくれ勝ちと云ふので、一年過ると間もなく解雇となつた。併しその頃には差当り生活には困らない理由があつたので、玉突や釣などに退屈な日を送る傍《かたわら》、小説をもかいて見た事があつたが、もと〳〵専門の文学者にならうと云ふ程の熱心も又自信もなかつたので、或新聞社の懸賞募集小説に応じて落選したのを名残りに、この道楽も忘れたやうに止《よ》してしまつた。さうなると、一時は丁寧に浄書までした原稿の五六篇もいつとはなく紙屑にしてしまつたが、その中で、自叙伝めいた一篇だけは、さすがに捨てがたい心持がしたと見えて、今もつて大切に押入の中の古革包《かばん》にしまつてある。重吉はお千代が外へ泊つて帰つて来ない晩など、折々此の旧作を取出しては読返して見るのである。

此小説は重吉が学校を卒業する前後五六年の間、十以上も年のちがつた未亡人と同棲してゐた時の事を、殆ど事実そのまゝ書きつらねたものであつた。

未亡人は麹町平川町辺に玉突場を開いてゐた。そして玉突に来る学生四五人を引きつれ、活動写真を見に行つたり銀座通や浅草公園を歩いたりする。重吉も欠かさずお供にさそはれる学生の中の一人であつたが、毎年八月中未亡人が店を休んで鎌倉へ避暑に行く。其後を追ひかけて行つた時、こゝに忽《たちま》ち情交が結ばれ、涼しくなつて東京に立戻ると間もなく女は玉突場を売払ふ、重吉は下宿を引上げる。そして二人は一軒家を借りた。丁度その頃、重吉は国元から此れまでのやうに学費を送ることのできなくなつた事情を通知せられたが、未亡人と同棲してゐるために重吉は差閊《さしつかえ》なく学校を卒業したのみならず、其後職を失つても平気で遊んでゐることが出来た。

重吉の家は新潟の旅館で、両親は早く死し兄が家督を取つてゐたが、経費ばかりかゝつて借財も年々嵩《かさ》むばかりなので、いよ〳〵財産整理をした上家族をつれて朝鮮の京城へ移住し運だめしに一奮発するといふのである。重吉は学生の身でも立派に自活して行く道があるから心配するには及ばないと返事をして、未亡人の家の厄介になつてゐた。

卒業後、商会に通勤してゐた時分である。いつも重吉の帰りを待つてゐた未亡人が、或日家を留守にしたまゝ、夜も十二時近くなつて、しかも酒臭い息をして帰つて来たことがあつた。重吉は口惜しさのあまり涙ぐんだ声で責め詰ると、女は子供をなだめるやうな調子で、

「重ちやん。御免なさい。重ちやんはお酒が飲めないから、わたし今日はお酒飲みのお友達と一寸御飯をたべに行つたのよ。おそくなつたのはわたしが悪かつたんだから、ほんとにあやまるわ。重ちやん、大丈夫よ。決して浮気なんぞしやしないから。」

そして女は重吉がいかに疑ぐらうとしても疑ぐることの出来なくなるやうな情熱を見せて申訳の代りにした。

半歳ちかくたつて、或日の朝重吉はいつものやうに寐坊な女を二階へ置いたまゝ、事務所への出がけ、独り上框《あがりがまち》で靴をはいてゐると、其鼻先へ郵便脚夫が雑誌のやうな印刷

物二三冊を投げ込んで行つたので、その儘《まま》手にして電車に乗つてから、重吉は出版物の帯封を破りかけた時、重ねた郵便物の間に封書が一通はさまつてゐたのに心ついた。宛名は種子といふ未亡人の名で、差出人も女名前であつたが、重吉は其刹那一種の暗示を感じたまゝ、事務所へ往き着くが否や、巧みに封じ目の糊をはがして中の手紙を見た。外封の書体とはまるで異つた男の手蹟で、一語一句、いづれも重吉の心を煮返らせるやうな文字ばかり並べてある中に、「では又この次の水曜日を楽しみに。」「あなたもどうか其日をお忘れなさらないやうに。」「いつもの時間に。」と云ふやうな語が殊に鋭く男の胸を刺した。

「この次の水曜日」は暦を見れば分るが、「いつもの時間に。」とは何時のことであらう。重吉は一策を思ひついた。未亡人種子の行動を探るには、其跡をつけたり何かするよりは、専業の秘密探偵に依頼して其身元から調べ上げて貰ふのが一番捷径《ちかみち》であらう。さう決心して重吉は其月の給料の遣い残りを傾けて探偵社への報酬に当てた。

　種子は未亡人ではなかつた。十年程前、背任罪で入獄中縊死した実業家某といふものゝ妾《めかけ》で、其の前身は曾《かつ》て其実業家の家に出入してゐた家庭教師であつた。現在種子の名義になつてゐる動産並に不動産は犯人が検挙せられる以前、合法的に隠匿《いんとく》した私財の一部であるのかも知れない。また種子が現在関係してゐる男の中で、探偵社の調査したものは、筑前琵琶の師匠何某、新派俳優何某、日本画家何某の三人であると云ふ。

然し程なく重吉は会社から解雇されて、一年ちかくたつた時、種子自身の口から探偵社の調査報告書よりももつと委《くわ》しい事情をば、包むところなく打明けられる機会に出遇つた。種子は其身の不《ふ》しだらを永く隠しおほせるものでないと思つたのか、或はまた男の心を引いて見るためか、大胆《だいたん》にもこんな事を語つた。

「重ちやん。わたしは十九の時から三十まで十何年、いやで〳〵たまらない人の玩弄物《おもちや》になつてゐたのよ。よく辛抱したでせう。自分ながら感心だと思ふ位なのよ。其時分、今に自由な身になつたら其時は思ふ存分な事をして、若い時の取返しをしやうとさう思つてゐたのよ。だから、わたしの事をかわいさうだと思つて同情してくれるのなら、少しくらゐ遊んで歩いてもそれは大目に見て頂戴。何ぼわたしが滅茶だつて、今更重ちやんをそつちのけにして外の男と一緒にならうなんてそんな事は夢にも考へたことは無いわ。浮気は浮気で、本心から迷ふなんてことは決してないわ。其証拠には彼《あ》の人も、それから彼の人も、みんな奥さんのある人ぢやないの。どうの、斯《こ》うのと後が面倒になるやうな人とは、重ちやんが家にゐるやうになつてから、一度だつて遊び歩いたことはないでせう。重ちやんさへ安心してくれゝば、わたしどんな証文でも書いて見せるわ。」

重吉は種子の語つたことを冷静に考へて見た時、始て自分は淫蕩《いんとう》な妾上りの女に金で買はれてゐる男妾も同様なものである事に心づいた。女の言ふ所を言換へて見れば、お前さんは学生上りで悪気がないから、それでわたしは安心して同棲をしてゐる。他の男はお前さんとはちがつて世馴れてゐるから、わたしの財産に目をつけないとも限らない。それ故家へは入れずに、距離《へだて》を置いて、外で逢つてゐるのだ。何も彼も承知でやつてゐるのだから、お前さんは別に心配せずにおとなしくして居ればいゝのだ。といふ意味になる。重吉は曾て覚えたことのない侮辱を感じて決然として女の家を出やうと思ひながら、また静《しずか》に其身を省ると、勤先をしくじつてから早くも一年ぢかく、怠《なまけ》気癖《ぐせ》のついてしまつた身には俄《にわか》に駈け歩いて職を求める気力が薄くなつてゐる。国元の家へ還らうにも其家はとうに潰れてしまつた。重吉は始めて身にしみ〴〵自活の道を求める事のいかに困難であるかを知ると共に、屈辱を忍んで現在の境遇に甘じてさへ居れば、金と女とには不自由せずにゐられるのだ、といふ事をもはつきりと意識した。

重吉はこのまゝ種子の世話になつて居ようと思へば、まづ何より先に男の持つてゐる廉恥《れんち》の心を根こそぎ取り棄てゝしまはなければならない。

世間には立身栄達の道を求めるために富豪の養子になつたり権家《けんか》の婿になつたりするものがいくらもある。現在世に重ぜられてゐる知名の人達の中にもこの例は珍しくない。それに比較すれば重吉はさほど其身を耻《はじ》るにも当るまい。女の厄介になつて、のらくらしてゐる位の事は役人が賄賂《わいろ》を取つて贅沢するのに比べれば何でもない話である。重吉は人の噂、世間の出来事、日常見聞する事に其例を取つて、努めて良心を麻痺させ廉耻の心を押へるやうな方法を考へた。

重吉が自叙伝めいた小説をかいて見たのは、此等の煩悶《はんもん》を述べて、己《おのれ》の行為に対する弁疏《べんそ》にしたものであつた。題をつけるのに苦しんだものと見えて、本文の始に書かれた文字は幾度か塗消されて読めないまゝに残されてゐる。

四

種子はその後も相変らず、一ト月の中に二三回はきまつて午後外出すると、其儘夜もおそくならなければ帰つて来ないことがあつた。月初めには以前世話になつて財産まで分けて貰つた檀那《だんな》のお墓参り、月の終には現金と証券とを預けた銀行への用事、其他は百貨店へ買物に行くといふやうな事で。其頃は一寸した処へ行くにも賃銀五円を取つた自動車を呼寄せ門口《かどくち》から乗つて出る。然し重吉は既に馴れて初めほどにはやきもきしないやうになつてゐた。事実種子の行動は其言ふ通り黙許して置いても重吉の生涯には何の利害もないことが月日の過ぎるにつれて次第に明瞭になつた。それのみならず、重吉は種子が知人からの紹介で、或土地会社の宣伝係りに雇はれ、僅かばかりでも再び自力で給料を取る身となつたので、以前にくらべると余程落ちついた心持で居られるやうにもなつてゐた。

二人の生活は、最初家を借りた赤阪から芝公園へ引越した後、更に移つて東中野へ落ちついた頃には、何も知らない人の目には羨しいほど平和に幸福に見られるやうになつてゐた。

震災の年、種子は四十五、重吉は丁度三十三になつた。年々若づくりになつて行く種子と、二十代から白髪《しらが》のあつた色の黒い小男の重吉とは、二人並んでゐても年のちがひが以前ほどには目に立たぬやうになつて来た。女の方は白粉や頬紅で化粧を凝《こら》し、髪はその頃流行の耳かくしに結ひ、飛模様の着物に錦襴《きんらん》のやうなでこ〳〵な刺繡の半襟をかけ甲高《かんだか》な調子で笑つたりしてゐる側に、じみな蚊絣《かがすり》の大島紬に同じ羽織を襲ねた重吉が仔細らしく咳嗽払《せきばら》ひでもして、そろ〳〵禿げ上りかけた額でも撫でゝゐる様子を見ると、案外真面目な夫婦らしく、十二三も年のちがふ仲だと思はれない。

九月の朔日に地震の起つた時、重吉は会社の客を案内して下目黒の分譲地を歩き回つてゐた最中だつたので何の事もなかつたが、種子は白木屋の内に買物をしてゐたので、狼狽《うろた》へて外へ逃出し、群集に押しもまれながら駈け歩いてゐる中、いつか足袋《たび》はだしになつた為め踏抜きをして、其の日の暮れ近く人に扶けられてやつと家へ帰つて来た。

足の疵はやがて痊《い》えたが、其年の冬風邪から引きつゞいて腹膜炎に罹《かか》り、赤十字病院に入ると間もなく危篤に陥つた。医者の注意と患者の希望とによつて、これまで重吉の一度も会つたことのない親戚が二人、其一人は水戸から、他の一人は仙台から病院へ呼寄せられた。其の翌日の夜種子が息を引取ると、親戚二人の間には忽《たちまち》種子の遺産の処分について議論が持出された。水戸から出て来たのは中学校の教員で種子の兄だと云ふ。

仙台からのは其地の弁護士で叔父だと云ふ。家中をさがしても故人の遺書が見当らないので、其の遺産は二人の親戚が分配して其残りを重吉に贈ることに議決された。即ち銀行に預けてある現金五千円ばかりと、家具衣類などである。重吉は抗議したが、弁護士の叔父は法律上重吉には異議を言ふ権利がない事を説き、漢文の教師で柔道は三段だといふ水戸の兄は重吉が種子の家に入り込んだ来歴を詰問して、其答弁の如何によつては道徳上の制裁をも加へまじき勢を示した。重吉はしぶ〳〵二人の為すがまゝに任すより仕様がなかつた。曾て学生のころ、重吉は水戸出身の同級生と争つて、白鞘の匕首《あいくち》でおどかされた事があつてから、非常に水戸の人を恐れてゐるのである。

葬式が済んで、親戚の二人が何やら意気揚々として立去ると、其の後に残された重吉は唯一人、長い〳〵夢から覚めたやうな心持で、何をどうしてい丶のやら、物が手につかない。

「檀那様御飯ができましたが。」と言ふ声に、びつくりしてあたりを見廻すと、日はいつか暮れかけたと見え、座敷の中は薄暗くなつて、風が淋し気に庭の木を動してゐる。立つて電灯を点じる足元へ茶ぶ台を持ち運ぶ女の顔を見ると、それは不断《ふだん》使つてゐた小女《こおんな》ではなくて、通夜《つや》の前日手不足のため臨時に雇入れた派出婦であるのに気がついた。

年は鳥渡《ちよつと》見たところ二十五六かとも思はれる。別にい丶女ではないが、円顔の非常に色の白いこと丶、眼のぱつちりして、目に立つほど睫毛《まつげ》の濃く長いことが、全体の顔立を生々《いきいき》と引立たせてゐる。声柄《こえがら》も十六七の娘のやうな、何処となくあど気ない事をも、重吉はこの時始めて心づいた。

「御給仕をして貰はうかね。」と言つて茶碗を出すと、派出婦は別に気まりのわるい様子もせず、「お盆を忘れましたから御免下さい。」と飯をよそひながら、「召上れないかも知れません。何をこしらへてい〻か分りませんでしたから。」

障子の外では小女《こおんな》が縁側の雨戸を繰りはじめた。

「いや結構だ。うまいよ。」と重吉は落し玉子の吸物を一息に半分ほど飲み干した。葬式の前後三四日の間ゆつくり飯を食ふ暇もなかつたので、今になつてから一時に空腹を覚え始めて、実は物の味もよくは分らないのであつた。派出婦は褒められていよ〳〵嬉しさうに、

「沢山召上つて置かないといけません。後で一度にお疲労《つかれ》が出ますから。」

「お千代さんだツけね、名前は。お千代さんも御弔《おともら》ひをした経験があるらしいね。」

「い〻え。自分の家では御在ませんけれど、方々へ出張いたしますから。」

「長くやつて居るのかね。」

「まだいくらにもなりません。地震前は前からなんで御在ますけれど、姑《しばら》く休んで、先月からまた出始めましたんです。」

「震災には無事だつたのかね。父さんやお母さんは……。」

「えゝ。家は市外の……田舎ですから。」

「まだ結婚したことはないのか。どうも有りさうに見えるよ。」

「さう見えますか。ほゝゝゝほ。」

「結婚してもうまく行かなかつたのかね。」

「えゝ。もう懲《こ》りくしましたわ。それよりか人様のお内に働いてゐる方が気楽で能《よ》う御在ます。」

「然しさういつまで人の家に働いてゐたつて仕様がないぢやないか。まださう悲観する年でもないし、捜せばいくらでも有るものだよ。」

「さう仰有《おつしや》いますけれど、縁といふものは有るやうで無いもんですわ。」

「無いやうで有るものさ。考へやう一ツだよ。」

「では、いゝとこが御在ましたら、御世話を願ひます。」

「お千代さん、あなた、いくつです。二十五か六くらゐかね。」

「さう見て下されば結構です。実はもう八なんで御在ます。」

愛嬌好く笑ひながら派出婦は膳を引いた後、すぐ飯櫃《おはち》を取りに来てまた姑《しばら》く話をして勝手へと立去つた。

重吉は寐るより外に何もする事がない。心の中では、死んだ種子の衣類や貴金属品の仕末をつけると共に、此家も早く畳んで、これから先は自分の給料だけで暮らせるやうな処置を取らなければならないと、考へながら、何一ツ手をつける気が出ない。火鉢の火の灰になつたのも其儘に重吉は懐手《ふところで》してぼんやり壁の上の影法師を眺めてゐる。やがて小女が番茶を入れて持つて来た。

「お千代さんはどうした。もう寐てもいゝと言つておくれ。」

「はい。」と小女が立つて行くと間もなく派出婦のお千代が湯婆子《ゆたんぽ》を持つて襖を明け、

「あら、お蒲団が引いてあると思つたら。どうも済みません。」

「旦那様が何とも仰有らないんだもの。」と小女は始めて気がつくと共に顔をふくらして行つてしまつた。お千代は押入から夜具を取り下し、シーツを敷き延べてから、枕を取出さうとして、二ツとも同じやうな坊主枕の、いづれが男のものだか分らぬところから、

「旦那様、これはどちらが……。」と言ひかけ、重吉が黙つてゐるのを見て、急に気がつき、わるい事を言つたやうな気の毒な心持になつて、すこし顔さへ赤くしながら、お千代は男のだか女のだか判明しない枕を取つてシーツの上に置かうと、両膝を畳の上につく。重吉はそれを待つてゐたやうに突然背後《うしろ》から抱きついた。

「いけません、あなた。」と案外低い声で言ひながらお千代は重吉の手を振りほどかうと身をもがき、「およし遊ばせ。女中さんが来ます……。」

重吉は小女のことを言はれて始めて気がついたらしく抱きすくめた手を緩めてお千代

の顔を見た。お千代は怒つて何か言ふか或は畳を蹴つて逃げ去るかと思ひの外、「いけませんよ。おからかひ遊ばしちやア。こんどなさると大きな声を立てますから。」と言ひながら重吉の寝衣らしいものを押入から取出して枕元に置き、夜具の裾へ廻つて湯婆子を入れる。この様子をぢつと見て、重吉はお千代が派出婦にしてはすこし容貌が好すぎるので、度々こんな事には遇ひつけてゐるのだらう。それで案外落ちついてゐるのだらう。ひよつとすると、後で面倒な事を言出さないとも限らぬが、さうなればその時にはその時の為やうがあるとます〳〵心が乱れて来る。

「お休み遊ばせ。」畳に手をついて立ちかけるのを、重吉はあわてゝ呼止めた。

「もう何にもしない。もうすこし其処に居てくれよ。何だか寂しくつてしやうがないんだ。」

五

お千代が語る身の上ばなしをきくと、此女は中川の堤に沿うた西船堀在の船宿の娘であつた。都会にあこがれて、両親の言ふことをきかず、東京市内の知人《しりびと》をたよつて家を飛出し、高輪の或屋敷へ女中奉公に住込んだ。それは年号の変る年の春頃であつた。其年夏のさかりに毎夜丸の内の芝原へいろ〳〵異様な風をした人が集つてきて、加持祈禱をするのを、市中の者がぞろ〳〵見物に出かけた。お千代も度々主家の書生や車夫などと夜がふけてからそつと屋敷を抜出して真暗な丸の内へ出掛けたが、或夜巡査に咎められ、屋敷から親元へ送り返された。其時お千代は既に妊娠してゐた。生れたのは女の子で、お千代の老母が養育するといふ事になつたので、せめて其費用なりとも稼ぎたいと、お千代は再び東京へ女中奉公に出た。三四年の後相応の人が媒介をしてくれるがまゝ或雑貨商の家へ嫁に行くと、程なく田舎の母親が病死したので、良人《おつと》に事情を打明けて子供を引取つた。然し無事に暮したのはわづか一年ばかりで、良人の両親や兄弟までが地方から出て来て同居するやうになつてから、家内には紛々《ごたごた》が絶えず、暮し向も店を仕舞はなければならぬまでに窮迫して来た。お千代は親の家にゐた時から手の汚れるやうな荒い仕事が嫌ひであつたのと、又最初からあまり気の進まなかつた縁だつたので、話合ひで夫婦別れをして、子供は幸《さいわ》ひと近処の人に懇望せられるまま養女にやり、身一ツになつた気まぐれに、また〳〵屋敷奉公に出歩いた後、派出婦になつて見たのだといふ事であつた。

　次の日の朝、重吉は小女を使に出した後、死んだ種子の衣類を入れた箪笥の扉や抽斗《ひきだし》をお千代にあけさせた。お千代は樟脳《しようのう》の匂を心持よさゝうに吸込みながら、抽斗を引きあける度に、まア〳〵と驚嘆の声を発し、

「あなた。こんな立派なお召物、みんなわたくしのものにしてもいゝと仰有るの。エ、あなた。うそでせう。」

「うそなものか。お前がいらないと言へば、もと〳〵売らうと思つてゐたんだから、処分してしまふよ。用箪笥の中に指環や何かゞあるんだがね。それは親類のものに頒《わ》けてやる事になつてゐるんだ。見るだけなら見てもかまはない。」

「えゝ。どうか、拝見さして下さい。ほんとにお召物だけでもゆつくり拝見してゐたら一日かゝりますわねヱ。」

お千代はもう逆上《のぼ》せたやうに顔ばかりか眼の中までを赤くさせ、函《はこ》の中から取出す指環や腕時計を、はめて見たり、抜いて見たりして、其たび〳〵に深い吐息《といき》をついてゐる。

「形見分けをするのは急がないでもいゝんだからね。まだ二三日、なくしさへしなければ嵌《は》めてゐてもかまはない。」

「ねえ。あなた。震災前だつたら此の指環をはめて、三越の中でも歩いて見たいんだけれど、今はどこも行く処がありません。」

「はゝゝゝは。」と重吉は思はず笑つたが、然しお千代があまりにも嬉しがる様子に、女といふものはこんなものか知らと、物哀れなやうな気の毒なやうな変な心持がした。

昼飯をすますと直様《すぐさま》お千代は派出婦会との契約を断るために出て行く。重吉は種子が生きてゐる時分に雇入れた小女に暇をやる。そして灯《あかり》のつく頃帰つて来たお千代と一緒に、手を引き合はぬばかりにして近処の銭湯に行つた。

震災後土地家屋の周旋《しゆうせん》業は一時非常に成績が好かつたので、土地会社へ勤めてゐた重吉もこれまでにない賞与金を貰つたくらゐで、丁度歌舞伎座が新に建直された時、重吉は種子の衣類に身を飾つたお千代を連れて見物に行く。暑中休暇には二人連れで三日ばかり箱根へ出掛ける。郊外の家は其前に畳んで牛込矢来町に移つてゐたので、毎晩手をひきつれて神楽阪の夜店を見歩く。二人の新婚生活は幸福であつた。

然しこの幸福は世間一般が不景気になるに従つて追々に破壊せられるやうになつた。再び年号が改つたその翌年の春、市中の銀行が殆《ほとん》ど一軒残らず戸を閉めたことがあつた。重吉が種子の遺産として譲受けた五千円の貯金は其時なくなつてしまふ。つゞいて勤先の会社が突然解散せられる。種子が形見の貴金属類は内々でとうの昔売り飛された後である。

重吉は突然この窮境に陥り、内心途法に暮れながらも、お千代に対しては以前の会社が程なく財産整理をして再興する筈だから暫くの間辛抱してくれるやうにと言拵《いいこしら》へて空しく日を送つてゐた。毎月晦日《みそか》ぢかくなると、お千代は一時自分のものにして喜んでゐた種子の衣類を一襲《ひとかさね》々々質屋に持つて行かなくてはならぬやうになつた。

「あなた。どこか間借りをしたらどうでせう。家を持つてゐるよりか余程経済だと思ひます。」と或日お千代の方から相談をしかけた。重吉は内心それを待つてゐたのであるが、「うむ。さうか。」とは言はずに、「会社の方もその中にはどうかなるだらう。実は昨日も重役の家へ呼ばれて行つたのだが………。」といつものやうに落ちついた風を見せてゐた。

「元のやうになつたら、其時また家を借りればいゝぢやありませんか、別に見得を張らないでもいゝんですから。それに、あなた。着物ももう時節のものばかりで、外には何にもありませむ。」

「さうか。それは気がつかなかつた。実にすまない事をした。」と重吉は始めて知つたやうな顔をして「これからは己《おれ》のものを持つて行かう。お前の物はよしたがいゝ。」

「でも、男は世間の体裁がありますから。斯うなればわたしは何を着てゐたつて構ひません。」とお千代は涙声になる。

「実にすまない。」と重吉も眼をぱち〱させながらそれとなく女の様子を窺つた。重吉は始めから質草の乏しくなつた時、お千代が何を言出すか、それによつて最後の決心をしなければならないと思つてゐたのである。最後の決心といふのは、お千代が生活の為に店員にならうとも、或は女給にならうとも、或は再び派出婦にならうとも、夫婦関係を絶たずにつきまとつて居なければならないと云ふ事である。

まだ学生であつた頃――今日のやうにカフヱーやダンス場などの盛にならなかつた頃から、重吉は女の歓心を得るためにはどんな屈辱をも忍び得られる男であることを自覚してゐた。贅沢な玉突場の女主人に取入つて、七八年の間淫蕩な生活をつゞけてゐる中、重吉は女から受ける屈辱に対して反動的な快楽をも感じるやうになつた。そして女といふものは、横暴残忍な行動を其の欲するがまゝにさせて置く男を一番よく愛する。女は男を軽じて尻に敷くか、さうでなければ反対に男から撲られなければ満足しない。極端にこのいづれかを望んで止まないものだといふ事をも、重吉は其の経験から之を確めてゐた。

お千代はどうするだろう。お千代は四年あまり自分と同棲して年はもう三十を越してゐる。四年の間女の望むもので何一ツ与へられないものはなかつた。其の恩義もあれば、又未練もある筈だ。年も三十を越してゐるから、今更自分を振り捨てゝ行く気遣はまづ無い。それは衣類を質入しながら半年あまり離れずにゐるのを見ても確である。重吉の胸の中には早くから或計画がなされてゐた。

重吉は三四年この方カフヱーの女給が尠《すくな》からぬ収益を得てゐる事を知つて、お千代を女給にしたいと思つてゐた。然し自分の口から先にその事を言出すのは、女から薄情だと思はれる虞《おそ》れがある。女の口から言はせるやうに為向《しむ》けて、そして自分が止めるのをも聴かず、女が敢てするやうになることを望んでゐた。

重吉はお千代が家をたゝんで間借りをしやうと言出したので、計画の半は既に成就したやうな気がした。飯田町辺の素人屋《しもたや》の二階へ引移つた後、重吉は家にばかり一緒に居ては、女に思案の余暇を与へる時がない。女がどうかいふ場合、男にも優つた決心と其の実行とを敢てすることがあるのは、思慮分別の結果ではなくして、大抵は一時の発作による。この発作は無聊《ぶりよう》と寂寞《せきばく》とに苦しむ結果による事が多いと考へたので、時を定めず外へ出るやうにした。勿論、これは去年破産した土地会社で知合になつた人達をたづね歩いて、就職口をたのむためでもあつた。

其後保険会社の勧誘員になつてゐる五十年輩の男を訪問した時、其男は雑談の末にこんな事を言つた。

「君は僕なんぞとちがつて、まだい丶さ。君の細君は若いし美人だからな。まさかの時にはどうかしてくれらアね。」

「斯う落ちぶれたら、見得も糸瓜《へちま》もかまつちやア居られないからね。実は女給か何かにしたいと思つてゐるんだがね、僕から言出しちやチトまづいからな。」と重吉は答へた。

「何がまづいものか。世間はいろ〳〵だよ。極端な例を云ふと、女房に檀那取りをさせてゐる男さへあるからな。土地会社の時分外交員に野島といふ丈《せい》の高い出歯の男がゐたらう。あの男の細君は或株屋の店の事務員になつてゐたんだが、その店の主人と関係をつけたんだ。それを野島は見て見ない振りをしてゐたおかげで、とう〳〵人形町にカフエーを出さして貰つた。」

「さうか。ちつとも知らなかつた。よくある話だが、一体さういふ事はどうして起るものだらう。最初男が暗に教唆するのか、それとも女が勝手にやり出してから、男の方がそれを黙許するんだらうか。」

「外の事とちがふからな。教《おそわ》つたり勧められたりしたんぢや、巧《うま》く行かねえだらう。女給でも藝者でも人に勧められてなつたものは適材適処とは云へないからな。親兄弟の反対するのも聴かずになつたやうな奴でなくつちや腕は上るまいて。」

重吉は他の日にまた別の人を訪問すると、其人は重吉に向つて、「中島君、安い月給取りの口は別として、金持の未亡人でも捜したら、どうだ。君は女に好かれる性質《たち》だから、きつと成功するぜ。」と言つた。

六

角の八百屋で野菜を買つて帰らうとした時、お千代は其名を呼ばれても誰であつたか思ひ出せなかつたくらゐ、久しく見かけない人に出逢つた。震災前派出婦として働きに行つた先の主人である事だけは忘れなかつたが其名前は思ひ出せない。

「あなた。よくわたしの名を覚えてお居ででしたね。」

男はあたりの人通りに気をつけながら、「また姑く来て貰ひたいんですがね。電話は何番です。」

「只今派出婦会の方は休んで居ります。親類に病人があるので、手つだひに来て居ります。」とお千代は言ひまぎらした。以前此の男の家へ派出婦会から出張した時お千代は無理やりに口説《くど》き落されて、一個月ばかり居た事がある。そして規定の日当の外に二三拾円貰つた。

「家は以前の所です。小日向水道町……覚えてゐるでせう。一日でも二日でも能御《よご》ざんす。暇を見て鳥渡《ちよつと》来て下さい。失礼だが、これは其時の車代に。」と言つて、男は無理やりに五拾銭銀貨二三枚をお千代に握らせ、振返りながら向側の横町へ曲つた。

お千代は此間から、質に入つてゐる衣類の中で、どうしても流してしまひたくないと思ふものがあるので、せめて利子の幾分でも入れて置きたいと思案に暮れてゐた。その矢先、偶然思掛ない人に呼留められて、車賃まで渡されて見ると、訪ねて行きさへすれば少し位の都合はして貰へない筈はないといふ事を考へない訳には行かなかつた。丁度其日重吉は新聞に出てゐた外交員募集の広告を見て外出したまゝ夕飯時を過ぎても帰つて来なかつたので、お千代は膳拵《ぜんごしら》へだけをして階下《した》の人に伝言を頼み、ふら〳〵と小日向水道町へ出かけた。帰つて来たのは夜も十時過ぎであつたが、重吉の帰りはそれより猶《なお》半時間も遅かつたので、此晩のことはそれなり秘密に葬られてしまつた。

或日お千代は重吉の出て行つた後、二階の窓へ寝衣《ねまき》や何かを干してゐると、往来から女の声で、「奥さん。中島さんの奥さん。」と呼ぶものがある。此の貸間に引移つてから、間もなく銭湯の中で向から話をしかけるまゝ心安くなつた五十前後の未亡人らしい女である。湯の帰り、道づれになると、「お茶でも一つ上がつていらツしやい。」と言ふ。

「何か急場の事で御金の御入用《おいりよう》がありましたら、証文も何もなしで、御用立てをしますから。」と言つたこともある。お千代は良人にも話をした上金を借りたいとは思ひながら言出しかねて其儘にしてゐたのである。此方から出掛けた事もなければ、向から尋ねて来たこともない。

この老婆は以前は大塚の坂下町辺、その前は根岸、または高輪あたりで、度々私娼媒介の廉《かど》で検挙せられた此の仲間の古狸である。お千代が現在《いま》の二階へ越して来た時分、この老婆も亦此のあたりへ引越して来たのである。多年の経験で、この老婆は女を一目見れば、誘惑することが出来るか否かをすぐに判断する眼力を持つてゐる。殊に女湯の中で、着物を脱いだり着たりする様子を一見すれば、其女の過去現在の境遇は勿論のこと、男の気に入る性《たち》の女かどうかをも誤なく判断する事ができる。お千代はこの老婆の目にとまつた。其の年恰好《としかつこう》から見ても、遊びあきて悪者食《あくものぐい》のすきになつたお客には持つて来いと云ふ玉だと睨《にら》んだのである。

初めて言葉を交してからもうかれこれ三月ぢかくになるが、今だに着通しに着てゐるお千代の着物を見ると、品物は金紗の上等物でありながら、袖口や裾まはりの散々にいたんだのを、湯屋へ来る時などは素肌にきて、腰巻などは似もつかぬ粗末なものを取返へもせずに締めてゐる。この様子だけでも、老婆はもうそろ〳〵話をし出してもいゝ時分だと考へて、洗湯への行きがけ、内の様子を見がてら、それとはなく尋ねて来たのである。障子も破れ、畳も汚れた貸二階に据ゑてある箪笥火鉢から、机座布団に至るまで、家具一切は曾て資産のある種子の家に在つたものばかりなので、お千代の人品に比較して品物が好過るところから、老婆は最初の想像とは案に相違して、お千代夫婦の境遇を不審に思つたが、然し兎に角こゝまで零落してゐれば、以前豊に暮してゐただけ、却て話は早いかも知れないとも考へた。「檀那様は毎日お出かけですか。」こんな事から話をはじめた。

「いゝえ。きまつて居りません。唯今遊んでゐるもんですから。」

「お一人で、お留守番ばかりしていらしツちやおさむしいでせう。わたくしなんぞも、女中は居ませんし、さう一日針ばかりも持つてゐられませんから、時々人様のところへお邪魔に出掛ると、つい長尻をしてしまひます。」

「男とちがつて女は一人でぶら〳〵散歩もしてゐられませんし……。」

「奥さん。どこかお遊び半分お勤めにお出なさればいゝのに。気がまぎれてきつと能御《ようご》在《ざい》ますよ。」

「それには女学校くらゐ出てゐなければ駄目ですわ。わたしなんぞ、もう年もとつてゐますし、それに今まで大勢の人中で働いた事がありませんからね。新聞の広告なんぞ時々見ますけれど、カフヱーの女給さんにもなれまいと思ひます。」

「奥さんがほんとに其の気におなりなら、どこへ行つたつて二ツ返事でせう。然し……これは此処だけのお話ですけれど、たとへ奥さんがその心持におなりだつて、檀那さまが御承知になれアしません。」

「どうにか斯うにかやつて行ける中は、さうかも知れませんけれど……二ツちもさツちも行かなくなつたら外聞なんぞ構つちや居られなくなりますよ。こんな話は、おばさんだから打明けて言ひますけれど、早く内の人が……何しろ今年の夏から遊んでゐるんですからね。有るものだつてだん〳〵無くなるばつかりですわ。」

「ほんとにねえ。何事によらず、その中に〳〵と思つて、待つてゐる心持といふものは気がくよくよしていやなもんですよ。一人で御留守番でもして居らつしやる時は、わたくしの処へでもおいでになつて呑気に馬鹿ばなしでもして、気をお晴らしなさる方がよう御ざんすよ。いつかも鳥渡《ちよつと》お話しゝたやうに、少し位の事ならいつでも構ひませんから、ほんとに御遠慮なく仰有つて下さい。女は女同士と云ふこともありますから。」

「えゝ、有りがたう御在ます。然し何ぼ何でもまだついこの頃のお交際《つきあひ》なのに、そんな御迷惑をかけちや済みません。」

「ですから、大した事はお互に後が困りますから。何処のお宅でも一寸檀那さまにも言へないやうな事があるもんですよ。さういふ時、少し位の御融通なら、どうにでもと言ふんですよ。随分いいとこの奥さんで、内々困つておいでの方がありますよ。」

「さうでせうね。然し融通のつく中なら、えばつて借りられもしますけれど、お返しする当《あて》がつかないやうな時には、どうにもなりやアしませむ。」

婆さんは最後の問題を提出する時が来たと考へた。「奥さん。妙な事をお話するやうですけれど……何も彼も明けッ放しにお話しをしませう。」と相手の顔色とあたりの様子とを窺ひながら、「これはほんとに内所のお話ですよ。いつそ女給さんになつたやうな心持で……お客様とどこへか遊びに行つたやうな心持におなんなすつたら。ねえ、奥さん。身を捨てゝこそ浮瀬《うかぶせ》ですからね。檀那さまのゐらツしやらない時、内所でお知らせしますから、家へゐらつしやいまし……。」

お千代は婆さんの顔を見詰めながら次第に顔を赤くしたが何も言はずに俯向いた。お千代は昨夜も良人《おっと》の留守を窺つて、またしても小日向水道町の家へ出掛けたので、婆さんが勧誘する事の意味に心付くと共に、昨夜のことまで見透されてゐるやうな心持がして、それが為め我知らず顔を赤くしたのである。

婆さんはお千代が怒りもせず泣きもせず、すこし身を斜にして顔さへ赤くした様子に、此方の言つた事は十分通じたものと思つた。顔を赤くしたのは「はい」といふ承諾の言葉よりも却て意味の深いものと思つた。

「では、奥さん。お邪魔いたしました。」と婆さんは静に席を立つた。

七

「お千代、今日からおれは内職を始めるよ。毎日歩き廻つても、靴の踵がへるばつかりで、どうにもならないから、諦めてこれから内職だ。」と洋服の上着だけ抜いで、重吉は机へ背をよせ、頭を後手《うしろで》に抱へて両足を投出した。

「内職ならわたしも一緒に手伝ひます。」といひながらお千代は茶を入れかけた。

「手伝へるなら手伝つて貰ふよ。謄写版で本を写すんだ。」

「字をかくんですか。それぢや駄目ですわ。むづかしい本でせう。」

「イヤむづかしくは無い。小説見たやうなもんだから、後でゆつくり見せてやるよ。」

と言つて重吉は突然大きな声で笑出した。

「あら、何かわたしの顔についてるの。」とお千代は何がをかしいのか分らないので掌で頬を撫でてゐる。

重吉は新聞の職業案内をたよりに諸処方々歩き廻つた末、日当壱円五拾銭の筆耕で我慢することにしたのである。雇主のはなしによると、謄写した書物は限定せられた会員だけに配布するので検挙の虞れはない。万一の場合には会の名義人が責任を負ふから筆耕や其他のものに迷惑のかゝる気遣はないといふのである。

一トしきり重吉の膝にもたれて笑つてゐたお千代は坐り直つて、「それさへ大丈夫なら安心だわ。楽しみ半分にいゝぢやありませんか。」

「おれもさう思つて引受けて来たんだ。然し日当一円五十銭とは情ないよ。」

「ほんとにねえ。一円五拾銭ぢや、まるで派出婦のやうね。」

「さうだつたなア。むかしお前の取つた給料と同じだぜ。然し女の方がまだいゝ。たまには特別の収入があるからな。」

「あら、ひどいわ。何ぼわたしだつて、さう誰にもツて言ふわけぢやなかつたのよ。あの時はあなたが悪いのよ。今になつてそんな事を言ふのはあんまりだわ。」

「お千代、おれが若し病気にでもなつたら………お前、おれのためにに稼いでくれるか。女給にでもなつて………。」

重吉はしなだれ掛るお千代の肩を抱くやうにして上から其顔を差覗《さしのぞ》いた。実はその後お千代の方から何か話をしだすだらうと、重吉は心待ちに待つてゐたのであるが、さつぱりその様子も見えないので、今夜の機会を逃さず正面から切出して女の心持をきかうと思定めたのである。

「えゝ、なつてもいゝわ。」

「お前、ほんとうか。」

「えゝ、あなたがなれと云へばなつて見ます。」

重吉はお千代の返事が少したよりのない程明快過るので念を押して見ないわけには行かなかつた。然しお千代の方では初めから重吉の命ずる事なら何でもして見やうと気軽く考へてゐる。別に重吉のために其身を犠牲にすることを厭はないと云ふやうな堅い決心からではない。何事に限らず其時々の場合に従つて何の思慮もなく盲動するのがつまりこの女の性情である。派出婦をしてゐた頃男に押へつけられゝば拠処《よんどころ》なくその意に従つた。真面目な人から説き勧められゝば嫁にも行つた。然し此女の辛抱しきれない事は周囲から何の彼のとむづかしいことを言はれたり、規則づくめに規律正しく取り扱はれたりすることである。姑や小姑の多勢ゐた家の妻になりきれなかつたのは此の故《せい》である。屈辱とも不義とも思はず小日向水道町の男の家へ誘はれるがまゝに二度まで出掛て行つたのも亦この性情によるのである。女給になる事を二返事《ふたつ》で承諾したのも矢張りその通りで、別に反対する理由も知らぬがまゝ承諾したのに過ぎない。それ故女給といふ職業が自分に適してゐるか否かは少しも考へてゐなかつた。予《あらかじ》め考へてから事に従ふのはこの女には出来ない業《わざ》なのである。

あくる日お千代は重吉に新聞の広告を見てもらつて、銀座通の或カッフェーに行つて見たが、最初の店では年が少し取り過ぎてゐるからと云つて断られた。次の店へ行つて見ると、志願者が三四十人も詰めかけてゐるのに気おくれがしたのみならず、待つてゐる間に大勢の女がいそがしさうに往つたり来たりしてゐる店の様子を窺つて、始めてカッフェーのどう云ふものかを知り、とても自分にはやれさうもないと思ひはじめた。その中にやつと順番が来て事務所へ呼ばれて行くと、頭髪《あたま》をてか〳〵にひからせた二十四五の男が仔細らしく住処、姓名、年齢、経歴、それから此れまでの職業などを質問した後、採否は追つて通知すると言はれて、ほつとして外へ出た。

三四日待つて居たが通知は来ない。重吉は店口に募集の貼紙が出してある処を見付け遠慮なく聞いて見るがいゝと云ふので、お千代は再び銀座へ出掛けたが表通にはさういふ貼紙のしてある店が見当らない。足の向き次第あちらこちらと歩き廻つて、大分つかれた時分、京橋の河岸通が向うの方に見渡される裏通り。両側ともカツフヱーばかり並んでゐる中に、やつと募集の貼出しを見つけた。

狭い店口へ南京玉を繋いだ簾《すだれ》見たやうなものがさげてある下から、踵の高い靴をはいた女の足が四本ばかり見えたので、お千代は洋装でなければいけない店だと思つて、躊躇してゐると日本服をきた女が物を頬張りながら、褐色《かばいろ》の白粉をつけた大きな顔をぬつと出して、手にしたバナヽの皮をお千代の足元へ投げつけた。顔を見合せたのを機会に、お千代は腰をかゞめて、

「女給さんを募集しておゐでゝすか。」

「えゝ。お這入《はい》んなさい。丁度マスターがゐますよ。」と女給は頬張つたバナヽが物を言ふと口からはみ出しさうにするのを指先で中の方へ突込んでゐる。

お千代は南京玉の簾を掻分けて這入ると、内は人の顔も見分けられないほど薄暗い土間のまゝの一室で、植木や卓子《テーブル》のごた〳〵置いてある向うの片隅に、酒場の電灯が棚の上に並べた洋酒の壜と、白い着物を来た男と、黒い背広を着た男二人の顔を照してゐるのが見えた。躓《つまず》きながら歩み寄つて、「表に書いてありましたから……。」と腰をかゞ

めると、背広の男が話をやめて早速住所姓名をきゝはじめた。お千代は此処でもまた追て通知をすると云ふのだらうと思つて、

「それでは何分よろしく。」と云つて手にした肩掛を持ち直すと、背広の男は造作もなく、

「今からでもいゝですよ。見習して行きなさい。」

「それでは、さう致しませう。」

背広の男は組頭とも見える女給を呼んでお千代を引合せると、其女給はまづ酒場の後の三畳ばかりの室にお千代を案内して羽織や肩掛をぬがせ、「わたし達の組は赤なのよ。今日は二階が赤なんだから、二階へ行きませう。」

程なく日が暮れると、二階中には電灯がつきながら、その薄暗さは階下《した》よりもまた一層甚しいやうに思はれた。蓄音機が絶え間なく鳴響いてゐる中から、やがて「お客様ア」と呼ぶ声につれて、二人連の客が三四人の女給に取巻かれ、引摺り上げられるやうに階段を上つて来た。酔つては居ないが、客も女給も諸共に酔倒れるやうに片隅のボツクスに腰を落すと、二階にゐる六七人の女が一度に立つて其のまはりを取巻く中に、一人の女が麦酒二三本を持ち運びながら、「いゝのよ。口あけぢやないか。」とお客を叱りつけた。

「飲むよりか早く藝当をしろ。」と客が怒鳴ると、「飲まなくつちや気分が出ないんだ

よ。」と又叱りつけた。

　暫くする中ボックスにはお千代を入れて三人の女給が居残つた。一人の客は洋装した一人の女給を膝の上に抱きあげ、和装した他の女給の袖口へ手を入れる。それを見て、連の一人がぐつとお千代を引寄せて同じやうに手を入れかけたが、「何だ、こいつは。いやに用心してゐやがる。」と言つて傍《わき》の方へ突き退けた。

お千代はこの店の女がいづれも着物を素肌に着てゐる事を知らなかつたので、何の事だかわけが分らない。すると洋装の女が、此方《こつち》の客の方へ廻つて来て、

「この人は今日来たばつかりなのよ。あんまりいぢめないでよ。」と云ひながら、短いスカートをたくし上げて、其の男の膝の上に跨つた。いつの間にか麦酒が又二三本テーブルの上に並べられてゐる。

　お千代は十二時になつたのを知つて、店の内はまだ仕舞はずにゐたが電車のなくなるのを虞れて一人先へ外へ出た。家へ帰ると、重吉はまだ寐ずに、机に向つて謄写版の写本をつくつてゐたので、すぐに今日のはなしが始まる。

「さうか。大変な家へ飛込んだものだな。然しそんな家は幾軒もありやアしまい。気長に別の家をさがすんだな。」

「えゝ。さうするより仕様がありませんねえ。表通りのいゝ家はなか〳〵入れてくれないし、それに、どの道カツフエー向きの着物が入用ですからね。差当りそれが一番困り

ます。質から出したところで、あれは種子さんの物でせう。だから、いくらはでだと云つても役に立ちません。」

「うむ。銀座は何かゞはでだからな。それぢや、初め暫くの中、外《ほか》の町のカッフェーをさがして、それから銀座へ出るやうにしたらどうだ。」

「まア、さうでもするより仕様がありません。今更派出婦になるのも、もう怠け癖がついてますから。通勤してお金が取れるのは矢張カッフェーでせうかねえ。」

お千代は其翌日昨日のやうにまた女給の口をさがしに家を出た。然し今日は場所が限られてゐないので、どの方面へ行つたものか却て当がつかない。それのみならず、銀座通の裏表を歩いて、ほんの一寸ではあるがカッフェーの内を窺つてから、お千代はもう女給になるのがいやになつてゐる。さうかと言つて差当り他に捜すべき職業はなく、また身の振方を相談する人もない。歩きながら、洗湯で心安くなつた彼の婆さんの事を思ひついて、お千代は電車の停留場まで行き着きながら俄にもとの道へ後戻りをした。

婆さんは事情をきいて、「それでは奥さん、かうなさいよ。」と言つた。それは重吉の前だけ、あちこちのカッフェーへ三四日づゝ見習に行くやうな振りをして、婆さんの家で時間をつぶすがよいといふ事である。

婆さんの家には電話が引いてあるが秘密の漏れることを恐れて女中は置いて居ない。食物は時折電話でてんや物を取寄せ、掃除は月に一二度派出婦を呼んでさせるので、台処の流しや戸棚の中は家族の多い貧乏世帯よりは却て奇麗になつてゐる。大概毎日、午後から夜にかけて男の客が来ると、婆さんは電話で女を呼び寄せ二階へ上げるが、二三人連の客だと、電話で予め女の方へ交渉して、客の方は聯絡のついてゐる待合か旅館かへ行つて貰つて家へは上げないやうにしてゐる。馴染の客は用心深い家《うち》の様子を知つて、電話だけで女の周旋を頼み、随意の処へ出掛けて貰ふやうにしてゐるものもある。それ故人の出入も左程には目立たない。

お千代はその日午後に立寄つて日の暮まで居る間に、婆さんのしてゐる事をすつかり見抜いてしまつた。婆さんの方ではわざとお千代に家の様子を見せて、無言の中に悟らせるつもりであつた。お千代はこんな家へはあまり立寄らない方がいゝと帰道《かえりみち》には思返しながら、翌《あく》る日になると女給の口を捜し歩くのがいやなのと行きどころがないのとでまた立寄つて時間をつぶす。一日休んではまた二三日つゞけて来るといふ具合で、お千代はどうしても婆さんの家へ寄らないわけには行かなくなる。お客が一度に二人かち合ふやうな時には、婆さんの手伝をして電話をかける事もあれば、留守番をたのまれることもあるやうになつた。重吉に対してもお千代はさう毎日々々女給の見習ばかりして歩いてゐるとも言へないので、婆さんの知つてゐるバーへ電話をかけて貰つて、其処で働いてゐるやうに体裁をつくると、いよ〳〵夕方から夜の十二時までは婆さんの家に居なければならないやうになる。其日々々のチップも重吉に見せなければならない。或夜婆さんの家で、お客が一人二階に待つてゐるにも係らず、来べき筈の女がどういふ都合だか、来ずじまひになつた時があつた。時計を見るともう十一時近くで、今から急に代りの女を呼ぶわけにも行かぬところから、お千代は婆さんの当惑するさまを見兼ねて、拝むやうにして頼まれるがまゝ二階へ上つて行つた。一度承知すれば後になつていやだとは言切れなくなる。其晩のお客が二三日たつて復《また》遊びに来る。そして是非この前の女をたのむといふ事になれば猶更断りにくい。お千代は夜毎に深みへと堕ちて行つた。その代り質屋の利息のみならず滞つた間代も其月の分だけは奇麗に払へるやうになつた。

八

お千代は身の秘密が重吉に知られた時にはどういふ事件が起るかといふことをはつきり考へては居ない。この儘いつまでも、秘密が保たれるものか否かをも亦よく考へては居ないのである。唯知れずにゐてくれるやうにと冀《ねが》ふばかりである。秘密を保つ方法と、また秘密が訐《あば》かれた場合の事とは予め考へる暇がない。それよりは寧《むし》ろ考へる能力がないのである。知れた暁には撲られた揚句、別ればなしになるかも知れない。然しさうなつた所で、お千代の身にはさして利害はない。重吉と別れたからと云つて、他に生活する道のつくわけでもなければ、また一緒になつてゐたからとて、重吉が失職したきりでは、やはり同じことである。重吉が定業にありつく時まで、どうか知れずにゐてくれるやうに………。これが漠然とお千代の冀ふところであつた。

その年の暮はさほど寒さも烈しくはなく、もう二三日で大晦日が来やうといふ比《ころ》になつた。十二時打つてから半時間ばかり、いつもの刻限にお千代はバアから帰つた振りで、実は婆さんの家から、その夜は烏森へ廻り、そこから円タクに乗つて来た。コートの紐を解きながら二階へ上ると、重吉も今し方帰つて来たばかりと見えて、帽子と二重廻とは壁に掛けてあつたが、襟巻も取らず蹲踞《しやが》んで火鉢の消えかゝつた火を吹いてゐた。

「銀座は歩けないくらゐ人が出てゐたよ。」

「年の市でしたね。」

「銀座の方ぢや、カフヱーは二十五日から毎晩二時までやるんだとさ。神田の方よりも勉強するね。」

「やつぱりね、場所がいゝから。」とは言つたものゝ、お千代は神田辺でもカフヱーは二時までやるのかも知れないと始めて気がつき、話をそらす為めに、片寄せてあつた置炬燵を引出し火鉢の炭火を直しはじめると、重吉は懐中から蟇口を出しながら、

「お千代。今夜思切つた冒険をやつたぜ。勿論偶然なんだがね。」

お千代は心配さうに男の顔を見るばかりである。

「銀座にはステツキガールが出るといふ話だから、それらしいやつの後をつけて横町へ曲らうとしたんだ。するとマントオを着た男がもし〳〵と言つて、暗いところで絵葉書

を買つてくれと云ふのさ。実はおれも懐中《ふところ》にいゝのを持つてゐたんだ。そら、この間謄写版と一緒に持つて来たやつさ。ふいと己《おれ》もやつて見る気になつたんだよ。銀座はやつぱり銀座だな。弐円になつたぜ。」と銀貨を見せる。

お千代はびつくりするよりも、自分の秘密を思合せて、何と云つていゝのか返事が出来ない。

「毎晩同じところへ行つちや危険だ。ときたま、散歩がてらにやるくらゐなら、まア大丈夫だ。」

「でも、あぶないわよ。余ッ程気をつけないと……。」

「だから冒険さ。考へて見ると、かういふ事は道楽見たやうなもんだ。言はゞ趣味だね。掏摸《すり》だの万引なんぞも矢ッ張さうだらう。おれも――まさか掏摸や万引はしないけれど、後暗い事だの、秘密な事には趣味がある。何となく妙に面白いもんだなア。いくら困つても真面目な人間にやなれさうもない。」

お千代は既にその身の秘密を知られてゐるのではないかといふ気がして、いつそ一思ひに打明けてしまはうかとも思ひながら、さて言出すべき最初の言葉がわからないので、掛けてある土瓶を卸して起りかけた炭火をまた直し始める。

「此の金で何か食はうぢやないか。今夜はふだんと違ふからまだ起きてゐるだらう。阪まで行けばおでん屋が起きてるだらう。いやか。くたぶれたか。」

「いゝえ。」

「ぢやア行かうよ。今年はいやに暖いぢやないか。また地震かも知れないぜ。」

「昨日なんか驟雨《ゆうだち》が来たわねえ。」

お千代は重吉が何か思ふところがあつて外へ連れ出すのではないかと、こわ〴〵ながらも用心して一緒に外へ出た。

少し風が吹きはじめたが、薄い霧が下りてゐるので、見渡す夜深の街の蒼く静にかすんださまは夏の夜明けのやうで、淡《あわ》くおぼろな星の光も冬とは思はれない。起きてゐる家は一軒もないが、まだ杜絶《とだ》えない人通りは牛込見附の近くなるに従つていよ〳〵賑になる。二人の歩いて行く先に、同じやうな二人連があつて、その話声の中から早番だの晩番だのといふ言葉が漏れ聞える。重吉は思出したやうに、

「お千代。お前の店は正月はどうするんだ。元日は休みか。」

「さア、まだ聞いて見ないから。」

「三ケ日は骨休みをした方がいゝぜ。バアへ行き始めてからもう三月だ。一日も休まないからな。」

お千代はまた返事にこまつた。どうして今夜にかぎつて、重吉は返事に困るやうなことばかり言出すのだらう。知つてゐながら知らない風をして自分を困らせ、それをせめての腹いせにするのではないかといふ気もする。

「わたし、一度どうしても家へ行かなければならない事があるんです。明日にでも行かうかと思つてゐるんです。」とお千代は静に言出した。

「家ツて。船堀の家か。」

「えゝ。母《おつか》さんが死んでから一度も行きませんから。」

「お千代、お前、もう帰つて来ないつもりだらう。そんならさうとはつきり言つてくれ。」と重吉は声を高めたが、先へ行く二人連に気がついて立ち止る途端、「あら、誰か」といふ声と共に接吻するらしい音が聞えた。

「だつて、わたし……。」とお千代は足を引摺るやうに歩きながら、殆ど聞えないやうな声で、「わたし、済まないことをしちやつたから……。」

「それで、お前、別れやうといふのか。」

「だつて、あなた。堪忍しないでせう。」

「堪忍しなければ、今まで黙つてゐやしない。お千代、みんな己が……つまり己の為なんだから仕方がない。」

「……。」

「其中には何とか生活の道を立てるから。お前、己に見込まれたと思つて、もう姑くの間辛抱してくれ。なア。頼むよ。」と背後《うしろ》から手をまはして静に引寄せると、お千代はそのまゝぴつたり倚りかゝつて、

「わたし……あなたさへ堪忍してくれゝば。でも随分大胆なことをする女だと思つたでせう。だけれど……。」

「もう、いゝよ。わかつてるから。打明けてさへ呉れゝば何もわるく思やしない。」

「ほんと。」とお千代は寄りかゝつた男の肩先に頭を寄せかけ仰向くやうにして男の顔を見た。その重みに不意を打たれて重吉はよろめきさうになつた足を踏みしめると共にぐつと抱きしめ、

「心さへ変らなければわるく思やしない。己はとうから変だと思つてゐたんだよ。然し己の口からはきゝにくいし、お前も言ふまいと思つてさ。それで黙つてゐたんだ。お前、随分気をつかつたらう。」

先へ行く二人が此方《こなた》の話声に心づいたらしく鳥渡《ちよつと》離れて振返つたが、同じやうな二人連と見て安心したらしくまた寄添つて歩いて行く。お千代は其後姿を遠く霧の中に眺めながら、

「えゝ。それア心配したわ。だけれど、ねえ、あんた。どうしてわかつたの。」

「どうしてツて。それアわかるさ。お前、バアへ稼ぎに行くと云つてゐるのに、一遍も酔つて来たことがないし、着物にも酒の匂が移つてゐない。それから足袋がちつとも汚れてゐない。だからバアやカフヱーぢやないと思つたんだ。」

「全くねえ。」

「それぱかりぢやない。まだ他にわかるわけがあるんだ。」と重吉は再び女の身をぐつと引寄せながら、二三歩黙つて歩きながら、「それア鳥渡言へないよ。こんな処ぢやア……………。」

「どうして。教へてよ。」

「あんまり侮辱したやうになるから。」

「かまはないから、教へてよ。よ。よ。」とお千代はわざと調子だけ冗談らしく甘えさせながら、ぢツと眼を見張つて男の顔を見上げる。其表情が街灯の光を斜に受けていかにも艶しく又愛くるしく、重吉の眼に映じた。

重吉は歩みを止めて、お千代の仰向いて自分の顔を見詰める眼の上に接吻しやうとしたが、突然後から照しつける自動車の光に驚いて女をかばひながら片側に立寄つた。見れば先へ行く二人連も同じやうに道をよける。汽車の走過る響がして、蒼茫たる霧の中から堀向の人家の屋根についてゐる広告の電灯が樹の間から見えるやうになつた。

堀端の屋台店で二人はつひぞ飲んだことのないコップ酒を半分づゝ飲み合ひ、吹きまさる風と共に深夜の寒さの漸く烈しくなるのをも忘れて、ふら〳〵戯れながら家へ帰つて来た。其夜から二人の心と肉体とはいよ〳〵離れがたく密着するやうになつた。

重吉は曾て我儘で身の修らない年上の女と同棲した時の経験もあるので、下手《したで》に出て女をあやなすことには馴れてゐる。世間一般の男の忍び得られない事をして見るのが、今では改められない性癖のやうになつてゐる。重吉には名誉と品格ある人々の生活がわけもなく窮屈に、また何となく偽善らしく思はれるのに反して、懶惰《らんだ》卑猥《ひわい》な生活が却て修飾なき人生の幸福であるやうにも考へられてゐる。お千代と同棲してから四五年を過ぎて其生活はいつか単調に陥りかけてゐたのが、其夜から俄に異様な活気を帯びて来た。それは自分と同棲してゐる女が折々他の男にも接触するといふ事実を空想すると、重吉は其事から種々なる妄想を誘起せられ、烈しく情慾を刺戟せられるがためである。

お千代の方では公然夫の許可を得て心に疚しいところがなくなつたのみならず、夫の為めに働くのだと云ふことから羞恥の念が薄らいで、心の何処かに誇りをも感じる。それに加へて、お千代は若い時分から誰彼にかぎらず男には好かれてゐたいといふ単純な自惚《うぬぼれ》を持つてゐる。船堀の家《うち》に居た時分には近処の若いものにちやほやされた。屋敷奉公に出れば書生にからかはれ、派出婦になれば行つた先々で折々主人に挑《いど》まれた。それをお千代は侮辱だとは思はず、自分は男に好かれる何物かを持つてゐるが為めだと考へてゐた。この何物かは年と共に接触する男の数が多くなるに従つて、だん／＼はつきりと意識せられ、内心ます／＼得意を感じる。自分は重吉に愛されてゐる。そのやうに他の男からも亦愛されるに違ひないと極めて簡単に考へてゐるので来年はもう三十三といふ年齢《とし》さへも忘れたやうに、唯ふわ／＼と日を送ることが出来るのであつた。

九

重吉が麻布谷町の郵便局から貯金を引出して帰つて来た其日、お千代は稼ぎに出たまゝ夜ふけになつても帰つて来なかつた。泊ることは珍らしくないので、その夜は別に心配もせず、重吉はいつものやうに、折々独寐する晩をば却て不断の疲労を休める時として、飽くまで眠りを貪るのであつた。然し翌日、暮れ方近くなつてもお千代はまだ帰つて来ず、電話もかけて来ない。重吉は何か間違ひでもありはしないかと、少し心配をしはじめた。

昼飯の残りを蒸返し、てつか味噌と焼海苔とを菜にして、独り夕飯を食べてしまつてから、重吉は昨日の午後お千代を呼んだ芳沢旅館へ電話をかけて問ひ合はすと、其の日の夕方まで其処にゐたことは分つたが、それから後の行先がわからない。日頃贔屓《ひいき》にしてくれる待合二三軒へ問合したが矢張同じことである。重吉はいよ〳〵気になつて、日頃お千代が親しく往来《ゆきき》してゐる同業の女のもとへ問合すより道がないと思つたが、これは電話の番号がよくわからない。鏡台の引出しか何処かに何か書いたものでもないかと捜して見たが何も見当らない………。

「中島さん、どなたか見えましたよ。」と其時硝子屋のお上さんの声がしたので、重吉は梯子段を三四段降りながら下を覗くと、昨日の午後溜池の角で出逢つたかの玉子である。

「お上んなさい。」

「今出掛けてゐるんだが、鳥渡話があるから、まアお上んなさい。」

玉子は硝子屋の家族に軽く挨拶して重吉の後について二階へ上る。

「千代子さんは………。」

「昨日は失礼しましたわ。」

「あれから、家へ寄るかと思つて待つてゐたんだよ。貸間はきまつたか。」

「あの、溜池の家ねえ。実はきめたんだけれど、階下の人が新聞社へ出る人だつて云ふから止したのよ。今日も一日さがし歩いたけれど電話の使へる貸間はなか〱ないわね。」

「この近処なら、こゝの家の電話で呼出しがきくよ。己が迎ひに行つてやるから。」

「ぢや、さうしやうか知ら。わたし、もうさういふ事にきめるわ。千代子さん、まだなか〱帰りさうもないこと?」

「実は昨日の昼出たツきりなんだ。間違ひでもあつたんぢやないかと心配してゐるんだよ。電話のある処は大概きいて見たんだが、そこには居ないんだ。以前飯田町にゐた荒木の婆さんの家へも電話をかけたが、どうしても通じないんだ。今は四谷にゐるんだからね。実はこれから行つて見やうかと思つてゐたところさ。」

玉子は久しく婆さんの家へ出入りをしないから、今度また出先を周旋してもらふために、重吉と一緒に行きたいと言出した。

本村町の堀端から左へ曲つて、小さな住宅ばかり立ちつゞく薄暗い横町をあちこちと曲つて行く中、重吉も一二度来たことがあるばかりなので、其時目じるしにして置いた郵便箱を見失ふと、道をきくべき酒屋も煙草屋もないので、迷ひ迷つて遂に津ノ守阪の中途に出てしまつた。驚いてもと来た横町に戻り、薄暗い電灯をたよりに、人家の軒や潜門《くぐりもん》の表札に番地を見定めながら、やつとの事で目的の家へ行きついた。

潜門をあけると、付けてある鈴が勢好く鳴つたが、格子戸の内は真暗で、一二度呼んでも出て来るものはなく、折から電話の鈴が家の内で鳴り出したのが聞えながら、矢張人の声はしない。稍姑《ややしばら》く鳴り通しに鳴つてゐた電話の鈴がはたと止んだ時、二人は始めて奥の方から人の苦しみ唸るやうな声のするのを聞きつけて、顔を見合せた。

「おばさん、病気なのよ。誰もゐないのか知ら。」

「金持だから殺されたんぢやないか。」

「あら、いや。おどかしちやア。」と玉子は重吉に抱きついた。

「まア上つて見やう。」と言つたが、重吉も何やら気味がわるくなつて、土間に立ちすくみながら、そつと手を伸して障子を少し明けて見ると、家の内の電灯は一ツもついてゐないらしく、一際《ひときわ》はつきり聞える唸《うめ》き声は勝手に近い方から起るものらしく思はれた。

「何だか、おれ一人ぢや上れないな。玉ちやん、台処の方へ廻つて見やう。ふだん女中を置けばいゝんだのに。」

「お鄰の家へさう言つて、誰か来てもらつたら。わたしほんとにいやだわ。」と言つた時、唸声がまた一層烈しくなつたので、玉子は思はず格子戸の外へ逃げ出すと、重吉もつゞいて外へ出ながら、

「鄰り近処も、不断つき合ひをしてゐないだらうからな。まア病気だか何だか、様子を見てからにしやう。」

勝手口へ廻つて恐る〳〵硝子戸を明けると、家の内のどこかについてゐる電灯の光で、台処の板の間と茶の間らしい部屋との境に立つてゐる障子際に、白髪《しらが》を振乱して俯伏《うつぶ》しになつた老婆の姿が見えた。重吉は半身を外に、顔だけを硝子戸の内に突出して、

「おばさん、荒木さんのおばさん。病気か。」

老婆は唸るばかりで、殆ど人事不省の重態であるらしい。然しきちんと片付いてゐる台処の様子を始め、そのあたりにも血の流れてゐる様子は見えないので、重吉は稍安心して流口《ながしくち》へ進入り揚板の上に半身を伸して、再び、

「おばさん、荒木さんのおばさん。」と大声に呼びつゞけたのがやつと耳に入つたらしく、老婆は障子につかまつて身を起さうとした。其顔を見て、重吉は思はず、「あ」と叫ぶと、外に立つてゐた玉子は何やら物に躓《つまず》きながら潜門の外まで逃げ出した。老婆の

顔は平生の二倍ほどにも見えたくらゐ一面に腫れ上つて、目も鼻もなくなつたやうになり、口ばかりが片方に歪《ゆが》み寄つてゐた。この形相を障子越しに後《うしろ》から照す電灯の光にちらと見た瞬間、重吉は化物かと思つたのである。

外へ逃げ出した玉子が鄰の人をつれて来た。やがて近処の医者が呼ばれて来たが、其診察によると老婆の病は歯根骨膜炎と云つて、口腔外科の医者に手術をして貰はなければならないと云ふ事であつた。仕方がないので重吉は玉子と共に四谷の大通へ出て、やつと歯科医をさがし、再び診察をして貰ふと、今度はいよ〳〵重症といふことで、歯科医が附添つて慶應義塾の病院へ患者を送つた。

医者のはなしでは顎骨を腐蝕した病毒が脳を冒せば治療の道がないとのことである。重吉が玉子と共に病院を出たのは其夜も十時を過ぎた頃である。

「玉ちやん、今夜は実に変な晩だな。荒木の婆さんはきつと助かるまいよ。」

「さうかも知れないわね、あの様子ぢやア……。」

「内のやつもどうかしたかも知れない。」

途中で乗つた円タクを硝子屋の店先へつけさせ、裏口から二階へ駈上つて、貸間の襖を明けかけると、中にはいつの間にか夜具が敷いてあつて、後向きに寐てゐるお千代の髪が見えた。重吉も玉子も、自動車か何かで怪我をしたものと思込んで、覚えず大きな声で、

「お千代、どうした。」

この声にお千代は睡《ねむり》から目をさまし、「お帰んなさい。」

「どうかしたのか。」と重吉は立つたまゝである。

「千代子さん。しばらく……。」と重吉の後に玉子も立つてゐる。

「あら、玉ちやん。一緒……。」とお千代の方でも不思議さうな顔をしながら起きかける。

「どうもしたんぢやないのか。」

「どうもしないツて、どうしたの。」とお千代は重吉の様子にいよ〱不審さうに眼を見張つた。

「でも、まア、よかつたわ。御無事で……。」と玉子は初て気がついたらしくコートをぬぎかける。

「あら。をかしいわね。」

「をかしいどころか。心配したぜ。昨日の昼間出たつきり電話もかけないからさ。」

「あら、電話は女中さんに頼んだのよ。ぢやア忘れてかけてくれなかつたのよ。すみません。」

「荒木さんの婆さんが死にさうなんだ。」

「わたし、あの時は実に怖かつたわ。顔がこんなよ。」と手真似をして、玉子が一伍《いちご》一《いち》什《じゆう》を委《くわ》しく話した。

「今夜ほど、妙な晩はない。お前は怪我でもしたんだらうと心配するし、尋ねて行つた先は大病で唸つてゐるし……。」と重吉は疲れたやうにごろりと横になつた。

「ほんとに妙なことがあるものね。わたしの方も昨夜は実に困つたことがあつたのよ。滑稽な事なのよ。だけどあんな可笑《おか》しなことは、しやうたつて出来ないわ。」

「何だ。独りで笑つてゐたつて、わからない。」

「だつて、考へ出すと、あんまり滑稽で、話ができないわ。お客をまちがへてしまつたのさ。わたしも随分そゝツかしいと思つて自分ながら呆れてしまつたわ。」

「いやだわ。千代子さん。」

「それが時のはずみだから仕様がないのよ。昨日芳沢旅館の帰道だわ。新橋のガードの下であるお客様に逢つたのよ。御飯にさそはれて、銀座の裏通のおでん屋へ行つたから、帰りにデパートへ連込んで何か買つて貰はうと思つてさ。二人でぶら〳〵銀座を歩いたのよ。丁度人の出さかる時分だから松屋の前なんぞは押されたり、突当つたりされて歩けないくらゐだつたわ。立止つて店飾《みせかざり》の人形を見てゐると、酔ッ払つた学生がわざと突当りさうにしたんで、わたしは少し側《わき》へ寄る。その中に男の方が二歩三歩先になつて、夜店の前に立留つたから、わたしも立留つたのよ。人が大勢たかつてゐて、何も見えないから、だん〳〵押分けて見てゐると、後からいやに押す人があるから、何の気なしに振返つて見ると、わたしのお客は人を置去りにして向の方へ歩いて行くんぢやないの。急いで追付いて手を引張つたけれど、また押返されて、くツついたり離れたりして四五間歩いて行つたのよ。少し人のすいた処へ来たから、ぴつたりくツついて、あなたと言つて横顔を見ると、どうでせう。違つた人ぢやないの。帽子も二重廻も背恰好《せいかつこう》も後から見るとまるで同じなんだけれど、違つた人なのさ。わたし、あんまり気まりがわるいんで、失礼とも何とも言へないで、真赤になつて唯お辞儀をしたわ。すると、其男の人は笑ひながらわたしの手を握つて、「もう歩いてもつまらないから、円タクで行きませう」と、道端にゐる円タクを呼んで、まるで自分の女見たやうにわたしを載せて行かうとするのよ。運転手は戸をあけて待つてゐるし、人通りの込んでゐる中だし、愚図々々言ひ合ふのも却て見つともないと思つて、一緒に円タクに乗つてしまつたのさ。浜町まで五拾銭だと言つて、それから男の人はわたしの耳に口を寄せて、「あなた、毎晩銀座を歩くのか」ツて云ふのさ。わたしのことを街娼《ストリート》だと思つたのよ。別に申訳するにも及ばないから、だまつて向うの言ふやうにしてゐたのさ。」

「お前もなか〳〵敏捷《はしツこ》くなつたよ。話はそれから先が聞きものだ。」と重吉は笑ふ。玉子も傍から、

「どこへ連れられて行つたの。」と水を向けたが、其時階下《した》の時計の鳴る音がしはじめたので、自分の腕時計を見ながら、

「あら、もう十二時。そろ〳〵おいとましなくツちや。」

「いゝぢやないの。泊つておいでよ。彼氏のおのろけも聞きたいしサ。」

「あれはもう駄目。今日すつかり兄さんにお話したのよ。」

「さう。別れたの。」

「えゝ。」と玉子が話をしはじめやうとした時、今度は電話の鈴がそれを遮つた。お千代は十二時前後になつて電話のかゝつて来るのは、表二階の女給さんと自分のところより外にはないことを知つてゐるので、急いで降りて行き、すぐに立戻つて来て、

「玉ちやん、わたし今夜はもうつかれてゐるから、あなた、出る気があるなら代りに出てくれない？　それなら、さういふ風に返事をするから。築地のお茶屋で、いゝ家なのよ。」と指先の暗号で何やら数字を示した。

「えゝ。いゝわ。」と玉子は頷《うなず》付いて、「おとまりね。」

「でせう。だからコレ。」とお千代はまた暗号で念を押した後、電話の返事をしにと下へ降りて行つた。

十

あくる朝お千代は兎に角一度荒木のおばさんの様子を見て来やうと言つて、病院へ出掛けて行つた。重吉は昼頃まで寐るつもりで再び夜具の中へ這入つて、うと〳〵したか

と思ふと、襖の外からお千代の名を呼ぶ女の声を聞きつけた。玉子が昨夜《ゆうべ》の出先から帰《かえり》途《みち》に立寄つたものと思つて、

「お這入り。今病院へ行つたよ。」と言ひながら襖のあく方へ寐返りして見ると玉子ではなくて、髪を流行おくれの束髪に結つた三十前後の女中らしい女である。見た顔ではあるが重吉は誰だとも思ひ出せない。女はづか〳〵と枕元まで歩み寄り、立つたまゝで、いきなり、

「大変なの。」と言つた。この様子と語調とで重吉はすぐに万事を察したらしく、

「さう。わざ〳〵有難《ありがと》う。」と言ひながら飛起きると共に壁にかけた着物を取り、「どちら様でしたね。つい……。」

「芳沢旅館です。唯《た》つた今お上さんがつれて行かれたんですよ。それから帳場にもう一人の刑事さんが張込んでおきみさんを外へ出さないやうにしてゐるんです。帳場に方々の電話番号の書いた紙があるんですよ。それを見られると、皆さんが迷惑すると思つてね。わたしは丁度憚《はばか》りに入つてゐたから、外へ逃げ出したんだけれど、一銭も持つてゐないから、自働電話をかける事も出来ないんでせう。お千代さんとこは此間金毘羅さまの帰りに表まで一緒に来ましたから。それでお知らせしに来ましたの。」

「こゝの家の電話ぢやまづい。矢ツ張自働になさい。一円立替へます。」と重吉は袂から小銭を出す。

「ぢや、暫くお借りします。」

「いづれまた電話で。」と重吉は女中と共に梯子段を降りると、直様慶應義塾病院に電話をかけ、お千代を呼出して、「家へは帰つて来てはいけない」と言つて暗に其意を含《ふく》ませ、二階へ上つてから手早く鏡台や何かの引出しをあけて手紙や請取書などの有無を調べ、押入からトランクと行李《こうり》と手提革包《てさげかばん》を引ずり出した後、外へ駈出し、円タクを二台呼んで来て、夜具を始めとして積まれるだけの物を積み込ませた。家主の硝子屋へは出放題の事を言つて、間代の残りも奇麗に払ひ、重吉は荷物の半分を新橋駅の手荷物預り処に預け、夜具と手革包を載せた自動車に乗つて浅草千束町一丁目の藤田といふ荒物屋をたづねた。松竹座の前を真直に南千住へ出る新開の大通りである。この荒物屋はお千代の妹の嫁に行つた先で、兼てよりお千代は万一の場合隠れ場所にするつもりで既に重吉をも紹介して置いたのである。

夜具と手提革包を預けてから、重吉はすぐさま貸間をさがしにその辺を歩き廻つて、午頃帰つて来た時始めてお千代と落合つた。

荒木のおばさんはお千代が見舞に行つてから三十分ばかりたつて息を引取つたと云ふ。併し二人はこの場合落ちついて死んだ人の話などしてゐる暇がない。天どんを誂《あつら》へて昼飯をすますが否や、二人は別々に貸間を捜し歩くことにして、其日の夕方荒物屋に帰つて来た時、お千代の方は大鳥神社の筋向の横町に米屋の二階をさがし当て、重吉の方は浅草芝崎町の天岳院に日輪寺といふ大きな寺のあるあたり、重に素人屋《しもたや》のつゞいた横町に洗濯屋の二階を捜した。いづれも店に電話があるが、米屋の方は朝鮮人の運転手が二人同居してゐる。洗濯屋の方はお妾さんばかりだといふので、二人はこの方へ早速夜具と革包とを運んだ。

「お千代、どうしたもんだな。鏡台に、火鉢に、それから机と茶棚が残してあるんだが、今夜おそくならない中に、様子をきゝながら取りに行かうかと思つてゐるんだ。」

「そつと電話できいてからにおしなさいよ。警察から人が来たか、どうだか……。」

「今まで来なければまづ大丈夫だな。」

「さうとも限らないわよ。去年玉ちやんのやられた時なんざ二日たつてから呼出しが来たんだつて云ふから。」

「みんな一度はやられてゐるらしいな。土つかずは服部のおしゆんさんとお前くらゐなもんだと云ふぢやないか。」

「税金だと思やア仕方がないけれど、誰しもあんな処へは行きたくないからね。また当分名前を変へませうよ。」

「何といふ名前にする。」

「何でもいゝぢやないの。一番初め、偽名した時は橘だつたわね。」

「うむ、あれは死んだ種子さんの苗字を拝借したのさ。」

「もう四五年になるわね。荒木のおばさんは死んでしまふし、今ぢや、其時分の名前を知つてゐる人はない筈だわ。」

「ぢや、偽名は橘にしよう。下の家主さんへもさう言つて置くぜ。それから一寸芝の家へ電話をかけて見よう。」重吉は階下の電話を借りて、今朝方までゐた硝子屋へ様子を聞合すと、誰も尋ねて来た人はないとの返事に、稍安心して、二人は連立つて貸間を出た。

横町の片側は日輪寺のトタンの塀であるが、彼方に輝く灯火を目当に、街の物音の聞える方へと歩いて行くと、ぢきに松竹座前の大通に出る。田《た》原町《わらまち》の角に新聞売が鈴を鳴してゐるのを見て、重吉は一銭銅貨を二枚出して、毎夕新聞に国民の夕刊をまけさせた。

「今朝の事だから、まだ出てゐないかも知れない。」と歩きながらまづ毎夕をひろげて見て、「根津の松岡がやられたんだ。芳沢旅館の事は出てゐないが、矢ツ張その巻添ひだらう。」

「女ぢや誰が挙げられたの。」

「本郷区富坂町、太田てつ。大塚辻町宮原かう。赤阪区氷川町吉岡つゆ……。」

「吉岡さんもやられて。あなた。知つてるでせう。せいのあんまり高くない、洋装した人……。」

「うむ。谷町にゐた時分家へ泊つたあれか……。まだ大分ゐるぜ。」と重吉は毎夕を

お千代に渡し、自分は国民の方を開いたが、お千代は往来の人目を憚つて新聞を畳みながら、

「松岡へ出入りするのは安玉ばかりだからね。」

「お前、行つたことがあるのか。」

「二三年前のことだわ。客種もぐつと落ちるわね。あすこは。」

広小路へ曲ると、夜店が出揃つて人通りも繁くなつたので、二人はそのまゝ話をやめて雷門まで来た。

「お前、これからどうする。行く処があるのか。」

「さうね。鳥渡《ちよつと》浜町へ行かうかと思つてるのよ。そら、昨夜話をした銀座のお客さ。わたしをストリートだと思つて、連れて行つたお客さ。其時今夜来て呉れつて、約束したから。」

「時節柄大丈夫か。」

「浜町公園の側だし、今迄わたし達の知らない家だから、その心配はないわ。だから、こゝのところ、方面を替るにもいゝし、十二月早々引越貧乏もしたくないからね………。」

円タクに乗つて、重吉が芝桜川町へ行く途中、お千代は明治座の前あたりでおろして貰つた。

広い道を横断《よこぎ》つて、お千代は竃河岸《へツついがし》の方へ曲る細い横町の五六軒目、深草といふ灯《あかり》を出した家の格子戸を明けると、顔を見覚えてゐた女中が取次に出て、「今し方御電話で、すぐお見えになりますツて。先へお出でになつたら待つてゐて下さいッて。電話がかゝりました。」と言ひながら、一昨日《おととい》の晩通した同じ座敷へお千代を案内した。

十一

女中が茶と共に報知新聞の夕刊と都新聞とを置いて行つた。お千代はまづ都の方をひろげて松岡と芳沢旅館との記事を捜したが出てゐないので、報知を見たがこれには錦州と天津の戦報ばかりで、女の読むやうなものはない。コートのかくしに毎夕新聞の在つたことを思出して、一字一句も読みおとさないやうに其の記事を黙読した後、つかまつた女達十二三人の住所姓名に眼を移したが、ふと其中に深沢とみ（十九）といふ名があるのを見て、お千代は小首を傾け、それから瞼《まぶた》を軽く閉ぢ、指を折つて年を数へた。

深沢と云ふのはお千代の苗字と同じである。とみといふ名は、お千代が十八の時生んだ私生児の名たみに似て、唯一字ちがふだけである。又括弧の中にしるされた十九といふ年齢を数へて見ると、大正二年の夏に生んだ児の年と同じである。深沢とみ（十九）と紙上に其名を晒されたのは自分の生んだおたみであるのかも知れないと、お千代ははれなくさう思つたのである。

お千代が娘のおたみを養女にやつたのは、今から十四五年前、雑貨商の妻になると間もなく、別ればなしの起りはじめた頃であつた。養女にやつた先は女髪結の家であつたが、其後は全く音信不通《いんしんふつう》なので、娘が身の成行きは知られやう筈がない。お千代は新聞紙上のおとみが、どうやら理由《いわれ》なく娘のおたみであるやうな気がする。そして自分と同じ日蔭《ひかげ》の身だといふ事を考へると、慚愧の念よりも唯無暗に懐しい心持がし出して、其顔が見たく、そして話がして見たくてならないやうな心持になつた。大通の方から号外売の叫ぶ声が聞え、どこか近くの家からは賑な人声が聞える。茶ぶ台の上に肱《ひじ》をついて、ぼんやり思に沈んでゐたお千代はやがて梯子段を上つて来る人の跫音《あしおと》と女中の声とを聞きつけ、大切さうに毎夕新聞をたゝんだ。

「お見えになりました。」と云ふ女中の声と共に襖があくと、いきみ出したやうな声で笑ひながら、一昨夜のお客が座敷へ這入るが否や、「大分待つたかね。」と云ひさま、女中の見る前もかまはず、二重廻の間から毛むくじやらの太い腕を出してお千代を引寄せて頬摺りをした。年は五十も大分越したらしく、てら〳〵に禿げた頭には耳の上から後《うしろ》の方に白髪が残つてゐるばかりであるが、肩幅の広い身体はがつしりして、鼻と口との目立つて大きな赤ら顔は油ぎつて、禿げた頭と同じやうにてら〳〵輝《ひか》つてゐる。この老人は杉村と云つて銀座西何丁目に宏大なビルヂングを持つてゐる羅紗屋の主人である。いづこの花柳界やカフヱーにも必一人や二人女達の噂に上る好色の老爺があるが、然しこの羅紗屋の主人ほど一見して能《よ》くその典型に嵌《はま》つたお客も少ないであらう。二三十年間あらゆる階級の売女に狎《な》れ親しみ、取る年につれて並大抵の遊び方では満足しなくなつて、絶えず変つた新しい刺戟を求めてゐた。其折から偶然銀座の人中でお千代に袂を引かれ、これが噂に聞く街娼だと思つた処から、日頃の渇望を一時に癒し得たやうな心持になつたのである。

「湯はわいてゐるか。」

「はい。」

「それから向の座敷を暖にして置け。ストーブを焚け。頼むぜ。」と云ひながら早くも座敷の中で帯を解くので、女中はあわてゝ、

「唯今お寝衣《ねまき》を持つて参ります。」と廊下へかけ出る。

「そんなものは入らない。」と毛だらけの胸の上に小柄のお千代を抱き寄せながら、「一緒に這入らうよ。なア。」

お千代は馴れたことなので、別に驚きもせず言ふなり次第に風呂場へ連れられて行つた。後から女中が二人の浴衣を持つて行き、それから狭い座敷の仕度をして電気煖炉の火をつけ、稍暫くして他の客を案内しやうと再び風呂場の戸をあけかけると、今だに二人の話声がしてゐるので、その長湯に驚き跫音を忍ばせて立去つた。お千代は日頃自分に対して優しくしてくれるものは家の重吉ばかりでなく、お客の中にもさういふ人は珍

らしくはない。それ故、たま〳〵醜悪な男に出会つて、常識を脱した行動を受けて見るのも、満更興味のないことではなかつた。嫌悪と憤懣の情を忍ぶことから、こゝに一種痛烈な快感の生ずる事を経験して、時には其の快感を追求しやうと云ふ程にもなつてゐた。それに加へて、其夜お千代は杉村を金のあるお客と見て、少しまとまつた金の無心をしやうといふ下心から、其歓心を得るためには何事を忍んでも差閊《さしつかえ》はないと云ふ心になつてゐた。お千代は自分の娘らしく思はれた女を留置場から貰下げる費用もほしい。また年頃の経験から素人にかゝるお客はいかに歓遇しても、三度以上来るものはなく、大抵二度にきまつてゐる事をよく知つてゐたので、無心を云ふなら、いづれにしても今夜あたりが潮時だと思つたのである。

お千代の計画は予想の以上にその功を奏した。杉村はいか程遊び歩いてゐても、己の独断には疑を挟まない、極めて粗雑な考への人なので、お千代が其夜の態度を見て、簡単にこれ程の女は世間をさがしても容易に得られまい。一昨日の晩銀座通で自分の袖を引いたのも商売気ばかりではないらしいと勝手に断定を下すと共に、当分自分の持物にして置きたい気になつた。唯恐るゝところは付いてゐる男がありはしないか。それも陰にかくれてゐるのなら大した事はないが、進んで脅迫がましい事でもするやうな男がゐないとも限らないといふ事だけである。名前や商売を知られない中に、まづ女の気を引いて見るに如《し》くはないと思つて、

「いゝさ。それ位のことなら、御歳暮の代りだ。今夜あげるがね。それはそれとして、お前、おれの世話になる気はないか。家を持たせてやるが、承知しないか。野暮なことは言はんよ。」無暗に自由を束縛するやうなことはせんよ。」

「結構ですわ。さう。」お千代の返事はあまり気乗りがしてゐないやうに聞えた。

「承知したのか。そんなら事は早い方がいゝおれは思立つと、愚図々々してゐられない性分だからな。明日にでも早速家をさがさないか。」

「えゝ。」

「どこでもいゝんだ。京橋から日本橋の中ならおれには一番便利なんだ。こゝの家へ電話でさう言つてくれゝば、おれの方ではいつでもいゝ、見付け次第借りてしまふよ。」

「ぢや、早速さがして見ます。」

「お前、おツかさんか誰かゐるのか。」

「今のところ、一緒には居ません。」

「兄さんも叔父もなしか。はゝゝは。そんな事はまアどうでもいゝ。」

「あら。何もありやしません。あればこんな事してはゐません。」

「おれはお前を信用するよ。身元調べは面白くないからな。」

「かう見えても、わたし案外正直なんですよ。御迷惑になるやうなことはしません。」

「だから、初ツから信用してゐるといふんだ。今夜また泊るか。どうする。」

「どつちでも構ひませんけれど、明日の朝早く用があるんです。お墓参りに行きますから……。」

お千代は金が手に入つたとなると、一刻も早く娘らしく思はれる女の消息が知りたくてならないのであつた。幸にも十二時近くになつて銀座の方に火事があつたので、杉村は急に帰仕度をした。

十二

いつも退屈で困つてゐた重吉は、其夜お千代から相談をかけられて話をきめると、俄に用事が多くなつて、身体が二つあつても足りないやうな心持になつた。用事の第一はお千代の身を禿頭の囲者《かこいもの》にするためには、急に家を捜して、今日引越したばかりの貸間を引上げる事、それと共に妾宅の最寄《もよ》りに自分の身を隠すべき貸間をも同時に捜さねばならぬ事である。また一ツは松岡といふ老婆と女達の大勢拘留せられた警察署へ往つて、深沢といふ女が果してお千代の娘であるか否かを確めた後貰下げの手続をする事である。

妾宅の方は新聞の広告で思つたよりはたやすく捜すことが出来たが、他の用事はなか〳〵面倒で即座には運びがつかない。重吉が警察署へ出頭した時には深沢といふ女は既に放免せられた後であつた。然し其女の原籍から推察してお千代の私生児である事だけは確められたものゝ、それと共に不審の生じたのは、養女にやつたものゝ籍が、其後書替へられてゐないと見えて、今もつて出生の時のまゝお千代の児になつて居るらしい事であつた。重吉は深沢が拘留せられた時の住所を尋ねて、本人に会はうとしたが、放免の後行先を言はずに貸間を引払つたと云ふので、更に松岡といふ媒介業の老婆の放免せられるのを待つて其家をたづねたが、矢張徒労《むだ》であつた。已むことを得ず、最初養女に貰受けた人の所在を尋出さうと試みたが、これさへ今は年月を過ぎて不明になつてゐる。

その年はいつにも増して一層あわたゞしく暮れたやうな心持で、お千代は八丁堀の妾宅に、重吉は僅二三町はなれた新富町の貸間に新年を迎へ、間もなく二月ぢかくになつたが、尋ねる人の行衛《ゆくえ》は一向にわからなかつた。

重吉は檀那の杉村が来る時刻を見計らつて、きはどい時まで妾宅に臥起《ねお》きをしてゐる。表の格子戸の明く音と共に裏口から姿を消し、夜の十二時頃に戻つて来て、二階の裏窓に火影が映つてゐればこれは杉村が泊るといふ合図なので、其儘自分の貸間に帰るのである。明《あく》る日表の格子戸を覗いて、下駄箱の上に載せた万年青《おもと》の鉢が後向にしてあれば、これは誰も居ないといふ合図なので、大びらに這入るが、さうでない時はそつと通り過ぎてしまふ。まるでむかしの人情本にでもありさうな密夫の行動が、重吉には久しく馴れた夫婦同棲の生活とは変つて、又別種の新しい刺戟と興味とを催させるのであつた。

或夜重吉はもう来ないと思つた檀那の杉村が突然格子戸を明ける音に、びつくりして裏口から逃出すと、外は寒い風が吹いてゐる。然し八丁堀の通には夜店が出てゐて人通りも賑かなので、知らず知らず歩いて桜橋まで来ると、堀割の彼方《かなた》に銀座の火影が遠く空一帯を彩《いろ》どつてゐる。又知らず知らず京橋まで来ると燃えるやうな灯火と押返すやうな人通りの間から、蓄音機の軍歌と号外売の声とが風につれて近くなつたり遠くなつたりして、雑沓する夜の町の心持を一層きびしくさせてゐる。橋を渡りながら、重吉は上海事変の号外よりも、お千代が初めて銀座通で頭の禿げた杉村の袖を引いた時のことを想像した。つゞいて杉村の醜い容貌と、お千代がさして之を厭ふ様子もなく歓遇してゐるありさまとを思浮べ、女の性情ほど変なものはないと思つた。重吉はこの年月仲間の女や媒介業の老婆などの陰口を聞いて、お千代がお客に好かれる訳合《わけあ》ひを能く知つてゐたのであるが、然しそれは要するに噂に聞くばかりの事で、直接お客の面貌を見知つた後お千代の之に対する様子をはつきり窺ひ見る事を得たのは今度始めて妾宅へ引移つてからの事であつた。然し重吉はなさけないとも、口惜しいとも、また浅間しいとも思はない。唯そんな事を考へて、沈鬱な重くるしい心持になつて、ふらり〳〵と夜の町をさまよひ、暗いカフヱーの店口から白粉を塗つた女の顔や、洋装した女の足の見えたりするを窺ひ、或は手を引合つて歩く男女に尾行して其私語《ささやき》を偸《ぬす》み聞きする事を悦ぶのであつた。

薄暗い河岸通から人通の少い裏通へ曲ると、薬屋の窓に並べてあるものが目についたまゝ立留つて見てゐた時、重吉は身近に立寄る女があるのに心づいて振返つて見ると、それは桜川町の硝子屋の二階にゐた頃、表の部屋をかりてゐた伊東春子といふ女給である。

「あら、中島さん。お久振りねえ。」

「矢張あすこにおいでゝすか。」

「いゝえ。歌舞伎座の裏の方へ越しました。あなたは何処《どこ》。」

「新富町です。」

「千代子さん。お変りもありません。」

「すこし都合があつて、別になつてゐます。」

「あら。ほんと。」

「時たま別になつた方がいゝんですよ。」

「あの時分は随分聞かされましたからね。」

「お互さまでしたらう。」

「中島さん。お願ひがあるのよ。あの、写した本、もう無いこと。」

「今、持つて居ませんが、二三日中でよければ写して上げます。」

「ぢやお願ひするわ。こんどの店は服部時計店の裏通りでカルメンと云ふのよ。」

「尾張町の裏ですね。」と重吉は聞き直した。夜も九時頃なのに、尾張町のカフヱーに居る女がぶらぶら京橋近くを歩いてゐる理由がわからなかつたのである。

「此方《こっち》から行けば左側で、小さい店だけれど直ぐわかりますよ。」

「これから、お出掛けなんですか。」

「不景気だから、苦しまぎれにいろ〳〵な事を考へるのよ。店が暇になると、ぶら〳〵出掛けてお客を引くのよ。カフエーもかうなつちやアおしまひだわね。」

「あゝ、成程………。」重吉は再び去年お千代の為した事を思返し、銀座を徘徊する女にはいろいろな種類があることを知つた。「店へ引張つて行くんですか。それとも………。」

「中には大胆なのもあるわよ。」

其時向から歩いて来る断髪洋装の女が、春子の友達と見えて、「今あすこの横町でルンペンが仁義をやつてゐたわ。銀座と云つても広う御在ます。はゝゝは。」

「また御機嫌だね。」

「一口に銀座と云つても広う御在ます………。」

重吉は其女の顔を見ると、二三年前麻布谷町に間借りをしてゐた頃、お千代をたづねに来て一晩泊つて行つた吉岡つゆと云ふ女で、去年十二月の初め毎夕新聞に其名を晒された連中の一人である。女の方でもそれと心付いたが春子の前を憚つて、何とも云はず、唯それとなく目色で会釈をした。

重吉は去年の一件から此女が深沢の消息を知つて居ないとも限らないと思ひついて、

「お店はカルメンですか。春子さんと御一緒………。」

「えゝ。」とつゆ子はもぢ〳〵してゐる。春子は側から、

「この方中島さんと仰有るのよ。去年同じ二階にゐたのよ。」

「あら、さう。わたしつゆ子ツて云ひます。」

歩いて行く中、春子が二三歩先になつた隙《すき》を窺つて、重吉はつゆ子の側に寄り、「深沢とみ子ツて云ふのを知りませんか。松岡の一件で………。」

「知つてます。」

「今ゐる処………。」

「えゝ。」

折好く春子が行きちがふ三四人連の酔漢を呼留め、「彼氏、お茶でも飲みに行きませんか。」

重吉はこの隙《ひま》にお千代の住所を委しくつゆ子に教へた。

十三

お千代が娘のおたみを京橋区新栄町の女髪結の許にやつたのは大正六年の秋、海嘯《つなみ》の余波が深夜築地から木挽町辺まで押寄せた頃で、其時おたみは五ツになつてゐた。

女髪結の出入先に塚山さんと云つて、もと柳橋の藝者であつたお妾さんがあつた。近処の縁日でおたみが髪結に手を引かれてゐるのを見てから、お妾さんはおたみをかはいがつて、浅草などへお参りに行く時はきつと連れて行きいろ〳〵なものを買つてやつた。二三年の後、久しく寡婦《やもめ》でくらしてゐた女髪結に若い入夫《むこ》ができた。此の入夫が子供嫌ひで稍もすればおたみを虐待するやうになつた。塚山のお妾さんは其家におたみを引取り小学校へ通はせてゐたが、兎角する中、女髪結は浮気な亭主の跡を追つて、夜逃同様にどこへか姿をかくしてしまつたので、行きどころのないおたみは其儘塚山さんの妾宅に養はれて其娘のやうになつてしまつた。

小学校もいつか卒業間際になつた時、同級の生徒の持つてゐた蟇口が紛失した。確な証拠はなかつたが、おたみの様子が怪《をか》しいと云ふことになつて、学校の注意書が妾宅へ送られた。お妾さんはびつくりして其処置を檀那に相談すると、檀那は「構はないから家で遊ばして置け。」と言つた。

此の塚山といふ人は其父から譲受けた或電気工場の持主であつたが、普通選挙の実施せられるより以前、労働問題の日に日に切迫して来るのを予想し、早く工場を売却して、現代社会の紛擾から其の身を遠ざけ、骨董の鑑賞と読書とに独善の生涯を送つてゐたのである。

震災の年おたみは十一になつた。丁度小学校をよして裁縫のけいこに通つてゐた時である。お妾さんは日比谷公園の避難先から直様渋谷へ家を借りたが、おたみは裁縫をならひに家を出たまゝ帰つて来なかつた。月日は四年を過ぎて、昭和二年の春お妾さんが丹毒で死なうと云ふ間際に至つても、其の生死は依然として不明であつた。

然るに次の年の春、塚山が藝者をつれて箱根へ遊びに行つた時、同じ旅館の鄰室に泊つてゐた六十あまりの老夫婦が、おたみの稚顔によく似た少女をつれてゐるのを見て、様子をきくと、果してその少女は年十六になつたおたみであつた。

老夫婦はもと箱崎町に居た金貸で、罹災の当日、逃げ迷つた道すがら、おたみを助け、其郷里の桐生に往つて年を越し、東京に帰つて来てから、引取る人の尋ねて来るのを待つ間、娘も同様におたみを養育してゐたといふのであつた。

塚山はおたみをかはいがつてゐたお妾が病死した後、今では引取る人のない事を告げ、若干《いくらか》の金をも与へた上、此後も身の上の事については相談に与つてやらうと云つて別れた。

半年あまりを過ぎて、或日塚山は新潟まで行く用事があつて、汽車に乗つた時、再びおたみと金貸の老人とに邂逅した。老人は箱根から帰つた後間もなく老妻を失ひ、話相手におたみをつれて伊香保の温泉に行くのだと云ふ。塚山は老人の話をきゝながら、何心なくおたみの様子を見ると、わづか半年あまりの間に、殆ど見違へるやうに、すつかり大人らしくなつてゐるのを怪しまずにはゐられなかつた。おたみの姿態と容貌とは、其のどこやらに、年を秘《かく》してゐる半玉《はんぎよく》などによく見られるやうな、早熟な色めいた表情が認められたからである。

塚山は六十歳を越した金貸と、十六七になつたおたみとの関係をいろ〳〵に想像して、其真相を捜りたいと思ひながら、其機会がなくて又半年ばかりを過した時、こんど度は突然おたみの手紙に接した。

おたみは其処のダンサーになつてゐた。そして遠慮なく塚山に金の無心を言つて寄越したのである。

その後二年ばかり塚山はおたみの消息を知らなかつたが、偶然毎夕新聞の記事からその拘留せられた事を知り弁護士を頼んで放免の手続をしてやつたのである。

「あの娘は盗癖があるかと思つてゐたが幸にさうではないらしい。万引や掏摸になられては厄介だが、あのくらゐのところで運命が定まればまづいゝ方だらう。順当に行つたところで半玉から藝者になるべき運命の下に生れた女だから。」

塚山は弁護士と共にこんな事を語合つて笑つたのである。

塚山は孤児に等しいおたみの身の上に対して同情はしてゐるが、然し進んで之を訓戒したり教導したりする心はなく、寧ろ冷静な興味を以て其の変化に富んだ生涯を傍観するだけである。塚山は其性情と、又その哲学観から、人生に対して極端な絶望を感じてゐるので、おたみが正しい職業について、或は貧苦に陥り、或は又成功して虚栄の念に齷齪《あくせく》するよりも、溝川を流れる芥のやうな、無智放埒な生活を送つてゐる方が、却て其の人には幸福であるのかも知れない。道徳的干渉をなすよりも、唯些少の金銭を与へて折々の災難を救つてやるのが最もよく其人を理解した方法であると考へてゐたのである。

或日塚山はおたみから小説のやうな長い手紙を送られた。

わたくしは一生逢ふことができないだらうと思つてゐたわたくしのほんとうの母に会ひました。わたくしはこの事をあなた様に申上げなければならない義務があると思つてこの手紙を差上げます。どうして、どういふ事から、ほんとうの母に逢つたかといふことは、まるで、わたくしばかりでなく、母とそれから其愛人との秘密を暴露することになるのですから、あなた様の外には誰にも言ふことができません。わたくしの母は久しい以前からわたくしと同じやうな生活をしてゐたのです。ある時にはわたくしと母とは同じ家に泊つた事さへあつた筈なのですが、わたくし達はお互にそれを知らずにゐたのです。わたくしは母とは知らずに仲間のものから年増の橘千代子さんといふ女の噂を幾度も聞いたことさへありました。（橘千代子といふのは母の偽名なのです。）またわたくしの友達のつゆ子といふ女が二三年前、母が麻布の谷町にゐた時分、雨にふられて一晩その家に泊つたことさへあつたのです。それだのにわたくし達はお互に出会ふ機会もなく、またお互に知り合ふ機会もなかつたのです。東京は実にひろいところだと思ひました。

二三日前につゆ子さんが突然たづねて来て、是非わたくしに逢ひたいといふ人があるが逢つてくれるかどうかといふのです。つゆ子さんは去年の暮わたくし達と一緒に罰金を取られてから、今では銀座四丁目裏のカルメンといふバアに働いてゐます。わたくしはつゆ子さんのはなしを聞いてびつくりしました。ほんとうの母がわたくしと同じやうなことをしてゐる女だと知つた時、わたくしは悲しいと思ふよりも、嬉しいと云つては変ですが、何だか親しみのあるやうな心持がしたのです。そのためか、わたくしは母がわたくしを人の家へ養女にやつてから、今日まで永い年月の間わたくしを尋ねずにゐた事を思ひ出しても、其時には母の無情を怨むやうな気が起つて来なかつたのです。母がもし立派な家の奥さんにでもなつてゐたなら、わたくしは却て母を怨みもしたでせう。また身の上を恥ぢて、どれほどに逢ひたくても顔を見せる気にはならなかつたらうと思ひます。母の方でもやはりさういふ心持がしてゐたやうです。お互に恥かしいと思ふ心持が其場合遠慮なくわたくし達二人を引き寄せてくれたのです。

わたくしは急いで八丁堀の母の家へ出かけて行きました。母のことは大体友達のつゆ子から聞いてゐましたから、午後がよからうと思つて、三時頃にたづねたのです。十二三の小女《こおんな》が取次に出て、二階へ上つて行きました。すると、母は寐てゐたものと見えて、浴衣の寝衣の前を合せながら降りて来て、

「さア、お上んなさい。よく尋ねて来てくれたねえ。」

わたくしは何と言つてい丶のか、胸が一ぱいになつて其ま丶だまつて下座敷の茶の間らしい処へ通りました。母は羽織をきてくるからといつて二階へ上つて行つたま丶暫くしても降りて来ませんから、お客でも来てゐるのかと気がついて、また出直して来やうかと思つてゐると、梯子段に跫音がします。一人ではなく二人の跫音らしいと耳をすます間もなく、唐紙《からかみ》があいて、

「あら布団もしかないで。さア。」と母は長火鉢の向に坐りすぐ茶を入れやうとします。わたしは「お久振り」とも言へず、何といつて挨拶してい丶のか一寸言ふ言葉に困つて、

「おいそがしいの。」といひました。よく仲間同士で挨拶のかはりに使ふ言葉です。こ丶でこんな事をいふのは、後で考ると実に滑稽です。母はそれを何と聞いたのか、別に気まりのわるい顔もせず、

「お客ぢやないの。紹介しなければならない人だから。」

「母《カア》さんの彼氏《かれし》………。」

その時四十前後の男の人が唐紙の間から顔を出して、

「いらツしやい。去年の暮から随分方々をたづねたんですよ。知れない時はいくら尋ねても知れないもんです。」と言ひながら母のそばに坐りました。わたくしは友

達のつゆ子から聞いて名前まで知つてゐましたから、改めて挨拶もせず、「つい近処にゐながら、不思議ですねえ。」といつて笑ひました。

「つゆ子さんとは始終《しよつちゆう》一緒でしたか。」と彼氏がきゝます。わたくしは初め新宿のホールでつゆ子と友達になり同じ貸間にゐた事や、それから同じ時につかまってダンサアの許可証を取り上げられて、市内ではどこのホールにも出られなくなつたので、五反田の円宿のマスターに紹介してもらつて、この方面へ転じたはなしをしました。

母はわたくしに名前を変るとか、何とか方法を考へて、もう一度ダンサアになるか。それともつゆ子さんの様に女給さんになつた方が安全ではないかと言ひます。わたくしはダンサアも初めの中は面白いけれど、それが商売になつて、すこし飽きてくると、労働が激しい上に、時間で身体を縛られるのがいやだから、二度なる気はない。また女給さんもつゆ子の通つてゐるやうな店は、往来へ出て見ず知らずの人を引張るのだから、万一の事を思へば、危険なことは同じだと言つて、其事情をくわしく説明しました。

母はわたくしに貸間の代を倹約するために母の家に同居したらばと云ひ、それから、もう暫くこゝの家にゐて、貯金ができたら、将来はどこか家賃の安い処で連込茶屋でもはじめるつもりだと云ひます。すると彼氏が、貯金はもう二千円以上になつたと側から言ひ添へました。

わたくしは今まで行末のことなんか一度も考へたことがありませんから、弐千円貯金があると言はれた時、実によくかせいだものだと、覚えず母の顔を見ました。母は十八でわたくしを生んだのですからもう三十七になります。それだのに髪も濃いし、肉づきもいゝし、だらしなく着物をきてゐる様子は二十七八の年増ざかりのやうに見えます。外へ出る時はもつと若くなると思ひます。わたくしがホールにゐた時分にも、やはりお金をためて貸家をたてたダンサアがゐましたが、その人よりも母の方が猶若く見えます。ダンサアで貸家をたてた人は、みんなの噂では少し低能で、男の云ふことは何でもＯＫで、そして道楽はお金をためるより外に何もない人だと言ふはなしでした。母もやはりさういふ種類の女ではないかと思はれます。一目見ても決してわるい人でない事がわかります。若く見えてきれいですが、どこか締りのないところがあります。人の噂もせず世間話も何もない人のやうです。かういふ人が一心になつてお金をためると、おそろしいものです。

わたくしは母がわたくしの父になる人を今でも知つてゐるのかどうか尋ねて見たいと、心の中では思つてゐたのですが、其日は話の糸口がなかつたのと、またわたくしも初めから父といふものゝあることを知らずに育つて、一度もさういふ話を聞いた事がないので、左程に父を恋しいとしたふ心がありません。それ故其時は初めて逢つた母に対して強ひて父の事をきいて見やうと云ふ気にもならずにゐたのです。わたくしが懐しいと思ふのは見たことのない男親よりも、わたくしを育てゝくれた船堀のおばアさんです。おばアさんが死んだのはわたくしが三ツか四ツの時でしたから、其顔もおぼえてはゐません。然し夜たつた一人で真暗なところにゐて、一つ処をぢいつと見詰めてゐたり、また眠られない晩など、つかれて、うつら〳〵としてゐる時などには、どうかすると、おばアさんの姿と、川のある田舎の景色がぼんやり見えるやうな心持のする事が時々あります。それは幻とでもいふのでせう。懐しいといへばそれは震災前新栄町にゐらしつたおばさんとそしてあなた様の事です。わたくしの一生涯で一番幸福であつたのはこの前も手紙で申上げましたやうに、それは新栄町のお家にゐた時で、おばさんに手をひかれて明石町の河岸をあるいて蟹を取つて遊んだことは一生忘れません。わたくしの一番幸福な思出は二ツとも水の流れてゐるところです。そして懐しいと思ふ人はお二人ともおなくなりになりました。

わたくしは暫く母のところに同居することにいたしました。また変つたことがありましたら、お知らせいたします。では左様なら。

一九三二、二、十六日。

たみ子

有難う

川端康成

■川端康成　六八頁参照

「有難う」は大正一四年「文藝春秋」に発表された。

今年は柿の豊年で山の秋が美しい。

半島の南の端の港である。駄菓子を並べた待合所の二階から、紫の襟の黄色い服を着た運転手が下りて来る。表には大型の赤い定期乗合自動車が紫の旗を立ててゐる。

母親は駄菓子の紙袋の口を握りしめて立ち上りながら、靴の紐を綺麗《きれい》に結んでゐる運転手に言ふ。

「今日はお前さんの番だね。さうかい。有難うさんに連れて行つてもらふんなら、この子もいい運にめぐり合へるぢやろ。いいことのあるしるしぢやろ。」

運転手は傍の娘を見て黙つてゐる。

「いつまで延ばしてゐてもきりがないからな。それにもうそろそろ冬ぢやからな。寒い時分にこの子を遠くへやるのは可哀想ぢやからな。同じ出すなら時候のいいうちにと思つてな。連れて行くことにしましたよ。」

運転手は黙つてうなづきながら、兵士のやうに自動車へ歩み寄つて、運転台の座蒲団《ざぶとん》を正しく直す。

「お婆さん、一番前へ乗んなさいよ。前ほど揺れないんだ。道が遠いからね。」
母親が十五里北の汽車のある町へ娘を売りに行くのである。

山道に揺られながら娘は直ぐ前の運転手の正しい肩に目の光を折り取られてゐる。黄色い服が目の中で世界のやうに拡がつて行く。山々の姿がその肩の両方へ分れて行く。自動車は高い峠を二つ越えなければならない。

乗合馬車に追ひ附く。馬車が道端へ寄る。

「ありがたう。」

運転手は澄んだ声ではつきりと言ひながら、啄木鳥《きつつき》のやうに頭を下げていさぎよく敬礼する。

材木の馬力に行き違ふ。馬力が道端へ寄る。

「ありがたう。」

大八車。

「ありがたう。」

人力車。

「ありがたう。」

馬。

「ありがたう。」

彼は十分間に三十台の車を追ひ越しても、礼儀を欠かさない。百里を疾走しても端正な姿を崩さない。それが真直ぐな杉の木のやうに素朴で自然である。

港を三時過ぎに出た自動車は途中で明りをつける。運転手は馬に出会ふ度に一々前灯を消してやる。そして、

「ありがたう。」

「ありがたう。」

「ありがたう。」

彼は十五里の街道の馬車や荷車や馬に一番評判のいい運転手である。

停車場の広場の夕闇へ下りると、娘はからだが揺れ、足が浮き上つてゐるやうな気持でふらふらしながら母親につかまる。

「お待ちよ。」と言ひ棄てて母親は運転手に追《お》ひ縋《すが》る。

「ねえ、この子がお前さんを好きぢやとよ。私のお願ひぢやからよ。手を合はせて拝みます。どうせ明日から見も知らない人様の慰み物になるんぢやもの。ほんとによ。どんな町のお嬢さまだつてお前さんの自動車に十里も乗つたらな。」

次の日の明け方、運転手は木賃宿を出て兵士のやうに広場を横切つてゆく。その後から母親と娘がちよこちよこ走りについて行く。車庫から出た大型の赤い定期乗合自動車が紫の旗を立てて一番の汽車を待つ。

娘は先きに乗つて脣《くちびる》を擦り合はせながら運転手台の黒い革を撫でてゐる。母親は朝寒に袂を合はせてゐる。

「どりやどりや、またこの子を連れてお帰りか。今朝になつてこの子には泣かれるし、お前さんには叱られるし。私の思ひやりがしくじりさ。連れて帰るには帰るが、いいかい、春までぢやよ。これから寒い時分に出すのは可哀想ぢやから辛抱するけれど、こんどいい時候になつたらこの子は家に置けんのぢやよ。」

一番の汽車が三人の客を自動車に落して行く。

運転手が運転台の座蒲団を正しく直す。娘は直ぐ前の温かい肩に目の光を折り取られてゐる。秋の朝風がその肩の両方へ流れて吹く。

乗合馬車に追ひつく。馬車が道端へ寄る。

「ありがたう。」

荷車。

「ありがたう。」

馬。

「ありがたう。」

「ありがたう。」

「ありがたう。」

彼は十五里の野山に感謝を一ぱいにして、半島の南の端の港に帰る。

今年は柿の豊年で山の秋が美しい。

忘れえぬ人々

國木田独歩

■国木田独歩　くにきだどっぽ

明治四年（一八七一）〜明治四一年（一九〇六）

銚子生れ、山口で育つ。東京専門学校を中退後、新聞記者をしながら、詩作、創作に励む。「源叔父」（明三〇）、「武蔵野」（明三一）、「牛肉と馬鈴薯」（明三四）などを発表。また「窮死」（明四〇）、「竹の木戸」（明四一）など底辺の人々の姿を描いた自然主義的な作品がある。

「忘れえぬ人々」は、明治三一年「国民之友」に発表。

多摩川の二子《ふたご》の渡をわたつて少しばかり行くと溝口《みぞのくち》といふ宿場がある。其中《その》程に亀屋といふ旅人宿《はたごや》がある。恰度《ちょうど》三月の初めの頃であつた、此日は大空かき曇り北風強く吹いて、さなきだに淋しい此町が一段と物淋しい陰鬱《いんうつ》な寒むさうな光景を呈して居た。昨日降つた雪が未だ残って居て高低定らぬ茅屋根《わらやね》の南の軒先《のきさき》からは雨滴《あまだれ》が風に吹かれて舞うて落ちて居る。草鞋《わらじ》の足痕《あしあと》に溜つた泥水にすら寒むさうな漣《さざなみ》が立て居る。日が暮れると間もなく大概の店は戸を閉めて了《しま》つた。闇《くら》い一筋町《ひとすじまち》が寂然《ひっそり》として了つた。旅人宿だけに亀屋の店の障子《しょうじ》には燈火《あかり》が明く射して居たが、今宵《こよい》は客も余りないと見えて内もひつそりとして、をり〳〵雁首《がんくび》の太さうな煙管《きせる》で火鉢の縁を敲《たた》く音がするばかりである。

突然《だしぬけ》に障子をあけて一人の男がのつそり入ツて来た。長火鉢《ながひばち》に寄《よ》かゝツて胸算用《むなさんよう》に余念も無かつた主人《あるじ》が驚て此方《こちら》を向く暇もなく、広い土間《どま》を三歩ばかりに大股に歩いて、主人の鼻先に突立《つった》ツた男は年頃三十には未だ二ツ三ツ足らざるべく、洋服、脚絆《きやはん》、草鞋の旅装《なり》で鳥打帽《とりうちぼう》をかぶり、右の手に蝙蝠傘《こうもり》を携《たずさ》へ、左に小さな革包《かばん》を持て其《それ》を脇に抱《だい》て居た。

『一晩厄介《やっかい》になりたい。』

主人は客の風采《みなり》を視て居て未だ何とも言はない、其時奥で手の鳴る音がした。

『六番でお手が鳴るよ。』

哮《ほ》へる様な声で主人は叫むだ。

『何方《どちら》さまで御座います。』

主人は火鉢に寄かゝつたまゝで問ふた。客は肩を聳《そびや》かして一寸《ちょっ》と顔をしかめたが、忽《たちま》ち口の辺《ほとり》に微笑《ほほえみ》をもらして、

『僕か、僕は東京。』

『それで何方《どちら》へお越しで御座いますナ。』

『八王子へ行くのだ。』

と答へて客は其処《そこ》に腰を掛け脚絆の緒《ひも》を解きにかゝつた。

『旦那、東京から八王子なら道が変で御座いますね工。』

主人は不審さうに客の様子を今更のやうに眺《なが》めて、何か言ひたげな口つきをした。客は直《す》ぐ気が付いた。

『いや僕は東京だが、今日東京から来たのじやアない、今日は晩くなつて川崎を出発《たっ》て来たからこんなに暮れて了つたのさ、一寸と湯をお呉れ。』

『早くお湯を持て来ないか。へエ随分今日はお寒むかつたでしよう、八王子の方はまだ

〳〵寒う御座います。』

といふ主人の言葉はあいそが有つても一体の風つきは極めて無愛嬌《ぶあいきよう》である。年は六十ばかり、肥《ふと》満つた体軀《からだ》の上に綿の多い半纏《はんてん》を着て居るので肩から直に太い頭が出て、幅の広い福々《ふくぶく》しい顔の目眦《まなじり》が下がつて居る。それで何処かに気懊《きむずか》しいところが見えて居る。しかし正直なお爺《やじ》さんだなと客は直ぐ思つた。

客が足を洗ツて了ツて、未だ拭きゝらぬうち、主人は、

『七番へご案内申しな！』

と怒鳴《どな》ツた。それぎりで客へは何の挨拶もしない、其後姿を見送りもしなかつた。真黒な猫が厨房《くりや》の方から来て、そツと主人の高い膝の上に這《は》ひ上がつて丸くなつた。主人はこれを知て居るのか居ないのか、ぢつと眼をふさいで居る。暫時《しばらく》すると、右の手が煙草《たばこ》箱《いれ》の方へ動いて其太い指が煙草を丸めだした。

『六番さんのお浴湯《ゆ》がすんだら七番のお客さんを御案内申しな！』

膝の猫が喫驚《びつくり》して飛下りた。

『馬鹿！　貴様に言つたのぢやないわ。』

猫は驚惶《あわ》てゝ厨房の方へ駈けて往つて了つた。柱時計がゆるやかに八時を打つた。

『お婆さん、吉蔵が眠むさうにして居るじやないか、早く被中炉《あんか》を入れてやつてお寝かしな、可愛さうに。』

おやんな。』

『さうかな。吉蔵最《も》うお寝よ、朝早く起きてお復習いな。お婆さん早く被中炉《あんか》を入れて

お婆さんの声らしかつた。

『吉蔵は此処《ここ》で本を復習《さらつ》て居ますじやないかね。』

主人の声の方が眠《ね》むそうである、厨房の方《ほう》で、

の声がした。

勝手の方で下婢《かひ》とお婆さんと顔を見合はしてくす〳〵と笑つた。店の方で大きな欠伸《あくび》

『今すぐ入れてやりますよ。』

した。

店の障子が風に吹かれてがた〳〵すると思ふとパラ〳〵と雨を吹きつける音が微《かす》かに

五十を五つ六つ越えたらしい小さな老母が煠《くす》ぶつた被中炉に火を入れながら呟《つぶ》やいた。

『自分が眠いのだよ。』

『もう店の戸を引き寄せて置きな、』と主人は怒鳴つて、舌打をして、

『又た降て来やあがつた。』

と独言《ひとりごと》のやうにつぶやいた。成程《なるほど》風が大分強くなつて雨さへ降りだしたやうである。

春先とはいへ、寒い〳〵霙《みぞれ》まじりの風が広い武蔵野を荒れに荒れて終夜《よもすがら》、真闇な溝口

の町の上を哮《ほ》へ狂つた。

七番の座敷では十二時過ぎても未だ洋燈《らんぷ》が耿々《こうこう》と輝いて居る。亀屋で起きて居る者といへば此座敷《ざしき》の真中で、差向かいで話して居る二人の客ばかりである。戸外《そと》は風雨の声いかにも凄《すさ》まじく、雨戸が絶えず鳴つて居た。

『此の模様では明日のお立は無理ですぜ。』

と一人が相手の顔を見て言つた。これは六番の客である。

『何に、別に用事はないのだから明日一日位此処《ここ》で暮らしても可《い》いんです。』

二人とも顔を赤くして鼻の先を光からして居る。傍《そば》の膳の上には燗陶《かんびん》が三本乗つて居て、盃《さかずき》には酒が残て居る。二人とも心地よささうに体《からだ》をくつろげて、胡坐《あぐら》をかいて、火鉢を中にして煙草を吹かして居る、六番の客は袍巻《かいまき》の袖から白い腕を臂《ひじ》まで出して巻煙草の灰を落しては、喫《す》つ煙て居る。二人の話しぶりは極めて率直であるもの丶今宵《こよい》初めて此宿舎で出合つて、何かの口緒《いとぐち》から、二口三口襖越《ふすまご》しの話があつて、余りの淋しさに六番の客から押しかけて来て、名刺の交換が済むや、酒を命じ、談話《はなし》に実が入て来るや、何時《いつ》しか丁寧な言葉とぞんざいな言葉とを半混《はんまぜ》に使うやうに成つたものに違いない。

七番の客の名刺には大津辨二郎とある、別に何の肩書もない。六番の客の名刺には秋山松之助とあつて、これも肩書がない。

大津とは即ち日が暮れて着た洋服の男である。瘦形《やせがた》なすらりとして色の白い処は相手の秋山とは丸で違つて居る。秋山は二十五か六といふ年輩で、丸く肥満《こえ》て赤ら顔で、眼元に愛嬌《あいきよう》があつて、いつもにこ〳〵して居るらしい。大津は無名の文学者で、秋山は無名の画家で不思議にも同種類の青年が此田舎の旅宿《はたごや》で落合つたのであつた。

『もう寝ようかねエ。随分悪口《あつこう》も言ひつくしたやうだ。』

美術論から文学論から宗教論まで二人は可なり勝手に饒舌《しやべ》つて、現今の文学者や画家の大家を手ひどく批評して十一時が打つたのに気が付かなかつたのである。

『まだ可いさ。どうせ明日は駄目でしようから夜通し話したつてかまはないさ。』

画家の秋山はにこ〳〵しながら言つた。

『しかし何時でしよう。』

と大津は投げ出してあつた時計を見て、

『おやもう十一時過ぎだ。』

『どうせ徹夜でさあ。』

秋山は一向平気である。盃を見つめて、

『しかし君が眠むけれやあ寝てもいゝ。』

『眠くは少《ちつ》ともない、君が疲かれて居るだらうと思つてさ。僕は今日晩く川崎を立て三里半ばかしの道を歩るいた丈《だ》けだから何ともないけれど。』

『何に僕だつて何ともないさ、君が寝るならこれを借りて去《い》つて読で見ようと思ふだけです。』

秋山は半紙十枚ばかりの原稿らしいものを取上げた。其表紙《ひょうし》には『忘れ得《え》ぬ人々《ひとびと》』と書《か》いてある。

『それは真実《ほんと》に駄目ですよ。つまり君の方でいふと鉛筆で書いたスケッチと同じことで他人にはわからないのだから。』

といつても大津は秋山の手から其原稿を取うとは為《し》なかつた。秋山は一枚二枚開けて見て所々読むで見て、

『スケッチにはスケッチ丈けの面白味《おもしろみ》があるから少こし拝見したいねエ。』

『まア一寸貸して見玉へ。』

と大津は秋山の手から原稿を取て、処々あけて見て居たが、二人は暫時《しばらく》無言であつた。戸外《そと》の風雨の声が此時今更らのやうに二人の耳に入つた。大津は自分の書た原稿を見つめたまゝぢつと耳を傾けて夢心地になつた。

『こんな晩は君の領分だねエ。』

秋山の声は大津の耳に入らないらしい。返事もしないで居る。風雨の音を聞て居るのか、原稿を見て居るのか、将《は》た遠く百里の彼方《かなた》の人を憶《おも》つて居るのか、秋山は心のうちで、大津の今の顔、今の眼元は我が領分だなと思つた。

『君がこれを読むよりか、僕が此題で話した方が可さゝうだ。どうです、君は聴きますか。此原稿はほんの大要《あらまし》を書き止めて置たのだから読むだつて解らないからねエ。』

夢から寤《さ》めたような目つきをして大津は眼を秋山の方に転じた。

『詳細《くわし》く話して聞かされるなら尚のことさ。』

と秋山が大津の眼を見ると、大津の眼は少し涙にうるんで居て、異様な光を放《はなつ》て居た。

『僕はなるべく詳しく話すよ、面白ろくないと思つたら、遠慮なく注意して呉れ玉へ。その代り僕も遠慮なく話すよ。なんだか僕の方で聞いてもらいたい様な心持に成つて来たから妙じやあないか。』

秋山は火鉢《ひばち》に炭をついで、鉄瓶《てつびん》の中へ冷めた燗陶《かんびん》を突込んだ。

『忘れ得ぬ人は必ずしも忘れて叶ふまじき人にあらず、見玉《みたま》へ僕の此原稿の劈頭《へきとう》第一に書いてあるのは此句である。』

大津は一寸と秋山の前にその原稿を差しいだした。

『ね。それで僕は先づ此句の説明をしやうと思ふ。さうすれば自から此文の題意が解るだらうから。しかし君には大概《たいがい》わかつて居ると思ふけれど。』

『そんなことを言はないで、ずん〳〵遣り玉へよ。僕は世間の読者の積りで聴て居るから。失敬《しつけい》、横になつて聴くよ。』

秋山は煙草を啣《くわ》へて横になつた。右の手で頭を支へて大津の顔を見ながら眼元に微笑を湛《たた》えて居る。

『親とか子とか又は朋友知己《ほうゆうちき》其ほか自分の世話になつた教師先輩の如きは、つまり単に忘れ得ぬ人とのみはいへない。忘れて叶ふまじき人といはなければならない、そこで此処に恩愛《おんあい》の契《ちぎり》もなければ義理もない、ほんの赤の他人であつて、本来をいふと忘れて了《しま》つたところで人情をも義理をも欠かないで、而《しか》も終《つい》に忘れて了ふことの出来ない人がある。世間一般の者にさういふ人があるとは言はないが少くとも僕には有る。恐らくは君にも有るだらう。』

秋山は黙然《だまつ》て首肯《うなず》いた。

『僕が十九の歳の春の半頃と記憶して居るが、少し体軀《からだ》の具合が悪いので暫時《しば》らく保養する気で東京の学校を退《ひ》いて国へ帰へる、其帰途《かえりみち》のことであつた。大阪から例の瀬戸内通ひの滊船に乗つて春海《しゅんかい》波平らかな内海を航《こう》するのであるが、殆《ほと》んど一昔も前の事であるから、僕の其時の乗合の客がどんな人であつたやら、船長がどんな男であつたやら、茶菓《ちゃか》を運ぶ船奴《ボオイ》の顔がどんなであつたやら、そんなことは少しも憶《おぼ》へて居ない。多分僕に茶を注《つ》いで呉れた客もあつたらうし、甲板の上で色々と話しかけた人もあつたらうが、何にも記憶に止まつて居ない。

『たゞ其時は健康が思はしくないから余り浮き〳〵しないで物思に沈むで居たに違いない。絶えず甲板の上に出で将来《ゆくすえ》の夢を描ては此世に於ける人の身の上のことなどを思ひつゞけてゐたことだけは記憶してゐる。勿論《もちろん》若いものゝ癖《くせ》で其れも不思議はないが。其処で僕は、春の日の閑《のど》かな光が油のような海面に融け殆《ほと》んど漣《さざなみ》も立たぬ中を船の船首《へさき》が心地よい音をさせて水を切て進行するにつれて、霞《かすみ》たなびく島々を迎へては送り、右舷《うげん》左舷《さげん》の景色を眺めてゐた。菜の花と麦の青葉とで錦《にしき》を敷《しい》たやうな島々が丸で霞の奥に浮いてゐるやうに見える。そのうち船が或る小さな島を右舷に見て其磯《いそ》から十町とは離れない処を通るので僕は欄《らん》に寄り何心《なにげ》なく其島を眺めてゐた。山の根がたの彼処此処《かしこここ》に背の低い松が小杜《こもり》を作つてゐるばかりで、見たところ畑もなく家らしいものも見えない。寂《しん》として淋びしい磯の退潮《ひきしお》の痕が日に輝《ひか》つて、小さな波が水際《みぎわ》を弄《もてあそ》んでゐるらしく長い線《すじ》が白刃《しらは》のやうに光つては消えて居る。無人島《むにんとう》でない事はその山よりも高い空で雲雀《ひばり》が啼《ない》てゐるのが微《かす》かに聞えるのでわかる。田畑ある島と知れけりあげ雲雀、これは僕の老父《おやじ》の句であるが、山の彼方《むこう》には人家《じんか》があるに相違ないと僕は思ふた。と見るうち退潮の痕の日に輝つてゐる処に一人の人がゐるのが目についた。たしかに男である、又た子供でもない。何か頻《しき》りに拾つては籠《かご》か桶《おけ》かに入れてゐるらしい。二三歩《ふたあしみあし》あるいてはしやがみ、そして何か拾ろつてゐる。自分は此淋しい島かげの小さな磯を漁《あさ》つてゐる此人をぢつと眺めてゐた。船が進むにつれて人影が黒い点のやうになつて了《しま》つた、そのうち磯も山も島全体が霞《かすみ》の彼方《かなた》に消えて了つた。その後今日が日まで殆ど十年の間、僕は何度此島かげの顔も知らない此人を憶ひ起したらう。これが僕の『忘れ得ぬ人々』の一人である。

『その次は今から五年ばかり以前、正月元旦を父母の膝下《ひざもと》で祝つて直ぐ九州旅行に出かけて、熊本から大分へと九州を横断した時のことであつた。

『僕は朝早く弟と共に草鞋脚絆《わらじきやはん》で元気よく熊本を出発《た》つた。其日は未だ日が高い中に立野《たての》といふ宿場《しゆくば》まで歩いて其処に一泊した。次ぎの日の未だ登らないうち立野を立つて、兼ての願で、阿蘇山《あそさん》の白煙を目がけて霜を蹈《ふ》み桟橋を渡り、路を間違へたりして漸《やう》く日中時分《おひるじぶん》に絶頂近くまで登り、噴火口に達したのは一時過ぎでもあツただらうか。熊本地方は温暖であるがうへに、風のない好く晴れた日だから、冬ながら六千尺の高山も左《さ》までは寒く感じない。高嶽《たかたけ》の絶頂《いただき》は噴火口から吐き出す水蒸気が凝《こ》つて白くなつて居たが其外は満山ほとんど雪を見ないで、たゞ枯草白く風にそよぎ、焼土《やけつち》の或は赤き或は黒きが旧噴火口の名残を彼処《かしこ》此処《ここ》に止めて断崖《だんがい》をなし、その荒涼たる、光景は、筆も口も叶はない、之れを描くのは先づ君の領分だと思ふ。

『僕等は一度噴火口の縁《ふち》まで登て、暫時《しばら》くは凄まじい穴を覗き込んだり四方の大観《たいかん》を恣《ほしいまま》にしたりしてゐたが、さすがに頂《いただき》は風が寒くつて堪らないので、穴から少し下りると阿蘇神社がある其傍に小さな小屋があつて番茶位は呑ませて呉れる、其処へ逃げ込んで団飯《むすび》を齧《かじ》つて、元気をつけて、又た噴火口まで登つた。

『其時は日がもう余程《よほど》傾いて肥後の平野を立籠《たてこ》めてゐる霧靄《もや》が焦げて赤くなつて恰度其処に見える旧噴火口の断崖と同じやうな色に染つた。円錐形《えんすいけい》に聳《そび》えて高く群峰《ぐんぽう》を抜く九重嶺の裾野《すその》の高原数里の枯草が一面に夕陽《せきよう》を帯び、空気が水のやうに澄むでゐるので人馬の行くのも見えさうである。天地寥廓《てんちりようかく》、而も足もとでは凄じい響をして白煙濛々と立《たち》騰《のぼ》り真直ぐに空を衝き急に折れて高嶽を掠め天の一方に消えて了う。壮《そう》といはんか美といはんか惨《さん》といはん歟《か》、僕等は黙然《だまつ》たまゝ一言も出さないで暫時く石像のやうに立て居た。此時天地悠々《ゆうゆう》の感、人間存在の不思議の念などが心の底から湧て来るのは自然のことだらうと思ふ。

『ところで尤《もつと》も僕らの感《かん》を惹《ひ》いたものは九重嶺と阿蘇山との間の一大窪地であつた。これは兼ねて世界最大の噴火口の旧跡と聞て居たが成程、九重嶺の高原が急に頽《おち》こんで居て数里に亘《わた》る絶壁《ぜつぺき》が此窪地の西を廻《めぐ》つてゐるのが眼下によく見える。男体山麓《なんたいさんろく》の噴火口は明媚《めいび》幽邃《ゆうすい》の中禅寺湖と変つてゐるが此《この》大噴火口はいつしか五穀《ごこく》実る数千町歩の田園とかわつて村落幾個の樹林《じゆりん》や麦畑が今しも斜陽《しやよう》静かに輝やいてゐる。僕等が其夜、疲れた足を蹈みのばして罪のない夢を結ぶを楽しむでいる宮地《みやじ》といふ宿駅《しゆくえき》も此窪地にあるのである。

『いつそのこと山上の小屋に一泊して噴火の夜の光景を見ようかといふ説も二人の間に出たが、先きが急がれるので愈々山を下ることに決めて宮地を指して下りた。下りは登りよりかずつと勾配が緩《ゆ》るやかで、山の尾や谷間の枯草の間を蛇のやうに蜿蜒《うね》つてゐる路を辿つて急ぐと、村に近づくに連れて枯草を着けた馬を幾個か逐《お》こした。あたりを見ると彼処此処の山尾《やまのお》の小路をのどかな鈴の音夕陽《せきよう》を帯びて人馬幾個《いくつ》となく麓《ふもと》をさして帰りゆくのが数えられる、馬はどれも皆な枯草を着けてゐる。麓は直きそこに見えてゐても容易には村へ出ないので、日は暮れかゝるし僕等は大急ぎに急いで終いには走つて下りた。

『村に出た時は最早《もう》日が暮れて夕闇ほのぐらい頃であつた。村の夕暮のにぎはいは格別で、壮年男女は一日の仕事のしまいに忙がしく子供は薄暗い垣根の蔭や竈《かまど》の火の見える軒先に集まつて笑つたり歌つたり泣いたりしてゐる、これは何処の田舎も同じことであるが、僕は荒涼たる阿蘇の草原から駈け下りて突然、この人寰《じんかん》に投じた時ほど、これらの光景に搏《う》たれたことはない。二人は疲れた足を曳きずつて、日暮れて路遠《みちとお》きを感じながらも、懐かしいやうな心持で宮地を今宵の当《あて》に歩るいた。

『一村離れて林や畑の間を暫らく行くと日はとつぷり暮れて二人の影が明白《はつきり》と地上に印《いん》するやうになつた。振向いて西の空を仰ぐと阿蘇の分派の一峰の右に新月が此窪地一帯の村落を我物顔《わがものがお》に澄むで蒼味《あおみ》がゝつた水のやうな光を放てゐる。二人は気がついて直ぐ頭の上を仰ぐと、昼間は真白に立のぼる噴煙が月の光を受て灰色に染つて碧瑠璃《へきるり》の大空を衝《つい》て居るさまが、いかにも凄《すさま》じく又た美しかつた。長さよりも幅の方が長い橋にさしかゝつたから、幸《さいわい》と其欄《らん》に倚《よ》つかゝつて疲れきつた足を休めながら二人は噴煙のさまの様々に変化するを眺めたり、聞くともなしに村落の人語の遠くに聞こゆるを聞いたりしてゐた。すると二人が今来た道の方から空車《からぐるま》らしい荷車の音が林などに反響して虚空に響き渡つて次第に近いて来るのが手に取るやうに聞こえだした。

『暫《しばら》くすると朗々《ほがらか》な澄むだ声で流して歩るく馬子唄《まごうた》が空車の音につれて漸々《ぜんぜん》と近づいて来た。僕は噴煙を眺めたまゝで耳を傾けて、此声の近づくのを待つともなしに待つてゐた。

『人影が見えたと思ふと、「宮地やよいところじや阿蘇山ふもと」といふ俗謡《うた》が長く引いて丁度僕等が立てゐる橋の少し手前まで流して来た其俗謡の意《こころ》と悲壮な声とが甚麽《どんな》に僕の情《こころ》を動かしたらう。二十四五かと思はれる屈強な壮漢《わかもの》が手綱《たづな》を牽いて僕等の方を見向きもしないで通つてゆくのを僕はぢつと睇視《みつ》めてゐた。夕月《ゆうづき》の光を背にしてゐたから其横顔も明毫《はつきり》とは知れなかつたが其逞《たくま》しげな体軀の黒い輪廓が今も僕の目の底に残つてゐる。

『僕は壮漢《わかもの》の後影《うしろかげ》をぢつと見送つて、そして阿蘇の噴煙を見あげた。「忘れ得ぬ人々」の一人は則ち此壮漢である。

『其次は四国の三津ケ浜に一泊して瀛船便を待つた時のことであつた。夏の初めと記憶してゐるが僕は朝早く旅宿《やど》を出て瀛船の来るのは午後と聞たので此港の浜や町を散歩した。奥に松山を控《ひか》えてゐる丈け此港の繁盛は格別で、分けても朝は魚市《うおいち》が立つので魚市場の近傍の雑沓は非常なものであつた。大空は名残なく晴れて朝日麗《うら》らかに輝き、光る物には反射を与へ、色あるものには光を添へて雑沓の光景を更らに殷々《にぎにぎ》しくしてゐた。

叫ぶもの呼ぶもの、笑声嬉々《しようせいきき》として此処に起れば、歓呼怒罵《かんこどば》乱れて彼方《かしこ》に湧くといふ有様で、売るもの買ふもの、老若男女、何れも忙しさうに面白さうに嬉しさうに、駈けたり追つたりしてゐる。露店が並むで立食《たちぐい》の客を待つてゐる。売つてゐる品《もの》は言はずもがなで、喰つてる人は大概船頭船方《せんどうふなかた》の類《たぐい》にきまつてゐる。鯛や比良目《ひらめ》や海鰻《あなご》や章魚《たこ》が、其処らに投げ出してある。腥《なまぐさ》い臭《におい》が人々の立騒ぐ袖や裾に煽《あお》られて鼻を打つ。

『僕は全くの旅客で此土地には縁もゆかりも無い身だから、知る顔も無ければ見覚えの禿頭もない。其処で何となく此等の光景が異様な感を起させて、世の様を一段鮮かに眺めるやうな心地がした。僕は殆《ほと》んど自己《おのれ》を忘れて此雑沓の中《うち》をぶら〳〵と歩るき、やゝ物静なる街《ちまた》の一端《はし》に出た。

『すると直ぐ僕の耳に入つたのは琵琶《びわ》の音であつた。其処の店先に一人の琵琶僧が立つてゐた。歳の頃四十を五ツ六ツも越たらしく、幅の広い四角な顔の丈の低い肥満た漢子《おとこ》であつた。其顔の色、其眼の光は恰度悲しげな琵琶の音に相応《ふさわ》しく、あの咽《むせ》ぶやうな糸の音につれて謡《うた》ふ声《こえ》が沈んで濁つて淀むでゐた。巷《ちまた》の人は一人も此僧を顧みない、家々の者は誰も此琵琶に耳を傾ける風も見せない。朝日は輝く浮世は忙はしい。

『しかし僕はぢつと此琵琶僧を眺めて、其琵琶の音に耳を傾けた。此道幅の狭い軒端の揃はない、而も忙しさうな巷の光景が此琵琶僧と此琵琶の音とに調和しない様で而も何処《どこ》か処《か》に深い約束があるやうに感じられた。あの嗚咽《おえつ》する琵琶の音が巷の軒から軒へと漂《ただよ》ふて勇ましげな売声や、かしましい鉄砧《かなしき》の音に雑《ま》ざつて、別に一道《どう》の清泉が濁波《だくは》の間を潜《く》ぐつて流れるやうなのを聞いてゐると、嬉れしさうな、浮き〳〵した、面白ろさうな、忙しさうな顔つきをしてゐる巷の人々の心の底の糸が自然の調《しらべ》をかなでてゐるやうに思はれた、「忘れえぬ人々」の一人は則ち此琵琶僧である。』

此処まで話して来て大津は静かに其原稿を下に置て暫時《しばら》く考へ込むでゐた。戸外《そと》の雨風の響は少しも衰へない。秋山は起き直つて、

『それから。』

『もう止そう、余り更けるから。未だ幾らもある。北海道歌志内《うたしない》の鉱夫、大連湾頭《だいれんわんとう》の青年漁夫、番匠川の瘤《こぶ》ある舟子《ふなこ》など僕が一々此原稿にある丈けを詳はしく話すなら夜が明けて了まうよ。兎に角、僕がなぜ此等の人々を忘《わす》るゝことが出来ないかといふ、それは憶ひ起すからである。なぜ僕が憶ひ起すだらうか。僕はそれを君に話して見たいがね。

『要するに僕は絶えず人生の問題に苦しむでゐながら又た自己将来の大望に圧せられて自分で苦しんでゐる不幸《ふしあわせ》な男である。

『そこで僕は今夜のやうな晩に独り夜更て燈《ともしび》に向つてゐると此生《このせい》の孤立を感じて堪え難いほどの哀情を催《もよ》ふして来る。その時僕の主我の角がぼきり折れて了つて、何んだか人懐かしくなつて来る。色々の古い事や友の上を考へだす。其時油然《ゆぜん》として僕の心に浮むで来るのは則ち此等の人々である。さうでない、此等の人々を見た時の周囲の光景の裡

に立つ此等の人々である。我れと他と何の相違があるか、皆な是れ此生を天の一方地の一角に享《う》けて悠々たる行路を辿り、相携へて無窮《むきゅう》の天に帰る者ではないか、といふやうな感が心の底から起つて来て我知らず涙が頰をつたうことがある。其時は実に我もなければ他《ひと》もない、ただ誰れも彼れも懐かしくつて、忍ばれて来る、

『僕は其時ほど心の平穏を感ずることはない、其時ほど自由を感ずることはない、其時ほど名利競争の俗念消えて総ての物に対する同情の念の深い時はない。

『僕はどうにかして此題目《だいもく》で僕の思ふ存分に書いて見たいと思ふてゐる。僕は天下必ず同感の士あることゝ信ずる。』

其後二年経過《た》つた。

大津は故あつて東北の或地方に住つてゐた。溝口の旅宿《やど》で初めて遇つた秋山との交際は全く絶えた。恰度、大津が溝口に泊つた時の時候であつたが、雨の降る晩のこと。大津は独り机に向つて瞑想に沈むでゐた。机の上には二年前秋山に示した原稿と同じの『忘れ得ぬ人々』が置いてあつて、其最後に書き加へてあつたのは『亀屋の主人《あるじ》』であつた。

『秋山』では無かつた。

わかれ道

樋口一葉

■樋口一葉　ひぐちいちよう

明治五年（一八七二）～明治二九年（一八九六）

東京生れ。十四歳で中島歌子の歌塾「萩の舎」に入門、和歌や古典を学ぶ。一家の生活を立てるために、小説家を志し、明治二五年に処女作「闇桜」を発表。貧しい生活の中で、「大つごもり」（明二七）、「たけくらべ」「にごりえ」（明二九）などの名作を書いた。また十四歳から書きつづけられた「一葉日記」がある。二五歳で病没。「わかれ道」は明治二九年「国民之友」に発表された。

（上）

お京《きやう》さん居ますかと窓の戸の外に来て、ことくと羽目《はめ》を敲《たた》く音のするに、誰れだえ、最《も》う寐《ね》て仕舞《しま》つたから明日来てお呉れと嘘を言へば、寐たつて宜《い》いやね、起きて明けてお呉んなさい、傘屋の吉《きち》だよ、己《お》れだよと少し高く言へば、嫌な子だね此様《こん》な遅くに何を言ひに来たか、又御餅《おかちん》のおねだりか、と笑つて、今あけるよ少時《しばらく》辛棒《しんぼう》おしと言ひながら、仕立《したて》かけの縫物《ぬいもの》に針どめして立つは年頃二十余りの意気《いき》な女、多い髪の毛を忙がしい折からとて結《むす》び髪《がみ》にして、少し長めな八丈《はちじよう》の前だれ、お召《めし》の台《だい》なしな半天《はんてん》を着て、急ぎ足に沓脱《くつぬぎ》へ下りて格子戸に添《そ》ひし雨戸を明くれば、お気の毒さまと言ひながらずつと這入《はい》るは一寸法師《いつすんぼうし》と仇名《あだな》のある町内の暴れ者、傘屋の吉とて持て余しの小僧なり、年は十六なれども不図《ふと》見る処は一か二か、肩幅せばく顔少さく、目鼻だちはきりくと利口らしけれど何《いか》にも脊《せい》の低くければ人嘲《あざ》けりて仇名はつけゝる。御免《ごめん》なさい、と火鉢の傍《そば》へづかくと行けば、御餅《おかちん》を焼くには火が足らないよ、台処《だいどころ》の火消壺《ひけしつぼ》から消《け》し炭《ずみ》を持つて来てお前が勝手に焼いてお喰べ、私は今夜中に此れ一《つ》枚を上げねば成らぬ、角の質屋の旦那どのが御年始着《ごねんしぎ》だからとて針を取れば、吉はふゝんと言つて彼《あ》の兀頭《はげあたま》には惜しい物だ、御《お》初穂《はつう》を我《お》れでも着て遣らうかと言へば、馬鹿をお言ひで無い人のお初穂を着ると出世が出来ないと言ふでは無いか、今つから延びる事が出来なくては仕方が無い、其《そ》様《ん》な事を他処《よそ》の家でもしては不用《いけない》よと気を付けるに、己れなんぞ御出世は願はないのだから他人の物だらうが何だらうが着かぶつて遣《や》るだけが徳《とく》さ、お前さん何時か左様《そう》言つたね、運が向く時に成ると己れに糸織《いとおり》の着物をこしらへて呉れるつて、本当に調《こしら》へて呉れるかえと真面目《まじめ》だつて言へば、夫《そ》れは調らへて上げられるやうならお目出度《めでたい》のだもの喜んで調らへるがね、私が姿を見てお呉れ、此様《こん》な容躰《ようだい》で人さまの仕事をして居る境界《きようがい》では無からうか、まあ夢のやうな約束さとて笑つて居れば、いゝやな夫《そ》れは、出来ない時に調らへて呉れとは言は無い、お前さんに運の向いた時の事さ、まあ其様《そん》な約束でもして喜ばして置いてお呉れ、此様《こん》な野郎が糸織ぞろへを冠《かぶ》つた処がをかしくも無いけれどもと淋しさうな笑顔をすれば、そんなら吉ちやんお前が出世の時は私にもしてお呉れか、其約束も極《きわ》めて置きたいねと微笑んで言へば、其《そい》つはいけない、己れは何《ど》うしても出世なんぞは為《し》ないのだから。何故〳〵。何故でもしない、誰れが来て無理やりに手を取つて引上げても己れは此処《ここ》に斯うして居るのが好いのだ、傘屋の油引きが一番好《い》いのだ、何《ど》うで盲目縞《めくらじま》の筒袖《つつそで》に三尺を脊負《しよ》つて産《で》て来《き》たのだらうから、渋《しぶ》を買ひに行く時かすりでも取つて吹矢の一本も当りを取るのが好い運さ、お前さんなぞは以前《もと》が立派な人だと言ふから今に上等の運が馬車に乗つて迎ひに来やすのさ、だけれどもお妾《めかけ》に成ると言ふ謎《なぞ》では無いぜ、悪く取つて怒つてお呉んなさるな、と火《ひ》なぶりをしながら身の上を歎くに、左様《そう》さ馬車の代《かわ》りに火の車でも来るであらう、随分《ずいぶん》胸の燃える事が有るからね、とお京は尺《ものさし》を杖に振返《ふりかえ》りて吉三《きちぞう》が顔を守りぬ。

例《いつも》の如く台処から炭を持出して、お前は喰ひなさらないかと聞けば、いゝゑ、とお京の頭《つむり》をふるに、では己ればかり御馳走さまに成らうかな、本当に自家《うち》の吝嗇《けちん》ぼうめ八釜《やかま》しい小言《こごと》ばかり言ひやがつて、人を使ふ法《ほう》をも知りやあがらない、死んだお老婆《ばあ》さんは彼《あ》んなのでは無かつたけれど、今度の奴等と来たら一人として話せるのは無い、お京さんお前は自家《うち》の半次《はんじ》さんを好きか、随分厭味《いやみ》に出来あがつて、いゝ気の骨頂《こっちょう》の奴では無いか、己れは親方の息子だけれど彼奴《あいつ》ばかりは何《ど》うしても主人とは思はれない番《ばん》ごと喧《けん》嘩《か》をして遣《や》り込《こ》めてやるのだが随分おもしろいよと話しながら、金網の上へ餅をのせて、おゝ熱々《あつあつ》と指先を吹いてかゝりぬ。

己《お》れは何《ど》うもお前さんの事が他人のやうに思はれぬは何《ど》ういふ物であらう、お京さんお前は弟《おとと》といふを持つた事は無いのかと問はれて、私は一人娘《ひとりご》で同胞《きょうだい》なしだから弟にも妹《いもと》にも持つた事は一度も無いと云ふ、左様《そう》かなあ、夫《そ》れでは矢張《やっぱり》何でも無いのだらう、何処《どこ》からか斯《こ》うお前のやうな人が己れの真身《しんみ》の姉《あね》さんだとか言つて出て来たら何んなに嬉しいか、首《くび》つ玉《たま》へ噛《かじ》り付いて己《お》れは夫《そ》れ限《ぎ》り往生《おうじよう》しても喜ぶのだが、本当に己れは木の股からでも出て来たのか、遂《つ》いしか親類らしい者に逢つた事も無い、夫《そ》れだから幾度《いくど》も幾度も考へては己《お》れは最《も》う一生誰れにも逢ふ事が出来ない位《くらい》なら今のうち死んで仕舞《しまつ》た方が気楽だと考へるがね、夫れでも欲があるから可笑《おか》しい、ひよつくり変てこな夢《ゆめ》何《なに》かを見てね、平常《ふだん》優しい事の一言も言って呉れる人が母親《おふくろ》や父親《おやじ》や姉《あね》さんや兄《あに》さんの様に思はれて、もう少し生《いき》て居やうかしら、もう一年も生て居たら誰れか本当の事を話して呉れるかと楽しんでね、面白くも無い油引きをやつて居るが己れみたやうな変な物が世間にも有るだらうかねえ、お京さん母親も父親も空《から》つきり当《あて》が無いのだよ、親なしで産れて来る子があらうか、己《お》れは何《ど》うしても不思議でならない、と焼《やき》あがりし餅を両手でたゝきつゝ例《いつ》も言ふなる心細さを繰返せば、夫れでもお前笹《ささ》づる錦《にしき》の守り袋といふ様な証拠は無いのかえ、何か手懸《てがか》りは有りさうな物だねとお京の言ふを消して、何其様《そん》な気の利いた物は有りさうにもしない生れると直《すぐ》さま橋の袂《たもと》の貸赤子《かしあかご》に出されたのだなどゝ朋輩《ほうばい》の奴等《やつら》が悪口をいふが、もしかすると左様《そう》かも知れない、夫《そ》れなら己れは乞食《こじき》の子だ、母親も父親も乞食かも知れない、表を通る襤褸《ぼろ》を下げた奴が矢張《やつぱり》己れが親類まきで毎朝きまつて貰ひに来る跛《びつこ》片眼《めつかち》の彼《あ》の婆《ばば》あ何かゞ己れの為の何に当るか知れはしない、話さないでもお前は大底《たいてい》しつて居るだらうけれど今の傘屋に奉公する前は矢張《やつぱり》己れは角兵衛《かくべえ》の獅子《しし》を冠《かぶ》つて歩いたのだからと打《うち》しをれて、お京さん己れが本当に乞食の子ならお前は今までのやうに可愛《かわゆ》がつては呉れないだらうか、振向いて見ては呉れまいねと言ふに、串談《じようだん》をお言ひでないお前が何《ど》のやうな人の子で何《ど》んな身か夫《そ》れは知らないが、何だからとつて嫌《い》やがるも嫌やがらないも言ふ事は無い、お前は平常《ふだん》の気に似合ぬ情ない事をお言ひだけれど、私が少しもお前の身なら非人でも乞食でも搆ひはない、親が無からうが兄弟が何《ど》うだらうが身一つ出世をしたらば宜《よ》からう、何故其様《そん》な意気地《いくじ》なしをお言ひだと励ませば、己れは何うしても駄目だよ、何にも為やうとも思はない、と下を向いて顔をば見せざりき。

（中）

今は亡《う》せたる傘屋の先代に太《ふと》つ腹《ぱら》のお松とて一代に身上《しんじよう》をあげたる、女相撲《おんなすもう》のやうな老婆《ばば》さま有りき、六年前の冬の事寺参《てらまい》りの帰りに角兵衛《かくべえ》の子供を拾ふて来て、いゝよ親方から八《や》釜《かま》しく言つて来たら其時《そのとき》の事、可愛想《かわいそう》に足が痛くて歩かれないと言ふと朋輩《ほうばい》の意地悪が置ざりに捨てゝ行つたと言ふ、其様《そん》な処へ帰るに当るものか少《ちつ》とも怕《おつ》かない事は無いから私が家に居なさい、皆《みんな》も心配する事は無い何《なん》の此子《このこ》位のもの二人や三人、台所へ板を並べてお飯《まんま》を喰べさせるに文句が入る物か、判証文《はんしようもん》を取つた奴でも欠落《かけおち》をするもあれば持逃げの吝《けち》な奴もある、了簡《りようけん》次第の物だわな、いはゞ馬には乗つて見ろさ、役に立つか立たないか置いて見なけりや知れはせん、お前新網《しんあみ》へ帰るが嫌やなら此家《ここ》を死《しに》場《ば》と極《き》めて勉強をしなけりやあ成らないよ、しつかり遣《や》つてお呉れと言ひ含められて、吉や〳〵と夫れよりの丹精今油ひきに、大人《おとな》三人前を一手に引うけて鼻歌交《まじ》り遣《や》つて除《の》ける腕を見るもの、流石《さすが》に目鏡《めがね》と亡《う》き老婆《ひと》をほめける。

恩ある人は二年目に亡《う》せて今の主《あるじ》も内儀様《かみさま》も息子の半次も気に喰はぬ者のみなれど、此処を死場《しにば》と定めたるなれば厭《い》やとて更《さら》に何方《いずかた》に行くべき、身は疳癪《かんしやく》に筋骨《すじぼね》つまつてか人よりは一寸法師一寸法師と謗《そし》らるゝも口惜《くちお》しきに、吉や手前は親の日に腥《なまぐ》さを喰《や》つたであらう、ざまを見ろ廻りの廻りの小仏と朋輩の鼻垂《はなた》れに仕事の上の仇《あだ》を返されて、鉄拳《かなこぶし》に張たほす勇気はあれども誠に父母いかなる日に失せて何時を精進日《しようじんび》とも心得なき身の、心細き事を思ふては干場《ほしば》の傘のかげに隠《か》くれて大地を枕に仰向き臥《ふ》してはこぼるゝ涙を呑込みぬる悲しさ、四季押《おし》とほし油びかりする目くら縞《じま》の筒袖を振つて火の玉の様な子だと町内に怕《こわ》がられる乱暴も慰むる人なき胸ぐるしさの余り、仮にも優しう言ふて呉れる人のあれば、しがみ附いて取ついて離れがたなき思ひなり。仕事屋のお京は今年の春より此裏へと越して来し者なれど物事に気才《きさい》の利きて長屋中への交際《つきあい》もよく、大屋なれば傘屋の者へは殊更《ことさら》に愛想を見せ、小僧さん達着る物のほころびでも切れたなら私の家へ持つてお出《いで》、御家《おうち》は御多人数お内儀《かみ》さんの針もつていらつしやる暇はあるまじ、私は常住《じようじゆう》仕事畳紙《たとう》と首《くび》つ引《ぴき》の身なれば本の一針造作《ぞうさ》は無い、一人住居《ずまい》の相手なしに毎日毎夜さびしくつて暮して居るなれば手すきの時には遊びにも来て下され、私は此様《こん》ながら

〳〵した気なれば吉ちやんの様な暴れ様《さん》が大好き、疳癪《かんしやく》がおこつた時には表の米屋が白犬を擲《は》ると思ふて私の家の洗ひかへしを光沢《つや》出《だ》しの小槌に、碪《きぬた》うちでも遣《や》りに来て下されば、夫《そ》れならばお前さんも人に憎《に》くまれず私の方でも大助り、本に両為《りようだめ》で御座《ござ》んすほどにと戯言《じようだん》まじり何時となく心安く、お京さんお京さんとて入浸《いりびた》るを職人ども翻弄《からかい》ては帯屋の大将のあちらこちら、桂川《かつらがわ》の幕が出る時はお半の脊中《せな》に長右衛門と唱《うた》はせて彼《あ》の帯の上へちよこなんと乗つて出るか、此奴《こいつ》は好いお茶番だと笑はれるに、男なら真似て見ろ、仕事やの家へ行つて茶棚の奥の菓子鉢の中に、今日は何が何箇《いくつ》あるまで知つて居るのは恐らく己れの外《ほか》には有るまい、質屋の兀頭《はげあたま》めお京さんに首つたけで、仕事を頼むの何が何うしたのと小五月蠅《こうるさく》這入込んでは前だれの半襟の帯つかはのと附届《つけとどけ》をして御機嫌を取つては居るけれど、遂《つ》ひしか喜んだ挨拶をした事が無い、ましてや夜るでも夜中でも傘屋の吉が来たとさへ言へば寝間着《ねまき》のまゝで格子戸を明けて、今日は一日遊びに来なかつたね、何《ど》うかお為《し》か、案じて居たにと手を取つて引入れられる者が他に有らうか、お気の毒様なこつたが独活《うど》の大木は役にたゝない、山椒《さんしよ》は小粒で珍重されると高い事をいふに、此野郎めと脊を酷《ひど》く打たれて、有がたう御座いますと済《す》まして行く顔つき背さへあれば人串談《じようだん》とて免《ゆる》すまじけれど、一寸法師の生意気と爪はぢきして好い嬲《なぶ》りものに烟草《たばこ》休みの話しの種成《なり》き。

(下)

十二月三十日の夜、吉は坂上の得意場《とくいば》へ誂《あつら》への日限《にちげん》の後れしを詫びに行きて、帰りは懐手《ふところで》の急ぎ足、草履下駄《ぞうりげた》の先にかゝる物は面白づくに蹴かへして、ころ〳〵と転げると右に左に追ひかけては大溝《おおどぶ》の中へ蹴落して一人から〳〵の高笑ひ、聞く者なくて天上のお月さまさも皓々《こうこう》と照し給ふを寒いと言ふ事知らぬ身なれば只こゝちよく爽《さわやか》にて、帰りは例の窓を敲《たた》いて目算《もくさん》ながら横町を曲れば、いきなり後より追ひすがる人の、両手に目を隠くして忍び笑ひをするに、誰れだ誰れだと指を撫《な》でゝ、何だお京さんか、小指のまむしが物を言ふ、恐赫《おどか》しても駄目だよと顔を振《ふり》のけるに、憎くらしい当てられて仕舞つたと笑ひ出す。お京はお高僧頭巾《こそずきん》目深《まぶか》に風通《ふうつう》の羽織《はおり》着て例《いつも》に似合ぬ宜《よ》き粧《なり》なるを、吉三は見あげ見おろして、お前何処《どこ》へ行きなすつたの、今日明日は忙がしくてお飯《まんま》を喰べる間もあるまいと言ふたでは無いか、何処へお客様にあるいて居たのと不審を立てられて、取越《とりこ》しの御年始《ごねんし》さと素知らぬ顔をすれば、嘘をいつてるぜ三十日の年始を受ける家は無いやな、親類へでも行きなすつたかと問へば、とんでも無い親類へ行くやうな身に成つたのさ、私は明日あの裏の移転《ひっこし》をするよ、余《あん》まりだしぬけだから嘸《さぞ》お前おどろくだらうね、私も少し不意なのでまだ本当とも思はれない、兎《と》も角《かく》喜んでお呉れ悪るい事では無いからと言ふに、本当か、本当か、と吉は呆れて、嘘では無いか串談《じょうだん》では無いか、其様《そん》な事を言つておどかして呉れなくても宜《い》い、己《お》れはお前が居なくなつたら少しも面白い事は無くなつて仕舞《しま》ふのだから其様《そん》な厭《い》やな戯言《じようだん》は廢《よ》しにしてお呉れ、ゑゝ詰らない事を言ふ人だと頭《かしら》をふるに、嘘では無いよ何時かお前が言つた通り上等の運が馬車に乘つて迎ひに来たといふ騒ぎだから彼処《あすこ》の裏には居られない、吉ちやん其うちに糸織ぞろひを調《こしら》へて上《あげ》るよと言へば、厭《い》やだ、己れは其様《そん》な物は貰ひたく無い、お前その好い運といふは詰らぬ処へ行かうといふのでは無いか、一昨日自家《うち》の半次さんが左様《そう》いつて居たに、仕事やのお京さんは八百屋横町に按摩《あんま》をして居る伯父さんが口入れで何処のかお邸《やしき》へ御奉公に出るのださうだ、何お小間使ひと言ふ年ではなし、奥さまの御側やお縫物しの訳は無い、三つ輪に結つて総《ふさ》の下つた被布《ひふ》を着るお妾《めかけ》さまに相違は無い、何うして彼《あ》の顔で仕事やが通せる物かと此様《こん》な事をいつて居た、己れは其様《そん》な事は無いと思ふから、聞違ひだらうと言つて大喧嘩《おおげんか》を遣《や》つたのだが、お前もしや其処へ行くのでは無いか、其《その》お邸へ行くのであらう、と問はれて、何も私だとて行きたい事は無いけれど行かなければ成らないのさ、吉ちやんお前にも最《も》う逢はれなくなるねえ、とて唯《ただ》いふ言《こと》ながら萎《しお》れて聞《きこ》ゆれば、何《ど》んな出世に成るのか知らぬが其処へ行くのは廢《よ》したが宜《よか》らう、何もお前女口《おんなぐち》一つ針仕事で通せない事もなからう、彼《あ》れほど利《き》く手《て》を持つて居ながら何故つまらない其様《そん》な事を始めたのか、余り情ないでは無いかと吉は我が身の潔白に比べて、お廢《よ》しよ、お廢しよ、断つてお仕舞なと言へば、困つたねとお京は立止まつて、夫《そ》れでも吉ちやん私は洗《あら》ひ張《はり》に倦《あ》きが来て、最《も》うお妾でも何でも宜い、何《ど》うで此様《こん》な詰らないづくめだから、寧《いつ》その腐れ縮緬着物《ちりめんぎもの》で世を過ぐさうと思ふのさ。

思ひ切つた事を我れ知らず言つてほゝと笑ひしが、兎《と》も角《かく》も家へ行かうよ、吉ちやん少しお急ぎと言はれて、何だか己《お》れは根つから面白いとも思はれない、お前まあ先へお出《いで》よと後に附いて、地上に長き影法師を心細げに踏んで行く、いつしか傘屋の路次《ろじ》を入つてお京が例の窓下に立てば、此処《ここ》をば毎夜音《おと》づれて呉れたのなれど、明日の晩は最《も》うお前の声も聞かれない、世の中つて厭《い》やな物だねと歎息《たんそく》するに、夫《そ》れはお前の心がらだとて不満らしう吉三の言ひぬ。

お京は家に入るより洋燈《らんぷ》に火を点《うつ》して、火鉢《ひばち》を掻きおこし、吉ちやんやお焙《あた》りよと声をかけるに己《お》れは厭《い》やだと言つて柱際に立つて居るを、夫《そ》れでもお前寒からうでは無いか風を引くといけないと気を付ければ、引いても宜《い》いやね、搆はずに置いてお呉れと下を向いて居るに、お前は何うかおしか、何だか可怪《おか》しな様子だね私の言ふ事が何か疳《かん》にでも障《さわ》つたの、夫れなら其《その》やうに言つて呉れたが宜《い》い、黙《だま》つて其様《そん》な顔をして居られると気に成つて仕方が無いと言へば、気になんぞ懸けなくても能《い》いよ、己《お》れも傘屋の吉三だ女のお世話には成らないと言つて、寄かゝりし柱に脊を擦《こす》りながら、あゝ詰らない面白くない、己れは本当に何と言ふのだらう、いろ〳〵の人が鳥渡《ちよつと》好い顔を見せて直様《すぐさま》つまらない事に成つて仕舞ふのだ、傘屋の先《せん》のお老婆《ばあ》さんも能《い》い人で有つたし、紺屋《こうや》のお絹さんといふ縮《ちゞ》れつ毛《け》の人も可愛がつて呉れたのだけれど、お老婆さんは中風《ちゆうふう》で死ぬし、お絹さんはお嫁に行くを嫌やがつて裏の井戸へ飛込んで仕舞つた、お前は不人情で己れを捨てゝ行し、最《も》う何も彼もつまらない、何だ傘屋の油ひきになんぞ、百人前の仕事をしたからとつて褒美《ほうび》の一つも出やうでは無し朝から晩まで一寸法師の言《いわ》れつゞけで、夫《そ》れだからと言つて一生立つても此背が延びやうかい、待てば甘露といふけれど己れなんぞは一日一日嫌やな事ばかり降つて来やがる、一昨日《おとゝい》半次の奴と大喧嘩をやつて、お京さんばかりは人の妾に出るやうな腸《はらわた》の腐つたのでは無いと威張つたに、五日とたゝずに兜《かぶと》をぬがなければ成らないのであらう、そんな嘘《うそ》つ吐《つ》きの、ごまかしの、欲の深いお前さんを姉さん同様に思つて居たが口惜《くちお》しい、最《も》うお京さんお前には逢はないよ、何うしてもお前には逢はないよ、長々御世話さま此処《こゝ》からお礼を申ます、人をつけ、最《も》う誰れの事も当てにする物か、左様《さよう》なら、と言つて立あがり沓《くつ》ぬぎの草履《ぞうり》下駄足に引かくるを、あれ吉ちやん夫れはお前勘違《かんちが》ひだ、何も私が此処《こゝ》を離れるとてお前を見捨てる事はしない、私は本当に兄弟とばかり思ふのだもの其様《そん》な愛想《あいそ》づかしは酷《ひど》からう、と後《うしろ》から羽《は》がひじめに抱き止めて、気の早い子だねとお京の諭《さと》せば、そんならお妾に行くを廃《や》めにしなさるかと振かへられて、誰れも願ふて行く処では無いけれど、私は何うしても斯《か》うと決心して居るのだから夫れは折角《せつかく》だけれど聞かれないよと言ふに、吉は涕《なみだ》の目に見つめて、お京さん後生《ごしよう》だから此肩《ここ》の手を放してお呉んなさい。

外科室

泉　鏡花

■泉鏡花　いずみきょうか　明治六年（一八七三）〜昭和一四年（一九三九）

金沢生れ。尾崎紅葉にあこがれ作家を志し上京。放浪生活の後、紅葉門下となって小説の執筆を始める。作品は「高野聖」（明三三）、「草迷宮」（明四一）など幻想的耽美的なものが多く、自然主義の流れとは異なる独自の世界を作り上げている。また「婦系図」（明四〇）、「歌行燈」（明四三）など風俗的小説でも人気を博した。「外科室」は初期の短篇で、明治二八年「文芸倶楽部」に発表された。

（上）

実は好奇心の故に、然《しか》れども予《よ》は予が画師《えし》たるを利器として兎《と》も角《かく》も口実を設けつゝ、予と兄弟も啻《ただ》ならざる医学士高峯《たかみね》を強《し》ひて、某《それ》の日《ひ》東京府下の一病院に於て、渠《かれ》が刀《とう》を下《くだ》すべき、貴船伯爵夫人《きふねはくしやくふじん》の手術をば予をして見せしむることを余儀《よぎ》なくしたり。

其日《そのひ》午前九時過ぐる頃家を出《い》でゝ病院に腕車《わんしや》を飛《と》ばしつ。直《ただ》ちに外科室の方《かた》に赴《おもむ》く時、先方《むこう》より戸を排《はい》してすら／＼と出来《いでき》たれる華族の小間使《こまづかい》とも見ゆる、容目妍《みめよ》き婦人《おんな》二三人と、廊下の半《なか》ばに行違《ゆきちが》へり。

見れば渠等《かれら》の間には、被布《ひふ》着たる一個《いっこ》七八才の娘を擁《よう》しつ、見送るほどに見えずなれり。これのみならず玄関より外科室、外科室より二階なる病室に通ふあひだの長き廊下には、フロックコオト着たる紳士、制服着けたる武官、或は羽織袴《はおりはかま》の扮装《いでたち》の人物、其他、貴夫人令嬢《きふじんれいじよう》等いづれも尋常《ただ》ならず気高きが、彼方《あなた》に行逢《ゆきあ》ひ、此方《こなた》に落合ひ、或は歩《ほ》し、或は停《てい》し、往復恰《あたか》も織《お》るが如《ごと》し。予は今門前に於て見たる数《す》台《だい》の馬車に思ひ合せて、密《ひそ》かに心に頷《うなず》けり。渠等《かれら》の或者は沈痛に、或者は憂慮《きづかわ》しげに、はた或者は慌《あわただ》しげに、いづれも顔色穏《おだやか》ならで、忙《せわ》しげなる小刻《こきざみ》の靴の音、草履《ぞうり》の響《ひびき》、一種寂寞《せきばく》たる病院の高き天井と、広き建具《たてぐ》と、長き廊下との間にて、異様の跫音《きょうおん》を奏しつゝ、転《うた》た陰惨の趣《おもむき》をなせり。

　予はしばらくして外科室に入《い》りぬ。

　時に予と相目《あいもく》して、唇辺《しんぺん》に微笑を浮べたる医学士は、両手を組みて良《やや》あをむけに椅子に凭《もた》れたり。今にはじめぬことながら、殆むど我国の上流社会全体の喜憂《きゆう》に関すべき、この大なる責任を荷《にな》へる身の、恰も晩餐《ばんさん》の筵《むしろ》に望みたる如く、平然として冷《ひやや》かなること、恐らく渠《かれ》の如きは稀《まれ》なるべし。助手三人と、立会の医博士《いはかせ》一人と、別に赤十字の看護婦五名あり。看護婦其者にして、胸に勲章帯びたるも見受けたるが、あるやむごとなきあたりより特に下し給へるもありぞと思はる。他に女性《にょしょう》とてはあらざりし。なにがし公《こう》と、なにがし侯《こう》と、なにがし伯《はく》と、皆立会の親属なり。然《しか》して一種形容すべからざる面色《おももち》にて、愁然《しゅうぜん》として立ちたるこそ、病者の夫の伯爵《はくしゃく》なれ。

　室内のこの人々に瞻《みまも》られ、室外の彼の方々に憂慮《きづか》はれて、塵《ちり》をも数ふべく、明るくして、しかも何となく凄まじく侵すべからざる如き観《かん》ある処《ところ》の外科室の中央に据《す》へられたる、手術台なる伯爵夫人は、純潔なる白衣《びゃくえ》を纏《まと》ひて、死骸の如く横はれる、顔の色飽《いろあ》くまで白く、鼻高く、頤《おとがい》細《ほそ》りて、手足は綾羅《りようら》にだも堪へざるべし。唇の色少しく褪《あ》せたるに、玉の如き前歯幽《かす》かに見え、眼は固く閉《とぎ》したるが、眉は思ひなしか顰《ひそ》みて見られつ。纔《わず》かに束《つか》ねたる頭髪は、ふさ〳〵と枕に乱れて、台の上にこぼれたり。

其かよわげに、且つ気高く、清く、尊く、美《うる》はしき病者の俤《おもかげ》を一目見るより予は慄然《りつぜん》として寒さを感じぬ。

医学士はと、不図《ふとみ》見れば、渠《かれ》は露ほどの感情をも動かし居らざるものゝ如く、虚心《きよしん》に平然たる状露《さまあら》はれて、椅子に坐りたるは室内に唯渠《ただかれ》のみなり。其太《いた》く落着きたる、これを頼母《たのも》しと謂《い》はゞ謂へ、伯爵夫人の爾《しか》き容態を見たる予が眼よりは、寧《むし》ろ心憎きばかりなりしなり。

折からしとやかに戸を排《はい》して静かにこゝに入来れるは、先刻《さき》に廊下にて行逢ひたりし三人の腰元の中に、一際《ひときわ》目立ちし婦人《おんな》なり。

そと貴船伯《きふねはく》に打向ひて、沈みたる音調《おんちようも》以て、

「御前《ごぜん》、姫様《ひいさま》はやう〳〵お泣き止み遊ばして、別室に大人しう居らつしやいます。」

伯はものいはで頷けり。

看護婦は吾が医学士の前に進みて、

「それでは、貴下《あなた》。」

「宜《よろ》しい。」

と一言答へたる医学士の声は、此時少しく震《ふるえ》を帯びてぞ予が耳には達したる。其顔色は

如何《いか》にしけむ、俄《にわか》に少しく変りたり。

さては如何なる医学士も、驚破《すわ》といふ場合に望みてはさすがに懸念のなからむやと、予は同情を表《ひょう》したりき。看護婦は医学士の旨《むね》を領《りょう》して後、彼《か》の腰元に立向ひて、

「もう、何ですから、彼《あ》のことを、一寸《ちょいと》、貴下から。」

腰元は其意を得て、手術台に擦寄《すりよ》りつ。優《ゆう》に膝の辺《あたり》まで両手を下げて、しとやかに立礼し、

「夫人《おくさま》、唯今、お薬を差上げます。何《ど》うぞ其を、お聞き遊ばして、いろはでも、数字でも、お算《かぞ》へ遊ばしますやうに。」

伯爵夫人は答なし。

腰元は恐る〳〵繰返して、

「お聞済《ききずみ》でございませうか。」

「あゝ。」とばかり答へ給ふ。

念を推《お》して、

「それでは宜《よろ》しうございますね。」

「何かい、魔酔剤《ねむりぐすり》をかい。」

「唯《はい》、手術の済みますまで、ちよつとの間でございますが、御寝《げし》なりませんと、不可《いけ》ませんさうです。」

夫人は黙《もく》して考へたるが、

「いや、よさうよ。」と謂へる声は判然として聞えたり。一同顔を見合はせぬ。

腰元は諭《さと》すが如く、

「それでは夫人《おくさま》、御療治《ごりようじ》が出来ません。」

「はあ、出来なくツても可《い》いよ。」

腰元は言葉は無くて、顧《かえり》みて伯爵の色を伺《うかが》へり。伯爵は前に進み、

「奥《おく》、そんな無理を謂つては不可《いけ》ません。出来なくツても可《いい》といふことがあるものか。我儘《わがまま》を謂つてはなりません。」

侯爵はまた傍《かたわら》より口を挟《はさ》めり。

「余《あま》り、無理をお謂《い》やつたら、姫《ひい》を連れて来て見せるが可《いい》の。疾《はや》く快《よ》くならんで、何《ど》うするものか。」

「はい。」

「それでは御得心《ごとくしん》でございますか。」

腰元は其間に周旋《しゆうせん》せり。夫人は重げなる頭《こうべ》を掉《ふ》りぬ。看護婦の一人は優しき声にて、

「何故、其様《そんな》にお嫌ひ遊ばすの、ちつとも嫌《いや》なもんじやございませんよ。うと〳〵遊ばすと、直《す》ぐ済《すん》でしまひます。」

此時夫人の眉は動き、口は曲《ゆが》みて、瞬間苦痛に堪へざる如くなりし。半眼に眼《まなこ》を睜《ひら》き

て、

「そんなに強《し》ひるなら仕方がない。私はね心に一つ秘密がある。魔酔剤《ねむりぐすり》は譫言《うわごと》を謂ふと申《もう》すから、それが恐くってなりません、何卒《どうぞ》もう、眠らずにお療治《りようじ》が出来ないやうなら、もう、もう快《なお》らんでも可い、よして下さい。」

聞くが如くむば、伯爵夫人は、意中の秘密を夢現《むげん》の間に人に呟《つぶや》かむことを恐れて、死を以てこれを守らむとするなり。良人《おっと》たる者がこれを聞ける胸中いかかむ。此言《このこと》をしても平生《へいぜい》にあらしめば、必ず一条《いちじよう》の紛紜《ふんうん》を惹起《ひきおこ》すに相違《そうい》なきも、病者に対して看護の地位に立てる者は何等のことも之を不問に帰せざるべからず。然《しか》も吾《おの》が口よりして、あからさまに秘密ありて人に聞かしむることを得ずと、断乎として謂出せる、夫人の胸中を推《すい》すれば寧ろ一段のものあらむ。

伯爵は温乎《おんこ》として、

「私《わし》にも、聞かされぬことなンか。え、奥。」

「はい、誰にも聞かすことはなりません。」

夫人は決然たるものありき。

「何も魔酔剤を嗅《か》いだからつて、譫言《うわごと》を謂ふといふ、極《きま》つたこともなさゝうじやの。」

「否《いいえ》、このくらゐ思つて居れば、屹《きつ》と謂ひますに違ひありません。」

「そんな、また、無理を謂ふ。」

「もう、御免下《ごめんくだ》さいまし。」

投棄《なげすつ》るが如く愒謂《かくい》ひつゝ、伯爵夫人は寐返りして、横に背《そむ》かむとしたりしが、病める身のまゝならで、歯を鳴らす音聞えたり。

ために顔の色の動かざる者は、唯彼の医学士一人あるのみ。渠《かれ》は先刻《さき》に如何にしけむ、一度其平生《へいぜい》を失せしが、今やまた自若《じじやく》となりたり。

侯爵は渋面造《じゆうめんつく》りて、

「貴船《きぶね》、こりや何でも姫《ひい》を連れて来て、見せることぢやの、なんぼでも児《こ》の可愛さには我折《がお》れやう。」

伯爵は頷《うなず》きて、

「これ、綾《あや》。」

「は。」と腰元は振返る。

「何《なに》を、姫《ひい》を連《つ》れて来《こ》い。」

夫人は堪《たま》らず遮《さえぎ》りて、

「綾、連れて来んでも可《い》い。何故、眠らなけりや、療治は出来ないか。」

看護婦は窮《きゆう》したる微笑《えみ》を含みて、

「お胸を少し切りますので、お動き遊ばしちやあ、危険《けんのん》でございます。」

「なに、私や、じつとして居る、動きやあしないから、切つておくれ。」

予は其余りの無邪気《むじやき》さに、覚えず失笑を禁《きん》じ得《え》ざりき。恐らく今日の切開術は、眼《まなこ》を開きてこれを見るものあらじとぞ思へるをや。

看護婦はまた謂へり。

「それは夫人《おくさま》いくら何でも些少《ちつと》はお痛み遊ばしませうから、爪をお取り遊ばすとは違ひますよ。」

夫人はこゝに於てぱつちりと眼を睜《ひら》けり。気もたしかになりけむ、声は凜《りん》として、

「刀《とう》を取る先生は、高峯様だらうね！」

「はい、外科科長です。いくら高峯様でも痛くなくお切り申すことは出来ません。」

「可《いい》よ、痛かあないよ。」

「夫人、貴下の御病気は其様《そん》な手軽いのではありません。肉を殺《そ》いで、骨を削《けず》るのです。ちつとの間御辛抱なさい。」

臨検《りんけん》の医博士はいまはじめて恪謂《かくい》へり。これ到底関雲長《かんうんちよう》にあらざるよりは、堪へ得べきことにあらず。然るに夫人は驚く色なし。

「其事は存じて居《お》ます。でもちつともかまひません。」

「あんまり大病なんで、何《ど》うかしをつたと思はれる。」

と伯爵は愁然たり。侯爵は傍より、

「兎も角、今日はまあ見合はすとしたら何《ど》うじやの。後でゆつくりと、謂聞かすが可か

らう。」

伯爵は一議《いちぎ》もなく、衆皆これに同ずるを見て、彼の医博士は遮《さえぎ》りぬ。

「一時《ひととき》後れては、取返しがなりません。一体、あなた方は病を軽蔑《けいべつ》して居らるゝから埒《らち》あかん。感情をとやかくいふのは姑息《こそく》です。看護婦一寸お押へ申せ。」

いと厳《おごそか》なる命の下に五名の看護婦はバラ〱と夫人を囲みて、其手と足とを押へむとせり。渠等《かれら》は服従を以て責任とす。単に、医師の命をだに奉ずれば可《よし》、敢て他の感情を顧みることを要せざるなり。

「綾！ 来ておくれ。あれ！」

と夫人《ふじん》は絶入《たえい》る呼吸にて、腰元を呼び給へば、慌て看護婦を遮《さえぎ》りて、

「まあ、一寸待って下さい。夫人《おくさま》、何《ど》うぞ、御堪忍遊ばして。」と優しき腰元はおろ〱声。

夫人の面《おもて》は蒼然《そうぜん》として、

「何うしても肯《き》きませんか。それぢや全快《なお》っても死《しん》でしまひます。可《いい》から此儘で手術をなさいと申すのに。」と真白く細き手を動かし、辛《かろ》うじて衣紋《えもん》を少し寛《くつろ》げつゝ、玉の如き胸部を顕《あら》はし、

「さ、殺されても痛かあない。ちっとも動きやしないから、大丈夫だよ。切っても可《いい》。」

決然として言放てる、辞色《じしょく》ともに動かすべからず。さすが高位の御身とて、威厳あた

りを払ふにぞ、満堂斉《まんどうひと》しく声を呑み、高き咳《しわぶき》をも漏らさずして、寂然《せきぜん》たりし其瞬間、先《さ》刻《き》よりちとの身動きだもせで、死灰《しかい》の如くに見えたる高峯、軽く身を起して椅子を離れ、

「看護婦、刀《メス》を。」

「えゝ。」と看護婦の一人は、眼を瞬《みは》りて猶予《ためら》へり。一同斉しく愕然《がくぜん》として、医学士の面《おもて》を瞻《みま》る時、他の一人の看護婦は少しく震へながら、消毒したる刀《メス》を取りてこれを高峯に渡したり。

医学士は取ると其まゝ、靴音軽く歩を移して、衝《つ》と手術台に近接せり。

看護婦はおど〳〵しながら、

「先生、このまゝでいゝんですか。」

「あゝ、可《い》いだらう。」

「ぢやあ、お押へ申しませう。」

医学士は一寸手を挙げて、軽く押留め、

「なに、それにも及ぶまい。」

謂ふ時疾《ときはや》く其手は既に病者の胸を掻開《かきあ》けたり。夫人は両手を肩に組みて身動きだもせず。

憖《かか》りし時医学士は、誓ふが如く、深重厳粛なる音調《おんちよう》もて、

「夫人、責任を負つて手術します。」

時に高峰の風采は一種神聖にして、犯すべからざる異様のものにてありしなり。

「何《ど》うぞ。」と一言答へたる、夫人が蒼白なる両の頬《ほほ》に刷《は》けるが如き紅を潮《ちよう》しつ。ぢっと高峰を見詰めたるまゝ、胸に望める鋭刀《ナイフ》にも眼《まなこ》を塞《ふさ》がむとはなさゞりき。

唯《と》見《み》れば雪の寒紅梅《かんこうばい》、血汐は胸よりつと流れて、さと白衣を染むるとゝもに、夫人の顔は旧《もと》の如く、いと蒼白くなりけるが、果せるかな自若《じじやく》として、足の指をも動かさゞりき。

ことのこゝに及べるまで、医学士の挙動脱兎の如く神速《しんそく》にして聊《いささ》か間《かん》なく、伯爵夫人の胸を割くや、一同は素《もと》より彼の医博士に到るまで、言《ことば》を挟《さしはさ》むべき寸隙《すんげき》とてもなかりしなるが、こゝに於てかわなゝくあり、面を蔽《おお》ふあり、背向《そがい》になるあり、或は首を低《こうべた》るゝあり、予の如きも我を忘れて、殆んど心臓まで寒くなりぬ。

三秒《セコンド》にして渠《かれ》が手術は、ハヤ其佳境《かきよう》に進みつゝ、刀骨《ナイフ》に達すと覚しき時、

「あ。」と深刻なる声を絞りて、二十日以来寐返りさへも得せずと聞きたる、夫人は俄然器械の如く、其半身を刎起《はねお》きつゝ、刀《とう》取れる高峰が右手《めて》の腕《かいな》に、両手を確《しか》と取縋《とりすが》りぬ。

「痛みますか。」

「否《いいえ》、貴下だから、貴下だから。」

恁言懸《かくいいか》けて伯爵夫人は、がつくりと仰向きつゝ、凄冷《せいれい》極り無き最後の眼に、国手《こくしゆ》をじっと瞻《みまも》りて、

「でも、貴下は、私を知りますまい？」

謂ふ時晩《おそ》く、高峰が手にせる刀《ナイフ》に片手を添へて、乳の下深く掻切《かきき》りぬ。医学士は真蒼《まつさお》になりて戦《おのの》きつゝ、

「忘れません。」

其声、其呼吸《いき》、其姿、其声、其呼吸、其姿。伯爵夫人は嬉しげに、いとあどけなき微笑を含みて、高峰の手より手をはなし、ばつたり、枕に伏すとぞ見えし、唇《くちびる》の色変りたり。

其時の二人が状《さま》、恰も二人の身辺《しんぺん》には、天なく、地なく、社会なく、全く人なきが如くなりし。

（下）

数ふれば、はや九年前なり。高峰が其頃は未だ医科大学に学生なりし砌《みぎり》なりき。一日《あるひ》予は渠《かれ》と丶もに、小石川なる植物園に散策しつ。五月五日躑躅《つつじ》の花盛《さかん》なりし。渠と丶もに手を携《たずさ》へ、芳草《ほうそう》の間を出つ、入りつ、園内の公園なる池を繞《めぐ》りて、咲揃《さきそろ》ひたる藤をも見つ。

歩《ほ》を転《てん》じて彼処《かしこ》なる躑躅の丘に上らむとて、池に添ひつゝ歩める時、彼方より来りたる、一群《ひとむれ》の観客あり。

一個洋服の扮装《いでたち》にて煙突帽を戴きたる蓄髯《ちくぜん》の漢《おとこ》先衛して、中に三人の婦人を囲みて、後よりもまた同一様《おなじさま》なる漢《おとこ》来れり。渠等《かれら》は貴顕の御者なりし。中なる三人の婦人等は、一様に深張《ふかばり》の蝙蝠傘《こうもりがさ》を指翳《さしかざ》して、裾捌《すそさばき》の音《おと》最冴《いとさや》かに、する〳〵と練来《ねりきた》れる、ト行違ひざま高峰は、思はず後を見返りたり。

「見たか。」

高峯は頷きぬ。「むゝ。」

恁《かく》て丘に上りて躑躅を見たり。躑躅は美なりしなり。されど唯《ただ》赤かりしのみ。

傍《かたわら》のベンチに腰懸けたる、商人体《あきうどてい》の壮佼《わかもの》あり。

「吉《きっ》さん、今日好《いい》ことをしたぜなあ。」

「さうさね、偶《たま》にやお前の謂ふことを聞くも可《いい》かな、浅草へ行つて此処《ここ》へ来なかつたらうもんなら、拝まれるんじやなかつたつけ。」

「何しろ、三人とも揃つてらあ、どれが桃やら桜やらだ。」

「一人は丸髷《まるまげ》じやあないか。」

「何《ど》の道はや御相談になるンじやあなし、丸髷でも、束髪《そくはつ》でも、乃至《ないし》しやぐまでも何でも可《いい》。」

「そりやさうと、あの風《ふう》じやあ、是非、高島《ぶんきん》田と来る処を、銀杏《いちょう》と出たなあ何ういふ気だらう。」

「銀杏、合点《がてん》がいかぬかい。」

「えゝ、わりい洒落《しやれ》だ。」

「何でも、貴顕方《あなたがた》がお忍びで、目立たぬやうにといふ肚《はら》だ。ね、それ、真中のに水際《みずぎわ》が立《た》つてたらう。いま一人が影武者といふのだ。」

「そこでお召物《めしもの》は何と踏《ふん》だ。」

「藤色と踏むだよ。」「え、藤色とばかりじや、本読《ほんよみ》が納まらねえの。足下《そこ》のやうでもないぢやあないか。」

「眩《まばゆ》くつてうなだれたね、おのづと天窓《あたま》があがらなかつた。」「そこで帯から下へ目をつけたらう。」

「馬鹿をいはつし、勿体《もつたい》ない。見しやそれとも分かぬ間だつたよ。あゝ、残惜《のこりおし》い。」

「あのまた、歩行振《あるきぶり》といつたらなかつたよ。唯もう、すうツとかう霞《かすみ》に乗つて行くやうだつけ。裾捌《すそさばき》、褄《つま》はづれなんといふことを、なるほどゝ見たは今日が最初《はじめ》てよ。何うもお育柄《そだちがら》はまた格別違つたもんだ。ありやもう自然、天然と雲上《うんじよう》になつたんだな。何うして下界の奴原《やつばら》が真似やうたつて出来るものか。」

「酷《ひど》くいふな。」

「ほんのこつたが私《わつし》やそれ御存じの通り、北廓《なか》を三年が間、金毘羅様《こんぴらさま》に断《た》つたといふもんだ。処が、何のことあない。肌守《はだまもり》を懸《か》けて、夜中に土堤《どて》を通らうぢやあないか。罰のあたらないのが不思議さね。もう〳〵今日といふ今日は発心切《ほっしんき》つた。あの醜婦《すべった》ども何うするものか、見なさい、アレ〳〵ちらほらとかう其処いらに、赤いものがちらつくが、何うだ。まるでそら、芥塵《ごみ》か、蛆《うじ》が、蠢《うご》めいて居るやうに見えるぢやあないか。馬鹿々々しい。」

「これはきびしいね。」

「串戯《じようだん》じやあない。あれ見な、やつぱりそれ手があつて、足で立つて、着物も羽織もぞろりとお召《めし》で、おんなじ様な蝙蝠傘《こうもりがさ》で立つてる処は、憚《はばか》りながらこれ人間の女だ、然も女の新造《しんぞ》だ。女の新造に違ひはないが、今拝むだのと、較べて何うだい。まるでもつて、くすぶつて、何といつて可か汚れ切つて居らあ。あれでもおなじい女だつて、へむ、聞いて呆れらい。」

「おや、おや何うした大変なことを謂出したぜ。しかし全くだよ。私《わし》もさ、今まではかう、ちよいとした女を見ると、ついそのなんだ。一所に歩く貴公にも、随分迷惑《ずいぶんめいわく》を懸《か》けたつけが、今のを見てからもう〳〵胸がすつきりした。何だかせい〳〵とする、以来女はふつゝりだ。」

「それじやあ生涯ありつけまいぜ。源吉とやら、みづからは、とあの姫様《ひいさま》が、いひさうもないからね。」

「罰があたらあ、あてこともない。」

「でも、あなたやあ、と来たら何うする。」

「正直な処、私は遁《に》げるよ。」

「足下《そこ》もか。」「え、君は。」

「私《わつし》も遁げるよ。」と目を合はせつ。しばらく言途《ことば》絶へたり。

「高峯、ちつと歩かうか。」

予は高峯とともに立上りて、遠く彼《か》の壮佼《わこうど》を離れし時、高峯はさも感じたる面色《おももち》にて、

「あゝ、真の美の人を動かすことあの通りさ、君はお手のものだ、勉強し給へ。」

予は画師たるが故に動かされぬ。行くこと数百歩、彼の楠《くす》の大樹の鬱蓊《うつおう》たる木の下蔭の、稍《やや》薄暗きあたりを行く藤色の衣《きぬ》の端を遠くよりちらとぞ見たる。

園を出づれば丈高《たけたか》く肥へたる馬二頭立ちて、磨硝子《すりガラス》入《い》りたる馬車に、三個の馬丁《べつとう》休らひたりき。其後九年を経て病院の彼のことありしまで、高峯は彼の婦人のことにつきて、予にすら一言をも語らざりしかど、年齢に於ても、地位に於ても、高峯は室《しつ》なかるべからざる身なるにも関《かか》はらず、家を納むる夫人なく、然も渠は学生たりし時代より品行一層謹厳にてありしなり。予は多くを謂はざるべし。青山の墓地と、谷中の墓地と、所こそは変りたれ、同一日《おなじひ》に前後して相逝けり。

語を寄す天下の宗教家、渠等《かれら》二人は罪悪ありて、天に行くことを得ざるべきか。

魂がふるえるとき――あとがきにかえて

宮本　輝

いい小説を読みたいのだが、宮本さんはどんな小説を勧めるかと、たまに若い人から訊かれるときがある。

そんなとき、私は若い人がとっつきやすく、なおかつ小説としてさまざまな深みを蔵したものを勧めるのだが、これは案外簡単なことではない。

長過ぎて途中で投げ出してしまわれてはいけない、とか、旧仮名遣いや旧漢字で書かれていて、この青年には到底読了できないであろうと勝手に推量して、妥協とも手加減ともつかない斟酌《しんしゃく》を施し、結局、無難な作品を選んでしまう。

日本の近現代小説に限らず、諸外国の小説にも、若者に無難な作品というものは確かに存在するのだ。

だが最近になって、その青年の好みに合わなくても、途中で読むのを放棄しようとも、私は意に介さず、いくら勧めても読む人は読むであろうし、読まない人は読まないであろうと考えて、私の好きな小説を教えてあげればそれでいいのだと思うようになった。

これは、相手が若い人でなくとも、何等かの事情で小説というものと縁がないままに四十代、五十代になってしまった人たちにも当てはまる。
五、六年前、私は何人かの人たちに、ある小説を読むことを勧めた。
そのうちの何人かは、それを求めて書店へ足を向け〈日本文学〉の棚を捜し廻ったが、みつけることはできなかった。

それでもなお読みたいと思った人たちが出版社に問い合わせてみて、そこでやっとその小説がすでに十数年前に絶版になっていることを知った。

私が勧めた五作の小説のうち四作は、書店どころか古書店でもみつからず、蔵書の多い図書館の個人全集のなかからやっとみつけだすことができたという。


このようなことを文藝春秋の編集者たちと何かの雑談の折に話した際、彼等は一様に、優れた小説を読みたいと思っても、いったい何を指標にすればいいのかがわからず、書店に並ぶ厖大な書籍の海のなかで途方に暮れる人たちも多いはずだと残念そうに言った。

なるほど確かにそうかもしれないと私は思った。

私が子供のころは娯楽というものが少なくて、遊ぶ方法を自分で工夫して作りださなければならなかった。テレビは、あるにはあったが、よほど経済的に余裕のある家庭だけの持ち物で、いわんやテレビゲームとかパソコンなどという代物がこの世に出現するなどとは想像もできなかったのである。

だから、私の場合は小学五年生のころに、新聞に連載されている小説を読むようになった。漫画や子供用の本は、もう何度も読み返して、登場人物のすべてのセリフを記憶してしまっていたが、新しいものを買ってもらえるほど豊かではなかったので、仕方なく〈おとなの読む小説〉を盗み読むしかなかったのである。

当時の新聞小説はいまほど親切にふり仮名をつけてくれてはいなかったので、わからない漢字も熟語も、前後の文脈から推測して、たぶんこういう意味であろうと子供なりに知恵を絞ったものだ。

やがて、中学生になり、高校生になると、文学好きの教師が授業とは離れたところで、自分が惹かれた小説を教えてくれたり、あるいは同級生の誰かが、この小説は面白かった、あの小説はつまらなかったと話しているのを横で聞いていて、遅れてはならじとひそかに図書館でそれらの小説を読んだりした。

そうやって幾つかの小説に触れているうちに、小説というものの魅力を知り、そのなかで展開される未知の世界に心ときめかせる自分をも発見していったのである。

〈優れた小説〉とは何か。その定義は難しい。この問題は文学に限らず、音楽や絵画等の芸術全般にわたっていて、それぞれの尺度があるが、それをひとことで表現することはできない。

けれども、私も編集者たちも〈優れた小説〉がいかなるものを指すのかを知っている。幼稚なもの、面白くないもの、下品なもの、退屈しのぎにしかすぎないもの。複雑多岐な人間の心のどこにも沁み込んでこないもの……。それらは〈優れた小説〉ではない。日本では〈純文学〉というジャンルに組み入れられるものだけが高尚なのではない。文学に純も不純もないのだ。

時代小説、推理小説、ハードボイルド等々にも〈優れた小説〉はたくさんある。そのなかから名作と思うものをあげよと言われたら、私は即座に幾つかの小説の題名を口にすることができる。

しかし、それが〈優れた小説〉かどうかは、読む人の人間としての容量次第なのだ。

親しい編集者たちと、このような話をしているうちに、短篇小説の名作を一冊に纏めようではないかという、まことに瓢簞から駒ともいうべき事態となった。

長い小説だとそれだけで一冊を占めてしまう。多くの人が手にしやすいものにするには短篇小説に限らなければならない。だが、日本文学には優れた短篇小説がたくさんある。さて、どれを選ぶか……。

その編集者の問いに、私は困惑した。いざ選ぶとなると、それはなんだか雲をつかむような作業となるような気がしたからである。

読書量は決して少なくはないものの、日本の近現代文学の、短篇小説すべてを読んだわけではないし、私の尺度が正しいかどうかについても、こころもとない。

さらには、短篇小説というものの分量をいったいどのくらいに定めるのかも曖昧なのだ。

私はかつて読んだ短篇小説を読み返し、数人の編集者たちとも相談しあって、さまざまな意見を聞き、結局は、私の好きな短篇小説十六篇を一冊の文庫本に収めさせていただくことにした。その尺度として、私は「おとなでなければその深さがわからないもの」にした。

分量として最も長いのは永井荷風の「ひかげの花」であり、最も短いのは井上靖の「人妻」である。前者は四百字詰原稿用紙で約百七十七枚。後者はわずか二枚である。

永井荷風は「濹東綺譚《ぼくとうきたん》」で知られているが、私は「ひかげの花」がいちばん好きだし、氏の特質を最もよくあらわしていると思っている。

「ひかげの花」を読んだのは高校二年生のときだが、途中で何回か投げ出している。しかし、私はこと読書に関しては負けず嫌いらしく、よほどつまらないものや、自分の好みに合わないものでないかぎりは、最後までちゃんと読了しないと、妙な悔しさが残る性分なので、社会人になってから「ひかげの花」を読み直した。たしか二十四歳のときだったと思う。

そのときは、永井荷風という作家はこれほどまでにディテールにこだわる人だったのかという程度の感想だった。

三十代の初めに再読したとき、最後の、塚山に届いたおたみからの手紙で、あの時代に娼婦として生きる女の考え方や、世の処し方に、なんだか呆気なく突き放された気持になり、この小説の凄味を知った。

井上靖の「人妻」は、氏の才能をもってすれば、千枚の長篇に仕立てるくらいはいとも簡単であろう。けれども、氏は二枚で書いた。抑制と省略といった次元の問題ではない。厖大な心と人生の断面を、果実の一滴におさめたのである。

そういう意味において、私はどうしても川端康成の「片腕」だけでなく、「有難う」もこの一冊のなかに所収したかった。

私の好きな日本の短篇小説は、たくさんあるのだが、一冊の文庫本としてはこの十六篇が限界量かと思う。

これら名作についての私なりの解説は、ここではあえて避けることにした。

小説というものには、百人百様の読み方があり、またそうであるべきなので、ここに収めさせていただいた小説に初めて出会う読者の真っ白な心にゆだねたいからである。

名作が読まれなくなったこの時代に、画期的ともいえる一冊の文庫本を出版する蛮勇を振り絞り、紅顔の文学青年に戻って、貴重な意見と文学観を熱を込めて吐露して下さった文藝春秋の編集者たちに心より感謝申し上げる。

平成十六年十月十七日

収録にあたり、次の本を底本としました。

「玉、砕ける」 開高健全集第九巻 新潮社（一九九二年）
「太市」 水上勉全集第二十四巻 中央公論社（一九七八年）
「不意の出来事」 吉行淳之介全集第三巻 新潮社（一九九七年）
「片腕」 川端康成全集第八巻 新潮社（一九九九年）
「蜜柑」 永井龍男全集第三巻 講談社（一九八一年）
「鶴のいた庭」 堀田善衞全集5 筑摩書房（一九九三）
「サアカスの馬」 安岡章太郎集2 岩波書店（一九八六年）
「人妻」 井上靖全集第二巻 新潮社（一九九五年）
「もの喰う女」 武田泰淳全集第二巻 筑摩書房（一九七一年）
「虫のいろいろ」 尾崎一雄全集第三巻 筑摩書房（一九八二年）
「幻談」 露伴全集第六巻 岩波書店（一九七八年）
「ひかげの花」 荷風全集第十七巻 岩波書店（一九九三年）
「有難う」 川端康成全集第一巻 新潮社（一九九九年）
「忘れえぬ人々」 國木田独歩全集第二巻 学習研究社（一九六四年）
「わかれ道」 樋口一葉全集第二巻 筑摩書房（一九八二年）
「外科室」 新編泉鏡花集第三巻 岩波書店（二〇〇三年）

なお、ルビは読みやすさを重んじ、適宜新かなを用いて振りました。

文春文庫

魂《たましい》がふるえるとき
心《こころ》に残《のこ》る物語《ものがたり》——日本文学《にほんぶんがく》秀《しゅう》作選《さくせん》

定価はカバーに
表示してあります

2004年12月10日　第1刷

編　者　宮《みや》本《もと》　輝《てる》
発行者　庄野音比古
発行所　株式会社　文藝春秋
東京都千代田区紀尾井町3-23　〒102-8008
TEL　03・3265・1211
文藝春秋ホームページ　http://www.bunshun.co.jp
文春ウェブ文庫　http://www.bunshunplaza.com

落丁、乱丁本は、お手数ですが小社営業部宛お送り下さい。送料小社負担でお取替致します。

印刷・凸版印刷　製本・加藤製本

Printed in Japan
ISBN4-16-734817-9

（ ）内は解説者。品切の節はご容赦下さい。

太宰治
斜陽《しやよう》 人間失格《にんげんしつかく》 桜桃《おうとう》 走《はし》れメロス 外七篇

没落貴族の哀歓を描く「斜陽」、太宰文学の総決算「人間失格」、美しい友情の物語「走れメロス」など、日本が生んだ天才作家の代表作が一冊になった。詳しい傍注と年譜付き。（臼井吉見）

た-47-1

津村節子
冬銀河

単身赴任の夫のアパートに、背信を暗示する一筋の長い女の髪が。家庭に安住していた主婦のまわりに起こる出来事を通して生きがいを求める女の姿を鮮かに描く長篇。（藤田昌司）

つ-3-5

津村節子
さい果て

小説家を志す男と結婚した若い妻。しかし、貧しさとはかどらない創作に苛立つ夫の心は摑めず、妻は心のさい果てへと押し流されていく。芥川賞受賞作を含む連作長篇小説。（高橋英夫）

つ-3-11

津村節子
重い歳月

夫婦で同人誌に参加して文学に打ち込む桂策と章子。苛立ち、後ろめたさ、生活苦のなかでも執念を燃やしつづけ、遂には一人の女流作家が誕生するまでを綴る自伝的長篇。（久保田正文）

つ-3-12

津村節子
光の海

自分の家に執着する夫と、海の見える老人ホームに心ひかれる妻を描く表題作を含め、「風の家」「佳き日」「北からの便り」「惑いの夏」「麦藁帽子」など様々に変化する男と女の物語十篇。

つ-3-13

辻邦生
夏の砦

北欧の孤島で突如姿を消した支倉冬子。充たされた生の回復を求める魂の遍歴……。辻文学の初期最高傑作の誉れ高い作品、待望の復刻。「創作ノート（抄）」を付す。（井上明久）

つ-7-4

（　）内は解説者。品切の節はご容赦下さい。

村の名前 辻原登

中国の奥深くへ旅した日本人商社マンは、いつのまにか五千年の歴史をもつ「桃花源村」すなわち「桃源郷」に足を踏み入れていた……。芥川賞受賞作に「犬かけて」を併録。（千石英世）

つ-8-1

パッサジオ 辻仁成

声を失ったロック歌手は奇妙な魅力を放つ女医を追って、彼女の祖父が主宰する山中の不老不死研究所に辿りつく。そこで彼が出会ったのは……。圧倒的人気の新世代の旗手が放つ話題作。

つ-12-1

白仏 辻仁成

発明好きで「鉄砲屋」と呼ばれた著者の祖父は、戦死した友らの魂を鎮めるため、島中の墓の骨を集めて白仏を造ろうと思い立つ。仏フェミナ賞外国文学賞を受賞。（カンタン・コリーヌ）

つ-12-2

岬 中上健次

郷里・紀州を舞台に、逃れがたい血のしがらみに閉じ込められた一人の青年の、癒せぬ渇望、愛と憎しみを鮮烈な文体で描いた芥川賞受賞作。「黄金比の朝」「火宅」「浄徳寺ツアー」「岬」収録。

な-4-1

時雨の記〈新装版〉 中里恒子

知人の華燭の典で偶然にも再会した熟年の実業家と、夫と死別し一人けなげに生きる女性との、至純の愛を描く不朽の名作。中里恒子の作家案内と年譜を加えた新装決定版。（古屋健三）

な-5-4

こころ　坊っちゃん 夏目漱石

青春を爽快に描く「坊っちゃん」、知識人の心の葛藤を真摯に描く「こころ」。日本文学の永遠の名作を一冊に収めた漱石文庫。読みやすい大きな活字、詳しい年譜、注釈、作家案内。（江藤淳）

な-31-1

文春文庫

小説

（　）内は解説者。品切の節はご容赦下さい。

タイムスリップ・コンビナート
笙野頼子

電話の主はマグロかスーパージェッターか？　時間と空間がとめどなく歪み崩れていく「海芝浦」への旅が始まった。芥川賞受賞の表題作他、「下落合の向こう」「シビレル夢の水」を収録。

し-30-1

虚構の家
曽野綾子

大学受験の息子を持つ母、同棲する高校生の娘、潔癖性の息子、そして亭主関白の父――。一見幸福そうに見える家庭が、またたく間に崩れ落ちてゆく過程を描いた問題の長篇。（鶴羽伸子）

そ-1-4

遠ざかる足音
曽野綾子

母は娘が自分の娘以外のものになることを心から望んではいない。母性愛の底に秘められたエゴイズムを、一人娘の結婚という問題を通して描き、親子・夫婦の愛情を問う。（鈴木秀子）

そ-1-11

青春の構図
曽野綾子

人間は固有な傷を持っている。それは社会や家庭や個人から受けるものだが、時代に共通した傷もあれば、青春という一時期に普遍的なそれもある。傷の中に人生の希望を見出す小説。

そ-1-12

神の汚れた手（上下）
曽野綾子

夜明けに生誕があれば真昼には堕胎がある。生と死の両方に手をかすのが産婦人科医である。小さな病院で展開されるドラマを通して、無モラル的状況と生命の尊厳を訴える。（上総英郎）

そ-1-17

銀河の雫《しずく》
高樹のぶ子

53歳のテレビ局長と45歳のバイオリニスト、45歳の医師と28歳の水泳教師。中年の愛は家族の絆をどう変えるか。愛し、傷つけ、いたわり合う二組の男女を、それぞれの立場から描く長篇。

た-8-7

文春文庫

南木佳士の本

（　）内は解説者。品切の節はご容赦下さい。

ダイヤモンドダスト
南木佳士

高原の病院に様々な過去を背負った男たちの生と死が交錯する。逝く者と残る者、心と心で交わす思いの丈のキャッチボール。表題作の他、「冬への順応」「長い影」「ワカサギを釣る」を収録。

な-26-1

ふいに吹く風
南木佳士

人生とはふいに吹く風のようなものかもしれない……生と死を見つめ、上質のユーモアをちりばめた温かい視線が心をうつ珠玉のエッセイ集。単行本にない新エッセイも併録。（多岐祐介）

な-26-2

医学生
南木佳士

新設間もない秋田大学医学部に、不安を抱えて集まった医学生たちは、解剖や外来実習や恋や妊娠にあたふたしながら生き方を探る。そして彼らの十五年後。軽やかに綴る永遠の青春小説。

な-26-4

エチオピアからの手紙
南木佳士

危篤の老女に延命処置を施す、妊娠中の女医の姿を描いて文學界新人賞を受賞した「破水」をはじめ、初期短篇五篇を収めたデビュー作品集。著者書き下ろしによるあとがきを収録。

な-26-5

冬物語
南木佳士

内科医として多くの死を見つめながら、平凡に暮らそうとする作家の危うい精神。温かな視線で切りとって見せる人生、生老病死の喜びと悲しみ。珠玉の短篇十二篇を収める。（水原紫苑）

な-26-6

阿弥陀堂だより
南木佳士

作家として自信を失くした夫と、医師としての方向を見失った妻は、信州の山里に移り住む。そこで出会ったのは、「阿弥陀堂」に暮らす老婆と難病とたたかう娘だった。（小泉堯史）

な-26-7

（　）内は解説者。品切の節はご容赦下さい。

宮本輝
星々の悲しみ
大学受験に失敗し、喫茶店の油絵を盗む若者を描く表題作他、青春を描き、豊かな感性と卓抜な物語性を備えた珠玉の短篇集。「星々の悲しみ」「西瓜《すいか》トラック」「北病棟」「火」「小旗」他二篇。

み-3-1

宮本輝
青が散る
新設大学のテニス部員椎名燎平と彼をめぐる友人たち。青春の短い季節を駆けぬける者、立ちどまる者。若さの不思議な輝きを描き、テニスを初めて文学にした長篇小説。（古屋健三）
み-3-2

宮本輝
春の夢
父の借財をかかえた一大学生の憂鬱と真摯な人生の闘い。それを支えた可憐な恋人、そして一匹の不思議な小動物。生きようとする者の苦悩と激しい情熱を描く青春小説。（菅野昭正）
み-3-3

宮本輝
道行く人たちと 対談集
深い人生の歩みを通して語られる〝このひとこと〟を聞くよろこび。作品背後の生活と自らの使命と宿命を素直に語るさわやかさ。注目の作家のすべてを伝える十の対話。

み-3-4

宮本輝
メイン・テーマ
悠々とたくましく、自らが選んだ道をゆく人々と、あるときは軽妙に、あるときは神妙に、人の生き方と幸せを語る心ゆたかなひととき。宮本氏の小説世界を深く知るための絶好の一冊。

み-3-5

宮本輝
愉楽の園
水の都バンコク。熱帯の運河のほとりで恋におちた男と女。甘美な陶酔と底知れぬ虚無の海に溺れ、そして脱け出そうとする人間を描いて哀切ここにきわまる宮本文学。（浅井愼平）
み-3-6

文春文庫

宮本輝の本

（　）内は解説者。品切の節はご容赦下さい。

海岸列車（上下）
宮本輝

幼い日、母に捨てられた兄と妹。その心の傷をいだきながら、二人は愛を求めてさまよい、青春を生きぬく。そして青春との訣別。人生の意味を深く問いかける一大ロマン。（栗坪良樹）

み-3-7

真夏の犬
宮本輝

照りつける真夏の日差しのなかで味わった恐怖の時間。歳月のへだたりを突き抜けて蘇る記憶を、鮮烈に刻みつける短篇小説の魅力。「真夏の犬」「暑い道」「階段」「力道山の弟」「香炉」他四篇。

み-3-9

葡萄と郷愁
宮本輝

東京とブダペスト。人生の岐路に立つ二人の若い女性、純子とアーギ。同時代を生きる二人はどんな選択をするのか。幸福への願いに揺れる生と性を描く、宮本文学の名篇。（大河内昭爾）

み-3-10

本をつんだ小舟
宮本輝

コンラッドの『青春』、井上靖の『あすなろ物語』、カミュの『異邦人』等、作家がよるべない青春を共に生きた三十二の名作。自伝的な思い出を込めて語った、優しくて痛切な青春読書案内。

み-3-11

異国の窓から
宮本輝

ドナウ河の旅をふりかえり著者は述懐する。「この旅が私の人生の喜びと悲しみをつくった。喜びと悲しみの種を持ち帰った」。小説『ドナウの旅人』の原風景を記す紀行文集。（松本徹）

み-3-12

彗星物語
宮本輝

城田家にハンガリーから留学生がやってきた。総勢十三人と犬一匹。ただでさえ騒動続きの家庭に新たな波瀾が巻き起る。泣き、笑い、時に衝突しながら、人と人の絆とは何かを問う長篇。

み-3-13